U0038670

行走在戰爭與和平的邊緣

戰地記者的中東紀行

楊明交 著

序

從中餐館出來的時候，已是華燈初上。走在回賓館的路上，安曼 (Amman) 的路燈忽明忽暗，閃爍不定，遠處的山丘籠罩在夜色之中，若隱若現。空中飄起細小的雪花，這對於離地中海不算太遠的約旦 (Jordan) 來說，絕非尋常。我停下腳步，抬起頭，任雪花簌簌地落在臉上，在車水馬龍的路邊，想聽聽雪落下的聲音，卻只聽見一輛輛汽車碾過雪片呼嘯而過的嘶鳴。那一天，是二〇一五年的十二月三十一日。

那一晚，這四百萬人口的大城市，所有人都急匆匆地回家，準備迎接新年的到來，天地間彷彿只剩下我一個人。昏黃的路燈下，雪花漫無邊際地飄落，我一個人漫無邊際地行走。

這一走，就是好幾年。

我從來沒想過自己有一天會來到中東，也沒想過自己會成為戰地記者。我出生在遼東半島一個群山環抱的小村莊中，從群山的褶皺中流淌下數條小溪，村民們沿著溪邊河谷居住。這茫茫群山和清澈的小溪，帶給了我無比快樂、終生難忘的童年。春天，我們在河邊水窪裡撈青蛙卵，那蛋清樣的卵抓到手裡特別爽滑。我們到山間地頭掐蕨菜，在河邊尋找清香的水芹菜。我們從山上折回大把大把的杜鵑花，拿回家插在瓶裡，那是度過整個色彩單調的冬天後第一抹鮮亮的顏色；夏天，我們成天泡在河裡洗澡，洗完就到旁邊的大石頭上去曬，曬乾了再跑回河裡抓魚、摸泥鰍。下過一場大雨後，我們又跑到山上採集五顏六色的野蘑菇，村裡的孩子似乎有種天然的直覺，能分辨出哪些蘑菇有毒，哪些可吃；秋天，我們進到山裡採榛子、打野核桃，到蘋果園幫著大人收蘋果；冬天，上山折乾枯的柞樹枝，綁成一大捆後，坐著樹枝捆成的「爬犁」沿著山間小溪結冰的冰坡一路滑到底。一年四季，故鄉的山水間，全是我的歡聲笑語。

那時候，我總是望著窗外的山在想，翻過前面的山，後面是什麼？是另一座山？還是一條大河？一片大海？如果是一座山、一條大河、一片大海，那它們的後面又是什麼呢？因此，走出大山，走向遠方，就成了我兒時的夢想。

為此，我走過了很長的路。騎著自行車翻山越嶺到十公里外的小鎮讀初中，坐著長途客車到四十公里外的市裡讀高中，到客車換兩趟火車到一千八百公里外的西安上大學，乘飛機到八千八百公里外的衣索比亞 (Ethiopia) 工作。再後來，就開啟了中東常駐的日子。只是這一次，時間更長，世界更大。

我見到了阿拉伯沙漠中的滿天繁星、廣闊的美索不達米亞平原上高大的椰棗樹、蔚藍色波斯灣裡如織的油輪、厄爾布魯士山 (Mount Elbrus) 山頂皚皚的白雪。

我聽到了喀布爾 (Kabul) 街區巨大的爆炸聲和密集的槍聲，德黑蘭 (Tehran) 街頭民眾抗議美國將駐以色列大使館遷至耶路撒冷 (Jerusalem) 的怒吼，帕邁拉 (Palmyra) 古城內敘利亞 (Syria) 軍隊引爆地雷時的巨大聲響。

我認識了很多人，聽到了很多故事。伊拉克 (Iraq) 亞茲迪 (Yazidis) 小姑娘賈奈爾，在「伊斯蘭國」(Islamic State, IS) 對辛賈爾山 (Sinjar Mountains) 的圍攻中被抓走，歷經磨難逃出生天；敘利亞小女孩哈辛勒，原本擁有幸福的童年，卻因戰爭中的一枚炮彈損傷了脊椎，坐上了輪椅，從此再也不能練習她喜歡的藝術體操；逃離敘利亞的馬赫穆德．查米塔，為了替母親找一塊墳地，跑遍了整個黎巴嫩 (Lebanon) 貝卡谷地 (Beqaa Valley) 裡大大小小的村鎮，終於為逝去的母親尋得一處安葬之地；黎巴嫩老人伊萬．克塔伊夫年輕時經歷黎巴嫩內戰（Lebanese Civil War，一九七五～一九九〇年），無處可去，至今依然住在布滿彈孔、隨時都會坍塌的危樓之中。在戰亂中的人們，故事大多和生死有關。

生死之外，我遇到了很多不一樣的人，見到了人生的無數種可能。

穆爾塔達是我在去伊拉克巴格達(Baghdad)前在網上找到的一個英語翻譯。我們約在我住的酒店大廳會面。一見面，我就發現他和其他中東男人不同，穆爾塔達頭髮很長，頭頂束了一個髮髻，看上去像個道士。手臂上戴著一串皮製手鏈，露出一副漫不經心的表情。穆爾塔達說自己剛從印度(India)回來，在那邊旅行了兩個多月，這讓我頗為意外。在此之前我不曾想到戰亂中的伊拉克人居然還有心思和財力出國旅行。他掏出一根煙，服務生過來說酒店大廳不能抽煙，我們就走出去，站到門口繼續聊。

「你就叫我穆提吧，我朋友都這麼叫我。」他掏出打火機，點燃了那根不知道是什麼牌子的香煙，說道：「我實在是喜歡印度，和這裡（伊拉克）非常不一樣。」

「印度歷史悠久，文化燦爛，肯定值得遊覽。不過你居然待了兩個多月，肯定有什麼東西吸引你吧？」

「是的，我喜歡印度和東方的宗教，很神奇。我特別像印度人那樣在瓦拉納希 (Varanasi) 河畔做冥想。」

「你覺得印度的宗教和伊斯蘭教有什麼不同？」聽到他說自己喜歡冥想，我忍不住問。

「我覺得東方的宗教更加平和。」他頓了頓：「我已經不信伊斯蘭教了。」他猛吸了一口煙，煙頭一閃一閃的發亮。

我一時不知道該如何接話。因為按照伊斯蘭教法，叛教是極其嚴重的罪行，最高是可以被處死的。一些人即使不信，也會終生保守秘密，絕不會輕易向外人透露。沒想到他第一次見到我這個外國人，就直接表明了這一點。

「你父母知道此事嗎？他們沒有反對？」我問。

「他們知道，一開始也有點接受不了，但慢慢也就習慣了。這就跟同性戀出櫃一樣，父母總有一天會想明白的。」煙抽完了，他把煙蒂扔在地上，用腳捻滅了煙頭，又彎腰將煙頭撿起，扔進了一旁的垃圾桶。

「好吧，但我覺得你還是不要到處說為好，這很危險。」我在心裡替他擔心，瞅了瞅周圍，唯恐我們的對話被別人聽到，惹上麻煩。

「沒事，我身邊好幾個哥兒們都這樣。」他看著我，像是安慰我似的，說道：「別緊張，沒關係的。每個人都有權利決定自己信什麼，不信什麼。」

我沒有去過印度，但我去過南亞的另一個國家巴基斯坦 (Pakistan)。在那裡，見到了一位海吉拉 (Hijra)，聽到了另一種人生故事。

「你看，你就坐在我旁邊，我卻絲毫沒有和你做愛的興趣。」拉瓦爾品第 (Rawalpindi) 一棟舊樓頂樓狹小出租屋內，燈光昏暗，沙齊亞．喬杜里坐在她的床上，輕輕地對我說。我看著她說話時上下移動的喉結和微微隆起的胸部，不免為自己竟如此缺乏魅力而感到一絲沮喪。

沙齊亞是一名「海吉拉」，如今人們逐漸開始用「卡瓦賈．希拉」(Khawaja Sira) 來取代這個略帶貶義的旁遮普 (Punjab) 語詞彙。不論名稱如何變化，在巴基斯坦，它指的都是男人和女人之外的第三性——雙性人、無性器官者、跨性別者和變性人等，其中又以跨性別者最為常見，她們擁有男人的身體，女人的靈魂。

「一個真正的海吉拉，對性是沒有興趣的，她既不會去愛男人、更不會愛女人。」沙齊亞說話的時候，既沒有如文藝青年想像的那樣抽著煙，茫然地看著吐出的煙圈逐漸擴散、消失；也沒有露出飽經滄桑後的頹廢或悲傷，她就坐在那裡，輕輕地述說，臉上幾乎沒有任何表情。

然而，「性」終究是海吉拉面臨的身分考驗與外界認知這一群體最主要的關注點，事實並不像沙齊亞說的那樣非黑即白，海吉拉中相當一部分人會為男性主顧提供性服務。在熙來攘往的拉合爾 (Lahore)、喀拉蚩 (Karachi) 或者拉瓦爾品第等大城市街頭，日落時分，她們穿上鮮豔的長袍，穿梭在滾滾車流之中，開始乞討，又或者等待被尋歡的男子獵取。車裡的人搖下車窗，可能遞過來幾張一百盧比的鈔票，也可能是詢問交易的價格，談攏後，海吉拉迅速跳上車，在車裡或者某個隱秘的地方完成一樁交易。

沙齊亞曾有過男朋友，那個身材魁梧，留著性感鬍子的拉合爾男人和她同居過很長一段時間，直到他的家人發現此事，將他綁回了東部的家鄉。

在巴基斯坦，人們對於跨性別者的態度和認同，正如同一些海吉拉對自己身分的認同一樣錯亂。毫無疑問，作為非主流的人群，他們受到各種各樣的歧視和侮辱，在巴基斯坦這樣的伊斯蘭社會，銀行、學校、理髮店等等都是男女兩性分開，這樣一來，作為第三性的海吉拉就顯得十分尷尬，比如在銀行排隊，排到男隊中很可能被肆意騷擾、排到女隊則會受到冷眼排斥。然而她們又是很多巴基斯坦家庭婚禮現場必不可少的舞蹈表演者，沙齊亞本人就是非常有名的舞者，在臉書上一段二〇一六年的影片中，她一襲白裙，一頭長髮，跳舞的時候身體不停旋轉、臀部像電動按摩椅般靈活自如地抖動，絲毫不亞於拉美電臀夏奇拉，留言區超過五百條讚美評論顯然足以說明這一點。婚禮現場新郎一方不停地朝舞者撒錢作為打賞，氣氛相當熱烈。但婚慶跳舞現場海吉拉遭槍擊身亡這樣的事也不是沒有發生。

沙齊亞的小屋布置得很簡單，牆壁被刷成橙色，裡面除了一張大床，沒什麼家具擺設，最顯眼的就是掛在牆上的一張她自己的藝術照。她坐在那裡，雖然在和我聊天，但我總感覺到她是那麼近，又那麼遠。海吉拉們都喜歡穿鮮豔的衣服，打扮得花枝招展，但她們在外面越是喧鬧放縱，在家裡卻越是顯得孤獨而寂寥。

在巴基斯坦，有的海吉拉因家庭不接受被掃地出門後，就會被「古魯」(guru)帶走收養。古魯是跨性別者組織的管理者，每幾個人上面有一個「古魯」，負責調解各種糾紛，提供安全保障等一切事務。小「古魯」上面還有中「古魯」，再上面還有大「古魯」，一級一級直到金字塔的頂端。

對於海吉拉而言，即使她被家庭認可，但長大後出來工作，單打獨鬥是絕無可能活下去的。城市裡每個區域、每條街道都被古魯們劃分切割，私自跑到別人的地盤就違反了行規，就可能會被封殺。在古魯組建的大家庭裡，有共同語言的人們似乎都有了依靠，彼此依偎著相互取暖。

「對未來有什麼打算？老了跳不動舞了怎麼辦？」我問。

「是啊，我已經在想著做點別的了，但沒學歷、沒知識，不知道自己能做什麼。」

採訪後的第三天，沙齊亞在她的臉書上發了一張自拍，照片中，她畫著濃重的眼影，穿著吊帶，露出豐滿白皙的胸部。照片上方寫著一行字：「看我多性感！」

如果不是擔任駐外記者，我可能一輩子都不會知道一個伊拉克年輕人會喜歡到印度的河邊冥想，也不會知道伊斯蘭教國家巴基斯坦會有一群海吉拉這樣的群體存在。

法國作家佛蘭西絲．莎岡（Françoise Sagan，一九三五～二〇〇四年）曾說過：「所有漂泊的人生都夢想著平靜、童年、杜鵑花，正如所有平靜的人生都幻想伏特加、樂隊和醉生夢死。」在我看來真是至理名言，我嘗試著體味兩種人生，在漂泊的人生中尋找平靜，在平靜的人生中尋求刺激。成為戰地記者，深入戰爭前線與邊緣，去採訪記錄不同人的故事，無意中滿足了這有極強張力的對立，讓我深深入迷。

我終於走出家鄉的大山，見識了更大的世界，但隨著年齡的增長，我越發回歸自己的內心。

二〇一五年春天，當我在阿富汗 (Afghanistan) 巴米揚河谷 (Bamyan) 中兀自矗立的沙赫伊·古爾古拉城 (Shahr-e Gholghola)❶遺址上，看到這興都庫什山 (Hindu Kush) 腹地深處的縱橫阡陌，片片綠洲後，竟默默地留下了淚水，不是因為這座「哭泣之城」中的全體居民慘遭屠殺時哭聲震天的慘狀，也不是因為那兩尊舉世聞名，被塔利班 (Taliban) 炸毀的巨大佛像，而是因為巴米揚河谷彷彿我童年時的村子，周圍群山聳峙，淺淺的小河流淌在山腳下，一排排楊樹在道路兩旁迎風而立，樹葉在微風中翩翩翻飛，斑駁的陽光透過樹葉影影綽綽地灑在林下的小徑上。村民們在河谷中的農田裡辛勤勞作，他們日出而作，日落而息，過著與世無爭的生活，時光在這一刻靜止，外界的動亂、喧囂似乎都與這裡毫無關係。這種寧靜讓我甘之如飴、內心安定、充盈，一如我的童年。

❶ 達裡語意為「哭泣之城」，因成吉思汗征服此城時，城內居民慘遭屠殺哭聲震天而得名。

當我一個人行走在敘利亞中部小城蓋爾亞廷（Al-Qaryatayn）被「伊斯蘭國」燒毀的修道院中、幾經輾轉，在太陽落山之前深入伊拉克庫德斯坦大山深處的難民營中、或是站在伊朗中部亞茲德（Yazd）傳統波斯庭院屋頂上看周圍荒蕪的遠山時，總是在某個瞬間不知自己身在何處，漂泊與孤獨之感如影隨形。所以，在戰爭的間隙與邊緣尋找自己童年的影子，成了我屢次深入戰地報導最重要的動力之一。喀布爾在沒有爆炸發生的時候，夏日午後的陽光像水一般柔和，我在院子裡侍弄花草，切幾片西瓜，便覺日子輕鬆自在；伊拉克艾比爾（Erbil）秋日裡掛滿枝頭的柑橘和街頭賣野果的少年，總讓我想起小時候去山裡採榛子和野核桃的情景；黎巴嫩貝卡谷地裡人們在摘桃子、採蠶豆，讓我想到兒時在果園裡幫大人採收蘋果的場景。在戰爭的邊緣，我靜下來，努力地觀察這陌生天地間的山與水，人世間的喜與憂，總是發現童年的影子。

與之對應的，穿梭於戰爭、爆炸之中，是我對抗平凡人生的一種嘗試。上小學、上中學、上大學，找工作、還房貸、養孩子，我的人生和絕大部分人的軌跡一樣，循規蹈矩、墨守成規。在內心深處，始終希望有一種方式，擺脫這種平凡，做戰地記者無疑是最佳的選擇之一。當你面對帕邁拉呼嘯而來的子彈、喀布爾隨處可能發生的恐怖襲擊和尖利刺耳的襲擊預警時，那一刻你已經無暇顧及一切日常之瑣碎，房貸還有多少、汽貸是否還完、孩子上什麼學校等，統統讓位於如何確保自己的安全、迅速完成採訪報導、成功脫離險境。在生與死來臨之際，只能考慮如何活下去。最危險的時刻，就像一種致命的毒藥，讓你腎上腺素飆升，短暫地抽離現實，到另一個世界去自由翱翔，在那個世界，你只需要專注於一件事，那就是活下去，其他都不用管。

我想要漂泊的人生，去看看遠方的世界；也想要平靜的人生，去滋養躁動的靈魂。在中東做一名戰地記者，恰好同時滿足了這兩種需求，不得不說，這是我的榮幸。現在我將自己的經歷寫下來，與讀者朋友們一起分享，希望我們都能找到適合自己的生活，以自己想要的方式度過一生。

楊明交

二〇二三年九月，於北京

目次

序 1

伊拉克

艾比爾：戰爭背後的小城 3

尋找亞茲迪人 25

黎巴嫩 69

戰爭之後，危機之間 71

回不去的家 106

敘利亞 159

戰爭與和平之間 161

沒有童年的孩子 199

伊朗 229
兩條大街上的德黑蘭 231
與美國的愛恨情仇 270
後記：離開中東這三年 301

伊拉克

IRAQ

土耳其
杜胡克
摩蘇爾
艾比爾
敘利亞
蘇萊曼尼亞
基爾庫克
伊朗
巴格達
約旦
底格里斯河
幼發拉底河
沙烏地阿拉伯
科威特
波斯灣

艾比爾：戰爭背後的小城

屋頂上的服務生

我住的賓館不遠處的街角，有一家中餐館，小店門口綠樹成蔭，樹間撐著幾柄巨大的遮陽傘，傘下擺放著露天桌椅，頗有一番情趣。一塵不染的玻璃門上方綠色的招牌上寫著"habruri GRILL"，「哈卜魯利燒烤店」。一進門，沒有招財貓，也沒有關公像，南亞面孔的服務生遞上菜單，菜單上的菜式是典型的西式中餐：雞肉炒麵、牛肉炒麵、蔬菜炒麵、雞蛋炒麵，雞肉炒飯、牛肉炒飯、蔬菜炒飯、蛋炒飯……。點餐時，我問服務生來自哪裡，年輕的男生微笑著說自己是尼泊爾(Nepal)人。我點了一份牛肉炒麵、一份蔬菜春捲和一瓶可樂。

週二的晚上，飯店裡的人不少，隔壁桌坐著一對情侶，男的燙著頭髮，女的穿著碎花裙，兩人卿卿我我，嘻嘻哈哈地對著面前的炒飯拍個不停。看來這家中餐館很受當地年輕人的喜愛，吃個飯還要擺姿勢、拍照，再發到社交網站上。後面隔著幾排，一大家子人正拍著手唱著生日歌，給坐在正位上的孩子過生日，那小男孩看起來大概八、九歲的樣子，頭戴蛋糕店送的紙質王冠，穿著藍格子襯衫，正專注地盯著蛋糕上的櫻桃，準備在唱完生日歌，吹熄蠟燭後一口把那鮮紅的小果子送入口中。

我的牛肉炒麵上來了，麵條又細又圓，經過醬油的浸潤，有點像山西莜麵麵條，裡面是條條細牛肉絲。多年之後，當我結束駐外任期返回中國時，面對數不清的美食，竟然時不時會想起那盤牛肉炒麵，連我自己都覺得不可思議，因為那麵條跟中國花樣繁多的麵食根本沒法比，既沒有手工擀的麵條那種特有的筋道，也沒有濃郁豐富的配料。但這濃油赤醬的炒麵卻是這個伊拉克北部小城裡為數不多與中國產生聯繫的紐帶，對於一直吃阿拉伯餐的我來說，猶如救命稻草，抓住了就難以放手。

如果不是因為打擊恐怖組織伊斯蘭國的戰爭打響❶，我可能一輩子都不會想到，自己有一天會來到伊拉克庫德斯坦(Kurdistan)首府艾比爾——一座對中國人來說似乎遠在天邊的小城。二〇一

---

❶ 二〇一四年，伊斯蘭國武裝組織在敘利亞和伊拉克興起，發動攻勢，占領了兩國大片領土，多國隨即發動了打擊該組織的戰爭。

四年十一月三日，我乘坐杜拜航空公司的航班從杜拜 (Dubai) 出發，來到艾比爾。這裡距離庫德斯坦武裝「佩什梅革」(Peshmerga) 打擊伊斯蘭國的戰爭前線僅八十多公里的距離，在戰況正酣的時刻，國際媒體記者雲集於此，向世界各地發回前線最新戰況。

艾比爾在伊拉克美索不達米亞平原 (Mesopotamia) 最北部，再往北走就是庫德族 (Kurds) 世代居住的茫茫群山。作為伊拉克庫德斯坦的首府，這裡呈現出與伊拉克中部和南部阿拉伯人聚居區完全不同的風格。艾比爾市中心是一座巨大的古城堡，據說有數千年的歷史。以城堡為圓心，多條道路向四面八方延伸出去，幾條環狀道路以城堡為圓心，像水中一圈圈的漣漪，向外擴散開去。庫德人把最外圈的道路叫做一百二十米街 (120 Meter Street)，把中間一圈叫做六十米街 (60 Meter Street)。

艾比爾國際機場 (Erbil International Airport) 在城市的西北角，我住在離機場十幾分鐘車程的一個叫做安卡瓦 (Ankawa) 的區域，之所以住在這裡，最主要的原因是離機場很近，一旦伊斯蘭國打進城內，能以最短的時間撤到機場，逃離伊拉克。另一個原因，是這裡賓館、飯店眾多，食宿非常方便。

安卡瓦的居民主要是基督教徒，這些基督徒有的是當地居民，有的是伊拉克北部和敘利亞西北部逃離至此的難民。在伊拉克北部和敘利亞西北部，民族和宗教非常多元，有信奉伊斯蘭教遜尼派 (Sunni Islam) 的阿拉伯人、庫德人和土庫曼人 (Turkmens)，有信奉基督教不同派別的亞述人、亞美尼亞人，有信奉亞茲迪教 (Yazidism) 的亞茲迪人，還有信奉伊斯蘭教阿拉維派 (Alawites) 的阿拉伯人，以及信奉猶太教的猶太人等等。由於當時伊拉克北部大部分地區已經被伊斯蘭國占領，基督徒、亞茲迪人、猶太人等人口較少的民族擔心自己的人身安全，紛紛舉家逃到庫德斯坦，沒錢的淪為難民，居住在帳篷營地中，有錢的則選擇在安卡瓦區域安家落戶。我在投宿的酒店中，就遇到了這樣的一位基督徒。

酒店的自助餐廳在最頂層，從這裡的窗戶向西望去，能看到太陽緩緩地下沉。深秋的太陽，總是在美索不達米亞平原最北端的這片土地上留下極為絢爛的晚霞，讓人如痴如醉。作為一個愛看夕陽的人，我經常來這裡吃晚飯。一位年輕的男服務生，穿著賓館為員工統一配發的白襯衫、黑背心，手裡端著一個托盤，上面放著一瓶紅酒，恭敬地站在我面前，將紅酒從托盤中拿下，瓶底托在手心，身體前傾，問道：「先生，你需要喝紅酒嗎？」我搖搖頭，他也不懊惱，拿著酒再去詢問別桌的客人。有一天晚上，餐廳裡只有我一個人，那天的晚霞是紫色的，飄灑在天空中，我坐在窗前，靜靜地看著這美妙的夕陽。

「先生，你來自中國嗎？」

我轉頭一看，是那位端紅酒的服務生。

「是的，我是中國人。」我看著他說道。

「那可真是遙遠的地方，」他頓了頓，「你來這裡做什麼呢？」

「我是記者，來這裡做新聞報導。」

「哦，記者。」他若有所思地點點頭：「最近，艾比爾來了很多外國記者。」

「是啊，我們都是來報導戰爭的。」我覺得這個小夥子可能有話要說，就放下了手中的刀叉：「你英語說得不錯。」

「沒有沒有，說得一般。」他搖搖頭：「我是摩蘇爾大學（University of Mosul）的學生。」

一聽到摩蘇爾（Mosul），我心頭一震。摩蘇爾是伊拉克第二大城市，那時已經被伊斯蘭國占領，是這個令人感到恐怖的組織在伊拉克的大本營。我此次來伊拉克庫德斯坦的主要目的，就是想看看能不能有機會進入摩蘇爾，哪怕只是到摩蘇爾周邊，去實地報導那裡的戰況。

「那你畢業了嗎？」我問。

「沒有，我讀大二，我們的家鄉被達伊什 (Daesh) 占領了，我就逃了出來。」達伊什，是阿拉伯人對伊斯蘭國組織的稱呼。

「那你的家人也出來了嗎？」

「是的，我的父母，還有我，都出來了。我們是基督徒，他們不會放過我們的。」他有點激動地說。還沒等我接話，他繼續說：「我是電腦相關科系的，來到艾比爾後找不到工作，就來這家賓館當服務生了。」

「你叫什麼名字啊？」我問。

「維薩姆。」

「那戰爭結束後，你還會回去嗎？」

「我想不會了，那裡已經什麼都沒有了。我們家的房子被占了，教堂也被炸毀了，一切都結束了。」他語調平靜地說。

「那你怎麼辦，大學學業還得繼續吧！」我有點替他惋惜。

「現在還不知道，先想方設法活下去再說。」

我點點頭。這時候，有幾個印度人走進來，維薩姆開始招呼客人了。那幾人點完餐後，維薩姆又回到我這邊。我問他有沒有可能帶我去趟摩蘇爾，我想報導那裡發生的真實情況。他擺擺手說絕對不行，回去之後，咱們兩個人都會沒命的。

漫步於艾比爾

艾比爾是一座適合散步的城市。二〇一四年十一月，我剛結束在伊拉克首都巴格達為期一個月的出差，兩城雖然同處一個國家，但氣候、植被和人文差異極大。即使是在十月，巴格達依舊驕陽似火、燥熱難耐，而艾比爾的秋天則風輕雲淡、涼爽舒適；巴格達街頭粗壯的棗椰樹樹冠巨大，巨大的葉片如長劍刺向四方，一派熱帶沙漠風光，

巴格達街頭持槍的士兵（左為筆者，攝於2014年）

艾比爾則到處都是松樹和楊樹，典型的溫帶樹種；巴格達重兵把守，防爆牆林立，綠區戒備森嚴，出入都需要特殊通行證，而艾比爾安全形勢良好，與其他非戰區城市並沒有什麼不同，再加上城市不大，走起來也方便。所以，工作之餘，一有時間，我就一個人在城內漫步。

艾比爾城內最引人矚目的建築當仁不讓地非古城堡莫屬，它位於城市的中心，雄踞在一處高地之上，呈不規則的圓形，規模宏大，占地十萬兩千平方公尺。艾比爾古城堡（Erbil Citadel）也是艾比爾城市的發源地，歷史悠久，據說早在六千年前就已有人類居住於此。西元前兩千三百年左右，艾比爾首次出現在文獻記載中。它曾隸屬於早期西亞地區的多個古帝國中。波斯阿契美尼德王朝（Achaemenid Empire，西元前五五〇～前三三〇年）和古希臘亞歷山大大帝（Alexander the Great，西元前三五六～前三二三年）於西元前三三一年在艾比爾附近交戰，此戰希臘人獲勝，阿契美尼德王朝被希臘人所滅。波斯薩珊王朝（Sassanid Empire，二二四～六五一年）時期，艾比爾復歸於波斯人麾下。一二五八年，已被伊斯蘭各王朝統治幾百年的艾比爾被西征至此的蒙古人圍困長達半年後占領，成為伊兒汗國（一二五六～一三五七年）的一部分。幾經演變，近代之前，艾比爾是鄂圖曼帝國（Ottoman Empire，一二九九～一九二二年）的一部分。

艾比爾古城堡

艾比爾古城堡下的枯藤老樹昏鴉

我走進古堡北側的大門，裡面沒什麼遊客。儘管古堡外牆經過重修，看起來氣勢雄偉、固若金湯，但城堡內卻是殘垣斷壁，狀如廢墟。早前這裡曾有人家居住，庫德斯坦政府下令對年久失修的城堡進行修繕後，裡面的大部分住戶陸續遷出，只剩下一些房屋的牆壁仍矗立在那裡。我待在艾比爾的那年，城堡被聯合國教科文組織（UNESCO）列為世界文化遺產，據說裡面有考古隊在進行挖掘，但我去的那天並沒有見到。

從古堡上往下看，整個艾比爾城盡收眼底。總統薩達姆．海珊（Saddam

從古城堡向北看，艾比爾城北部盡收眼底

Hussein，一九三七～二〇〇六年）下臺以後，庫德斯坦沒有像伊拉克其他地區那樣恐怖活動頻發、動盪不安，而是保持了和平穩定，艾比爾逐漸在穩定的環境中發展，城市規模不斷擴大，人口不斷增多。二〇一四年起，伊斯蘭國在伊拉克中部和北部肆虐之際，大量伊拉克民眾逃到這裡，使這座小城人滿為患，城區和外環到處都是工地，建築業發展得如火如荼，高樓大廈如雨後春筍般湧現，賓館和飯店鱗次櫛比，一派熱鬧繁榮景象。

我從古城堡上下來，下方是一座大型噴泉，噴泉兩側是眾多旅遊紀念品店、水菸館和咖啡館，裝潢得古香古色，建築風格與古堡基本保持一致，渾然一體。很多年輕人坐在水菸館外，悠閒地抽著各種水果味的水菸。艾比爾是一座以庫德人為主的城市，很多穿著庫德民族服裝的人在古堡前遊玩，他們大概是來自周邊山區。庫德族的服裝與阿拉伯人明顯不同：阿拉伯男人的服裝是一件對襟長袍，上下渾然一體，庫德男人的服裝則是一件連體衣，下身褲子寬鬆，上身是開懷不扣紐扣的修身夾克，腰間繫一條寬的布腰帶，整體看上去有點像軍裝。相比阿拉伯女人，庫德女性穿著非常世俗化，艾比爾大街上很少見到戴頭巾的中年和年輕庫德女人。

隔條馬路，古城堡南邊就是艾比爾大巴剎（bazaar，市場、攤販），如同所有的中東城市一樣，

古城堡下的咖啡館和旅遊紀念品店

艾比爾大巴剎外賣不知名野果的庫德少年

這裡是市區人氣最旺盛的地方，店鋪一家挨著一家，從各種家用電器到男女服裝，從各種糕點食品到日常用品，一切和生活有關的商品，都能在這裡買到。深秋季節，山裡各色野果子成熟，大巴剎外面，幾個十幾歲的小男孩正推著推車，沿街叫賣那些花花綠綠的我叫不上名字的野果。

我沿著大巴剎南邊的一條大路行走，路邊是各種賓館、銀行和商場等建築，大多以石頭建造，四四方方。經過一座商場，看到一家書店，外面貨架上擺滿了書，裡面巨大的印表機一刻不停地轉動，一個學徒模樣的年輕人正在印表機前忙來忙去。駐外之前，我曾有兩個願望：一是每到中東一地，都要給自己寄一張明信片，以便自己年老之後翻出來好有個念想。我在中國沒有房子，就委託在成都的好友高先生代收，我每到一國，都會寄給他兩張明信片，一張給他，一張給我自己。我還記得自己當初穿過半個喀布爾，冒著可能遭遇爆炸的風險，跑到郵局去寄明信片的場景。還有一次，另一位好友張先生得知我在伊拉克出差，想要一張來自戰地的明信片，我在離開巴格達前，委託當地員工塔里克幫我寄兩張明信片，我原本以為這不情之請可能會被敷衍了事，沒想到張先生在一個多月後真的收到了那張來自巴格達的明信片，為此，已返回杜拜的我還為自己當初不信任塔里克內疚了好久。

後來，在中東待的時間長了，最初的新鮮感慢慢消退，久而久之，再出差時就不再寄送明信片回中國了。我掐指算算，前前後後大概寄了二十幾張。多年過去，卸任回國後的某一天，我突然想起此事。一問方知，之前那麼多年，高先生只收到一張我自阿富汗寄的明信片，除此之外，再無一物。得知此消息，我瞬間感到一股淡淡的憂傷。

好在我的第二個願望讓我少了一些遺憾。那時，我每到一地出差，都要去當地的書店逛逛，買一本和當地有關的書，在扉頁上蓋一個書店的印章留作紀念。我在喀布爾有古舊綠門窗的沙·穆罕默德書店，買到一本英文版《追風箏的孩子》(*The Kite Runner*)，那位戴著白氈帽的男老闆——挪威記者塞厄斯塔(Asne Seierstad)名作《喀布爾的書商，和他的女人》(*The Bookseller of Kabul*)男主角的原型，從結帳櫃檯的抽屜裡掏出一枚印章，在扉頁上使勁一敲，一枚灰色的印章就印在了他同胞的名著之上❷，印章上寫著：沙．M圖書公司，印刷廠、出版商、書店，P.O.Box 1328，喀布爾，阿富汗。我在那印章之上用鉛筆寫了一行字：二〇一四年九月二日，喀布爾。

在伊朗中部城市伊斯法罕(Isfahan)，我在城內基督教堂旁的書店看中了一本帶有精美細密畫插

---

❷《追風箏的孩子》作者為阿富汗裔美國作家卡勒德·胡賽尼(Khaled Hosseini)，故稱之為他的同胞。

圖的波斯大詩人魯米（Rumi）的代表作《瑪斯納維》（*The Masnavi*），我要求收銀員蓋一個章，戴著頭巾的美麗波斯女郎愉快地在扉頁上蓋了一枚橢圓形的章，裡面有兩行波斯文，我不太懂，應該是書店的名字，我在上面標記道：二〇一四年十二月十六日，購於伊朗伊斯法罕萬克亞美尼亞教堂書店。

書店的印章也能反映一個國家的文化，我在黎巴嫩首都貝魯特（Beirut）市中心一家書店買了一本《阿拉伯人的偉大征服》（*The Great Arab Conquests, How the Spread of Islam Changed the World We Live in*，作者暫譯），穿著靚麗的女店員在書頁上留下了一枚藍色的印章，用法語寫著：安東尼書店，貝魯特蘇克，蘇克就是阿拉伯語「市場」的意思。黎巴嫩曾被法國統治過，那裡的人或多或少會幾句簡單的法語，並以能說幾句法語為榮。我在印章下方寫道：二〇一五年十二月七日，購於黎巴嫩貝魯特。

我在書架上搜尋，原本打算買一本庫德人的著作，但我對這個山地民族的瞭解非常有限，不知道庫德文學名著都有那些，而且我也不懂庫德語，挑來挑去也沒有找到合適的，最終只好選了一本鄰國土耳其（Turkey）諾貝爾文學獎得主帕慕克（Orhan Pamuk）的代表作《我的名字叫紅》（*My*

Name Is Red），我問那年輕店員，書店有沒有印章可以蓋，他好像不懂英語，我伸出左手，做了一個蓋章的動作，他意會後，在櫃檯中翻出一枚印章，蓋在了書的扉頁上，那枚印章是長方形，左邊是一張紙、一瓶墨水和一支插在墨水瓶裡的鵝毛筆，右邊三行庫德文，應該是書店的名字和地址，最下面一行是電話號碼。我在印章下方寫上：二〇一四年十一月二十五日購於伊拉克庫德斯坦艾比爾。

從書店出來，已是黃昏，我又按照原路返回，經過古城堡，在城堡北面一條小街上突然看到湖南衛視主持人汪涵的小型海報擺在一家眼鏡店的櫥窗裡面。他戴著半框黑邊眼鏡，留著鬍子，在這個庫德小城裡看到一張中國面孔，而且是以廣告的形式出現，讓我覺得很親切，也產生了一絲好奇：眼鏡店老闆是中國人？店裡的眼鏡來自中國？老闆認識汪涵？為解開心中的疑惑，我不顧天色漸暗，走進店內。一個二十歲左右的年輕小夥子，正坐在櫃檯後面玩手機，看到我進門，他有些驚訝，在這個小城，很少能見到東亞男性的面孔。他用英語打了聲招呼，示意我隨便看。我看了一些鏡片和鏡架，上面全是名牌，只不過從標價上看，應該是贗品。我指了指那張海報問：

「你認識海報裡的人嗎？」

他搖搖頭，說不認識。

「他是中國一位很有名的電視節目主持人。」我說。

他似懂非懂地點點頭。

「那為什麼會擺放一位不認識的人的海報呢？」我問？

「我們從中國進口眼鏡，商家附贈了這張海報，這個人長得像韓國人，我喜歡看韓國電視劇，就把它貼到了櫥窗前。」我正要上前反駁一番，說汪涵那裡像韓國人。轉念一想，要想讓一個庫德人準確分辨東亞不同國家的面孔實在是有點強人所難，正如讓一個中國人準確區分阿拉伯人、庫德人和波斯人一樣。那小夥子聊到韓劇，眼裡就發了光，從櫃檯後面拿出一臺筆記型電腦，招呼我過去看。我看那螢幕上放映的是《來自星星的你》，劇中的千頌伊正在電梯口教訓他的新鄰居都敏俊。螢幕下方是阿拉伯文字幕。

「這個電視劇我看過，你們那來的字幕？」

「伊拉克有專門的韓劇論壇，裡面有字幕組，新上映的韓劇都會有人專門翻譯成阿拉伯語。」他興沖沖地說。

「你是阿拉伯人？」我問。

「不，我是庫德人，但能聽懂阿拉伯語。」他略顯憂傷地答道：「我們這裡很多年輕人都喜歡看韓劇，但是字幕組沒有人把韓語翻譯成庫德語，只有阿拉伯語。」

「那你看過什麼中國電視劇嗎？」我好奇地問。

「沒有，我雖然很感興趣，但現在沒有這個資源。」

天色已晚，我看了看時間，打算離開眼鏡店。那小夥子看我要走，像是鼓足了很大勇氣，上前問道：「我能和你合個影嗎？除了在電視劇裡，我還從來沒見過東亞男人。」

「好啊」，我說。他站在我旁邊，舉著手中的三星手機，手裡比著一個V，愉快地拍了張我們兩個人的自拍。

「謝謝，歡迎你下次再來。」

我整整衣服，正要邁出眼鏡店的門，忽然想起一個問題，轉過頭問他：「你說你從未見過東亞男人，那你見過東亞女人？」

他已經坐回櫃檯後面，聽我一問，又站起來，咧開嘴，向我擠擠眼，露出一副男人在談論黃色話題時特有的那種彼此心照不宣又心領神會的表情說：「當然。」

我明白他指的是什麼。在伊拉克和黎巴嫩等中東國家，很多亞洲女性在做保姆、美甲和按摩等工作。我在艾比爾閒逛的時候，看到了至少兩三處「按摩中心」的招牌，都是在看起來不大的旅館門口。招牌上方是一個帥氣的歐美肌肉男的照片，他趴在一張床上，裸露著上半身，背上是一雙亞洲女人的手。男人下方用庫德語和英語寫著「按摩中心」等字樣，最下面寫的是地址和電話。我不確定這樣的場所到底是不是只提供按摩服務，但充滿肉慾的招牌讓人難免不想入非非。

飯店裡的線人

離開眼鏡店，我打開 Google 地圖，直奔一家飯店，要去那裡見我的線人比札爾。所謂線人，聽著有點像特務片中打探內部資訊、靠暗號接頭的神秘間諜，實際上他們是給外國媒體記者提供諸如聯繫採訪對象、尋找新聞線索、翻譯採訪對象的語言等專業服務的人員。二〇一四年秋，因伊斯蘭國在伊拉克的興起和打擊伊斯蘭國戰爭的推進，各國媒體記者雲集艾比爾，因為報酬豐厚，有些人脈、會說英語的年輕人爭先恐後地為外媒做起線人。比札爾當時還是一個高中生，我剛來

艾比爾一家飯店外的烤魚土灶，烤魚是伊拉克最具特色的美食

艾比爾時曾見過他一面，這次見面，主要是想問問他約採難民營進度情況。

飯店開在六十米街北側，還沒進屋，就看見室外一圈火光。走近一看，只見一個齊腰高的圓形大土灶，直徑大概三公尺。灶邊豎著一圈木棍，棍上插著魚，插滿魚的木棍圍成一圈，中間是正在燃燒的木頭，這是伊拉克烤魚 (Masgouf) 的標準做法。伊拉克烤魚是坐擁幼發拉底河 (Euphrates) 和底格里斯河 (Tigris) 兩條大河的伊拉克獨有的美味，也是伊拉克美食在中東最獨樹一幟的烹飪方式。

取幼發拉底河或底格里斯河野生大鯉魚，從背部剖開，以腹部連接線為中心展開，使整條魚呈一個美妙的橢圓形。剔除內臟，從魚鰓處和魚尾前部插入木棍，放在大火邊，隨著大火的緩慢加熱，那魚身開始逐漸從灰色變成明亮的金黃色、肥美的油脂從魚肚處緩慢淌下，落在炭火上，那炭火被油一擊，滋地一聲，騰起一小團火焰。烤好的魚，通體泛著閃亮的金黃色光澤，肉質飽含油脂，散發出誘人的香氣。除鹽之外，不加任何調料，吃時配上洋蔥圈，味道極其鮮美。庫德人總是標榜自己與他們南邊的鄰居——阿拉伯人多麼不同，但千百年來，他們世代生活在同一片土地上，彼此之間互相影響，無論是經濟還是社會文化、語言乃至烹飪、習俗等都有著千絲萬縷的聯繫，這烤魚的做法，就和巴格達的一模一樣。

推開飯店的門，比札爾已坐在那裡，他看到我進來，招呼我坐過去。我點了一份烤魚，兩份米飯和兩罐可樂，就和他聊起工作上的事。他說經過多方聯繫，終於說服艾比爾北部一處難民營的負責人接受我們的採訪。我看著他年輕的臉，表現出一種與年齡不相稱的成熟。這種成熟於我而言並不陌生，所謂窮人的孩子早當家。在中東，越是亂世，年輕人成熟得越早。杜拜的高中生，雖然也人高馬大，但他們張口閉口全是好萊塢電影、NBA明星，身上依然透著學生的單純與天真。而敘利亞和伊拉克的年輕人，早就已經飽嘗生活的艱辛，想方設法掙錢補貼家用，或者尋找機會逃到歐洲。

吃完飯，已是晚上九點多鐘，艾比爾沉浸在一片燈海之中。我和比札爾出了門，遇到一個乞丐，破衣爛衫地站在路燈下，手裡還牽著一個四、五歲的小男孩，怯生生地站在大人身後，我們把沒吃完的烤魚遞給他，他開心地接過去，千恩萬謝後離去。比札爾建議我搭計程車回賓館，二〇一四年的艾比爾可能是世界上最容易叫車的城市，成千上萬的伊拉克中部和北部被伊斯蘭國占領地區的男子湧到這座小城，有限的工作機會使逃難至此的男人們不得不爭相開起計程車養家糊口，路邊隨便一招手，就會有多輛計程車停下來等著你乘坐。和比札爾分開後，我沒有叫車，在這座陌生的小城慢慢地走，夜色溫柔，晚風微起，空氣不急不躁，一輪新月掛在天邊，映照出遠處的群山黛藍色的輪廓，那連綿的群山，就是庫德人世代生存繁衍的土地。

尋找亞茲迪人

兩天後，我租了輛車，和比札爾一道，向著庫德斯坦東南部的群山出發。我們要去見一個人。一個偶然的機會，我在臉書上看到一個在庫德斯坦東南部城市蘇萊曼尼亞 (Sulaymaniyah) 舉辦的攝影展，展出的是庫德攝影師拍攝的辛賈爾 (Sinjar) 大逃亡的照片，我在活動主頁上留言，說想要去採訪，很快就得到歡迎採訪的回覆。

辛賈爾大逃亡指的是二〇一四年八月，伊斯蘭國武裝攻占亞茲迪人居住的辛賈爾山地區並發生了駭人聽聞的屠殺事件，造成大量亞茲迪人死亡。男女老幼翻越辛賈爾山，踏上流亡之路，一路歷經坎坷，逃離伊斯蘭國的暴行。

沒有朋友的庫德人

天空碧藍如洗，我們在山間的高速公路上行駛，群山起伏，像高矮不一的舞者，在公路北側一路陪伴著我們前行。庫德諺語云：「除了山，庫德人沒有朋友」，道出了這個生活在土耳其、敘利亞、伊拉克和伊朗 (Iran) 四國交界大山中的民族悲情而又無奈的現實。作為中東地區人口僅次於阿拉伯人、土耳其人和波斯人的第四大民族，庫德人始終沒有建立自己的國家，幾次建國努力均被各國強力壓制，未能成功。庫德人與所在國主體民族的矛盾，已經成為影響當今中東安全穩定的一個重要因素。

我想起有一年秋天，我在土耳其遇到的兩個人。一個是在伊斯坦堡 (Istanbul) 開往土耳其南部的夜班長途車上，我的鄰座是一個三十歲左右的庫德男人，臉上全是青春痘結痂後留下的痘印，粗糙不平。他英語說得不錯，一路上我們閒聊，他控訴土耳其政府早年對庫德人的高壓統治，說鄂圖曼帝國解體後，土耳其政府不承認庫德人，把他們說成是山地土耳其人，不允許庫德人給自己的孩子用庫德語取名，只能取土耳其名字；不允許庫德語出現在電視、廣播和學校教材中等等。我說，那你對土耳其軍隊越境打擊敘利亞境內的庫德武裝有何看法，他諷刺地回應到，這是多年以來土耳其政府一貫的民族壓迫做法，就是要採取一切措施，防止庫德人坐大，威脅土耳其的安全。一晚上晃晃蕩蕩，車外的路燈光忽明忽暗，我昏昏欲睡，他卻興致盎然，說起話來滔滔不絕。我睏得上下眼皮打架，到最後，已經恍恍惚惚分不清那一句是在夢中，那一句是在現實中。

另一個遇到的人是土耳其著名景點卡帕多奇亞(Cappadocia)的一名導遊，人長得精瘦，拿著一面小旗，在一輛中巴車上等待著出去參觀的遊客返回，人還不多，車內幾個外國遊客和他在閒聊，他介紹說自己的名字叫艾比爾。我一聽，就說：「艾比爾？這個名字我知道，是伊拉克庫德斯坦的首府。」誰知他竟使勁瞪了我一眼，憤怒地說：「這世界上並沒有什麼庫德斯坦！」我這才反應過來，原來是遇到了一個土耳其民族主義者，他認為把庫德地區叫做帶有國家性質的庫德「斯坦」，就是承認庫德獨立，但其實，「斯坦」這一地名後綴，是某某之地的意思，也可以用在地區名中。況且我說的是伊拉克境內的庫德斯坦，一個伊拉克國內通用的官方稱呼。

阿姆納・蘇拉卡

我們的車駛入蘇萊曼尼亞，城市沐浴在深秋的陽光之中。阿茲馬爾山(Azmar Mountain)和戈伊札山(Goizha Mountain)像兩條巨龍，橫臥在這座離伊拉克和伊朗邊境不遠的城市東部。蘇萊曼尼亞看起來比艾比爾還要繁華，高樓大廈隨處可見，現代化商場和賓館的玻璃窗在陽光下閃閃發光。

我在蘇萊曼尼亞阿姆納・蘇拉卡（Amna Suraka，紅監獄博物館）見到了攝影師茲姆納科・伊斯梅爾。

這座博物館在伊拉克總統薩達姆．海珊統治時期曾是伊拉克情報機構在北部的辦公室，關押過大量的庫德異議人士。一九九一年伊拉克軍隊與庫德斯坦武裝爆發衝突，雙方在紅監獄激烈戰鬥，數百人陣亡於此。二〇〇三年，監獄被改建為博物館，成為庫德人控訴海珊統治的場所。

我走進院子，裡面凌亂地擺放著許多在一九九一年那場戰鬥中被摧毀的高射炮、加農炮和坦克的殘骸。幾棟五層高的建築，每一層的窗都是細長的長方形，下半部用磚砌上，只留下上半部分，上面早已沒有玻璃，剩下黑洞洞的窗口，看起來陰森恐怖，大白天也透著一股寒氣，建築的外牆上全是大大小小的彈孔。展館中用塑像復原了當年被關押在此的庫德人遭受的酷刑，最讓我印象深刻的是一條走廊，走廊左右兩側牆壁和天花板上鑲嵌著十八萬兩千塊碎玻璃。天花板上掛著白色的小燈泡，白色的光經過碎玻璃重重反射，把整個走廊映照得光輝透亮。十八萬兩千塊玻璃代表著兩伊戰爭後期伊拉克政府軍在庫德斯坦發動的「安法爾行動」(Anfal campaign 一九八八年二月～九月)致死的人數❸。

---

❸ 安法爾行動所造成的死亡人數各方統計數字不同，十八萬兩千人為庫德方面的數據。

阿姆納·蘇拉卡（紅監獄）舊址

阿姆納·蘇拉卡（紅監獄）內的一處雕塑

阿姆納・蘇拉卡（紅監獄）院內展示的炮彈殘骸

阿姆納・蘇拉卡（紅監獄）院中遺留的高射炮（Shutterstock圖庫網提供）

阿姆納·蘇拉卡（紅監獄）內部展廳裡的十八萬兩千塊玻璃碎片

直面死亡的人

自一九三二年伊拉克獨立以來，庫德人與伊拉克政府之間的矛盾就一直存在於伊拉克的發展史中，從早期庫德部落首領對伊拉克政府進入庫德斯坦的抗拒，到庫德人成立政黨，爭取一定程度的自治，庫德人與伊拉克政府的關係齟齬不斷，雙方爆發過數次衝突。一九六〇、一九七〇年代，伊朗經濟發展迅速，國家實力顯著增強，穆罕默德．李查．巴勒維國王（Mohammad Reza Pahlavi，一九一九～一九八〇年）希望在中東能發揮更大的影響力，為削弱鄰國伊拉克的實力，他積極支持伊拉克境內的庫德人，向他們提供包括反坦克武器和火炮在內的各種重武器。直到一九七五年，兩國在阿爾及利亞（Algeria）首都阿爾及爾（Algiers）簽訂《阿爾及爾條約》(*Algiers Agreement*)，伊朗承諾不再向伊拉克境內的庫德武裝提供支援。失去伊朗支持的庫德人首領巴爾札尼（Mustafa Barzani，一九〇三～一九七九年）領導的武裝在伊拉克軍隊的攻勢面前敗下陣來，退入伊朗境內。

一九八〇年兩伊戰爭（Iran-Iraq War，一九八〇～一九八八年）爆發後，伊朗與伊拉克為削弱對方實力，分別支持對方境內的庫德人發動反抗政府的武裝鬥爭。於是，伊朗又開始支持伊拉克境內的庫德人武裝，庫德武裝頻頻襲擊伊拉克政府機構，破壞軍事設施，積極配合伊朗的攻勢，甚至幫助伊朗軍隊進入伊拉克庫德斯坦，這些軍事行動引起了海珊的不滿，一九八八年二月至九月，海珊調集大軍，對庫德人進行了強力鎮壓。在那場被稱為「安法爾行動」的軍事行動中，庫德人損失慘重，許多庫德村莊被夷為平地，庫德方面宣稱有十八萬兩千人死亡。「安法爾行動」成為伊拉克庫德人最慘痛的民族記憶，與伊拉克軍隊作戰的庫德武裝則成了保衛家園的英雄。

庫德人的武裝力量叫做「佩什梅革」，意為「直面死亡的人」，是從十八世紀的部落武裝發展起來的。中東一些國家常常會有多支武裝力量，比如黎巴嫩，有國家軍隊，境內也有真主黨武裝(Hezbollah)；再比如伊拉克，有國家軍隊，也有什葉派民兵、庫德武裝等，這都反映了一些中東國家中央政府力量較弱，境內民族、教派複雜且矛盾較深的情況，各民族、教派為了保護自己的利益，組建自己的武裝力量，以確保在與別的勢力競爭中，利益不會被侵犯。而這些國內不同派系的武裝力量為了發展壯大，有時又與外國勢力相勾連，損害了國家的主權，也使地區局勢更加錯綜複雜。

庫德斯坦武裝佩什梅革早期不是正規軍隊，而是泛指庫德游牧武裝力量。從二十世紀初，庫德人不斷發動武裝鬥爭，試圖實現獨立或謀求更大程度的自治，在這一過程中，佩什梅革不斷發展壯大。二〇〇三年美國發動伊拉克戰爭（Iraq War，二〇〇三～二〇一一年）期間，佩什梅革與美軍協同作戰。在打擊伊斯蘭國武裝組織的戰爭中，庫德斯坦武裝再次成為地面部隊的主力之一。

庫德族老兵

在艾比爾，我曾經去過一戶庫德老兵家裡採訪。二〇一四年十一月，敘利亞西北部庫德人居住的城市科巴尼（Kobani）被伊斯蘭國圍困，佩什梅革啟程前往科巴

採訪佩什梅革（庫德斯坦武裝）打擊伊斯蘭國前線期間，與軍官合影（攝於2014年11月）

尼，協同敘利亞庫德武裝一同作戰。法蒂赫是參與科巴尼戰爭（Siege of Kobanî，二〇一四～二〇一五年）的伊拉克庫德斯坦武裝的一個上尉，他的家在艾比爾城西一條不起眼的街上。我去的時候是上午，一棵橘子樹漫過土黃色的院牆，枝頭掛著金燦燦的橘子。法蒂赫參戰去了，不在家中，但我們一下車，法蒂赫的兄弟們已經站在門口等待了。三個男人，兩個是他的哥哥，穿著西裝，一個是他的弟弟，穿著一套棕色的庫德傳統服裝，頭髮濃密，手上還戴著戒指。

院子不大，收拾得乾乾淨淨，正對門是一間廂房，右手邊是一棟兩層建築。如同大部分庫德人一樣，這是一個大家庭，兄弟姊妹七人，四男三女。父母和長子住在兩層建築，法蒂赫一家則住廂房。打擊伊斯蘭國的戰事緊張，法蒂赫四兄弟全都參軍入伍，三位兄弟剛從前線回來，正在輪休，聽說外國電視臺要來採訪，他們和家裡的男女老少一大早就收拾妥當，沒有住在這個大院的弟弟也趕了過來。

我們進了門，來到客廳。客廳裡放著一個木質衣櫃，一張辦公桌，旁邊放著一臺老式彩色電視機。窗邊放著一臺取暖用的「小太陽」電熱器，地上鋪著紅色地毯，我們按照庫德人的習俗席地而坐。法蒂赫的母親薩瓦爾，戴著白色頭巾坐在牆邊，雖然已經七十多歲，巨大的鼻子使她看上去有幾分英氣，身體十分硬朗。老太太的幾個兒子和兒媳坐在客廳中間，幾個三、五歲的小孩在牆邊玩著玩具車。

法蒂赫的妻子克薩爾額頭上有幾道細密的皺紋，綠色的眼睛透著善良，臉部有些浮腫，看上去有點憔悴。我問她，丈夫出征科巴尼前那一晚是怎麼告別的。她對著鏡頭還有些怯場，低下頭輕輕說：「那天晚上他十一點多才到家，我們全家人知道他要去科巴尼，都坐在這裡等，他回來以後，我趕緊去廚房，把特地為他準備的烤肉和饢拿過來，他們兄弟在吃飯，我和老太太、還有幾個嫂子們都哭了。」一口氣說到這裡，她停下來，喘了口氣，繼續說：「那一晚我幾乎一夜沒睡，哭了好幾次，他在佩什梅革服役多年，大大小小的仗打過不少，但是達伊什很兇殘，科巴尼特別危險，你也是知道的，對不對？」她抬頭望著我。常駐中東的記者誰能不知道科巴尼戰役呢？這座敘利亞北部靠近土耳其的城鎮從二〇一四年九月就被伊斯蘭國包圍，敘利亞庫德武裝在此拼命抵抗，雙方在城內城外爆發了持續數月的激烈戰鬥，科巴尼城內湧起的大團大團的濃煙和巨大的爆炸聲一直占據著那一時期世界各大電視臺的螢幕。

克薩爾見我點點頭，就繼續說：「我和法蒂赫結婚七年了，那會兒他就是佩什梅革成員，我們總是聚少離多。大部分時間，他都在軍營。二〇一二年時，他都已經退伍了，在艾比爾做了點小生意。但誰都沒想到，去年形勢又開始不穩，達伊什已經占領了很多地方，我丈夫說，如果不去前線抵抗達伊什，到時候可能連艾比爾都會被占領，我們庫德人世代居住的土地都難保了。他就再次應徵入伍。他今年都三十五歲了，還要上前線拼命。」克薩爾沒有像我想像中那樣流露出悲傷的情緒或是掉下眼淚，她只是淡淡地、平靜地敘述著。這時候一個大約三歲的小孩兒把玩具車推到我面前，好奇地盯著攝影機看，他有頭微捲的黃色頭髮，一雙大眼睛撲閃撲閃的。克薩爾探出身來，把小孩兒抱在懷裡。我說：「能不能看看你丈夫的照片？」她點點頭，把孩子放在地上，起身去衣櫃裡翻找照片。

她婆婆薩瓦爾接過話題繼續說：「法蒂赫走的那天晚上，我對他說，你去吧，要多保重，去守衛科巴尼，那是我們庫德人的土地❹。我四個兒子都在佩什梅革服役，我覺得光榮。」「那你擔心嗎？」我端起進屋時他們擺在我面前的茶杯，喝了一口紅茶。薩瓦爾斬釘截鐵地說：「我不擔心。我這一輩子雖然沒上過前線，但始終伴隨著戰爭。海珊在的時候，我們庫德人和他打過很多

---

❹ 科巴尼居民以庫德人為主，也有其他族裔。

年。一九七五年，海珊的部隊和庫區武裝交手，我就幫著村裡做鑲，一天做很多鑲，好讓我們的男人有力氣繼續戰鬥，歲數大的累一天腰都直不起來，好在我那時還年輕，也不覺得累。我們村子裡很多男人都陣亡了，伊拉克的飛機天天狂轟濫炸，我們就躲進山裡。」我在庫德斯坦遇到的庫德人，一般都會自稱庫德人，而不是伊拉克人，他們口中提到的伊拉克，語境中是自動剔除庫德斯坦的，感覺就跟提到另一個國家似的。「伊拉克和伊朗打仗的時候，我們又和海珊打，你來我往，有輸有贏，贏了我們就下山，輸了就上山，也沒什麼大不了。」黃頭髮小孩對攝影機鏡頭的好奇已經不能用眼睛看來滿足了，他伸出手，準備去摸鏡頭，薩瓦爾趕緊起身，把他帶到一邊。

「你這個小孫子真可愛。」我笑了笑。

「是啊，調皮得很。」薩瓦爾看了看在衣櫃裡找照片的克薩爾，湊上前來，小聲跟我說：「這是我家老大的孩子，不是法蒂赫的……」

老太太似乎還想再說什麼，克薩爾已經從衣櫃裡拿了一疊照片過來。薩瓦爾就不再言語，我們開始一起看照片，那都是法蒂赫在庫德打擊伊斯蘭國前線和戰友們的合影，大部分都是在前線戰鬥間隙所拍，法蒂赫戴著紅色貝雷帽，身穿迷彩服，站在戰友中間，背景要麼是戰壕，要麼就是軍車，除此以外，只剩下一望無際的昏黃沙漠。克薩爾對每張照片都如數家珍，說這張是什麼時候在那兒拍的，那張是什麼時候在那兒拍的。

「有沒有你們兩個人在一起的生活照？」我問。

「有，不過我得去我房間找一找。」說完，克薩爾就起身退到門邊，穿上鞋，回到她住的房間。

我翻看著地毯上的軍旅照，這個和我年齡差不多的男人，由於戰爭的洗禮，已經顯出衰老的跡象，頭髮謝頂，臉上的皺紋也清晰可見，說他是四十五歲人們也不會有絲毫懷疑。一旁的老太太薩瓦爾也看著兒子的照片，說：「我不害怕打仗，也不擔心兒子上前線，就是有一點，法蒂赫和克薩爾結婚七年了，至今都沒有孩子，我是希望他們能有個孩子的。」我說，這我完全理解，大部分的父母也都希望能早日抱上孫子。老太太突然上前，拍拍我的肩，說：「法蒂赫在前方打仗，一旦有什麼意外，如果有個孩子，將來也有個念想。要是沒有孩子，真出了事，那要我和兒媳婦如何是好。」薩瓦爾眼中現出淚水，那淚水一直在眼眶裡打轉，沒有流下。這個經歷過戰爭的女人，直到此刻，才顯出脆弱的一面。我有點手足無措，只能安慰道：「您兒子會沒事的，放心吧……」

克薩爾拿著照片回來了，我一看，是一張結婚照，克薩爾指著照片說，這是在娶親的路上拍的。照片中法蒂赫穿著嶄新的西裝，頭頂已禿，克薩爾穿著一身潔白的婚紗，左手拿著一束花，右手摟著丈夫的左臂。新娘旁邊站著一個肥胖的女人，穿一身黑底藍花的長袍，仔細一看，是克薩爾的婆婆，那時她可年輕多了。新郎旁邊是他的弟弟，高大帥氣，穿著和今天一樣的棕色庫德民族服裝，前面站著一個小男生，五、六歲的樣子，是法蒂赫的侄子。克薩爾不好意思地說，法蒂赫之前一直在佩什梅革軍中，前兩年在艾比爾做買賣也是早出晚歸，他們兩個之間的合照很少，只找到這一張。

我問克薩爾平時他們怎麼聯繫？克薩爾說他們天天打電話。我說能不能現在給法蒂赫打電話，做一個電話採訪，問問他的近況，也順勢瞭解一下科巴尼戰事的進展。克薩爾就拿出一個老式諾基亞(Nokia)電話，撥了丈夫的號碼，克薩爾和丈夫說了幾句話後開了擴音，一個略帶嘶啞的男聲從聽筒裡傳出：「我們前幾天在科巴尼的郊區，戰鬥進行得很順利，昨天開始已經進入科巴尼市區了，我們一條街一條街地推進，戰鬥已經接近尾聲了，達伊什基本都跑了，沒跑的都被我們消滅了。之前跑出去的科巴尼居民，有的已經從外地回來了。」克薩爾對著電話問：「那你們什麼時候能回來？」「我估計快了，一周左右吧，等我們徹底把達伊什從科巴尼消滅後，就可以回去了。」老太太薩瓦爾在一旁不住地說「真主保佑」。法蒂赫聽到老母親的話，說：「媽，你照顧好自己，保重身體，我們過兩天就會勝利凱旋。」通話結束前，法蒂赫對我說：「謝謝中國記者來我家採訪，我們已經準備好獻出最後一滴血，保衛我們的自由，解放我們的土地。」

戰地攝影師

茲姆納科．伊斯梅爾的攝影展在阿姆納．蘇拉卡院中另一處展廳，那是一個空曠的房間，除了牆上的照片，空無一物。見到我們，茲姆納科迎上前來。和我印象中游牧民族男人剽悍勇猛的形象不同，茲姆納科留著略帶波浪捲的披肩長髮，眉毛濃密，說起話來語調委婉，像淺灘上的細流一樣輕柔。誰也不曾想到，就是這樣一個渾身上下散發著藝術氣息的男人，卻前後十四次深入戰爭前線，拍攝了二千多張照片。此次展出的一共有五十幅照片，是八位庫德攝影師的作品，其中茲姆納科拍的有八幅。我決定先看照片，再安排採訪，茲姆納科向我講解每張照片背後的故事。

北面牆上是六幅照片，上下兩排各三張，上排正中間是一個老頭，戴著紅白格阿拉伯頭巾，鼻樑上架著一副老花眼鏡，左鏡片碎了一半，用一小塊樹脂糊上，臉上蓋著一層厚厚的塵土，眉毛和鬍子灰茫茫一片，已經看不出原本是灰白還是黑色，額頭上的皺紋因為落灰更顯深刻。茲姆納科介紹，這是他在一處難民營前拍到的一位老人，七十四歲，一個人翻越辛賈爾山，輾轉十二小時逃下山，來到山下的一處臨時營地。

上排左邊第一張，照片正中是一個女孩，她走在一條柏油路上，左手拿著礦泉水瓶，身上背著一把 AK-47 自動步槍，染黃的髮梢淩亂地在空中肆意飛舞，她回頭看向攝影師，目光中透出犀利和堅毅，還有一絲憤怒。女孩前方是一位戴著紫色頭巾的女人，懷裡抱著一個嬰兒，右手還牽著一個五、六歲左右穿紅衣服的小姑娘。再前方，還有影影綽綽的一些人，走在兩座荒山之間的公路上。這個回頭的女孩當時十四歲，走在前面的是她媽媽和兩個妹妹，她背著的槍是下山前父親交給她用來保護媽媽和妹妹的，她回頭是想回到山中去營救還被圍困在辛賈爾山上的父親。

下排中間的照片，畫面中天地渾黃一色，漫天黃沙中隱約能看到遠處荒山起伏的輪廓，一股股小型龍捲風正裹挾著黃沙，在幾根木頭電線桿間飛舞。龍捲風前方，兩位穿著迷彩服的庫德斯坦武裝士兵迎上兩個從風沙深處走來的小女孩，大的看起來七、八歲，小的大概四、五歲。右邊繫著紅圍巾的士兵剛把全身上下穿紅衣服的小女孩抱起來，左邊的士兵則曲著雙腿，伸出雙手，正準備把另一個年齡稍大的女孩抱起，小女孩顯然是累極了，手裡緊緊地抓住剛遞過來的礦泉水，眼睛一動不動地盯著地面。

左右兩邊的牆上也掛滿了照片，其中一張主體是一輛卡車，車後斗裡坐了十幾個人，最外面的中年男人一個眼睛已經紅了，滿臉灰土，左手拿著兩個麵包，右手夾著一根菸。他旁邊是一位側身坐著的老人，頭上裹著被塵土染灰的白頭巾。老人左邊是兩個男子，一個在被灰塵覆蓋的長袍口袋裡揣著一袋餅乾，那餅乾袋是綠色的，是整個車後斗中最鮮亮的色彩。他瞪著左眼看著攝影師的方向，另一個男子背對著鏡頭，手裡拿著一盒牛奶，正在看牛奶盒上的包裝。車後斗中間是幾個戴著白頭巾的女人，低著頭坐在那裡。靠近駕駛室的兩側，左右各站著一個男人，車下方還有一人，伸出一隻手，正把一大瓶水遞到車後斗裡，坐著的女人伸手去接。

展出的照片主題鮮明，構圖、色彩、光線等恰到好處，藝術水準極高，每一張背後都有一段生離死別、驚心動魄的故事。「你知道這場逃亡對亞茲迪人意味著什麼嗎？」我看著一張照片：一個穿著紫色碎花裙子的女人坐在沙發上，膝蓋上支著一把槍，槍管似乎堵住了，她正拿著一根細鐵絲向槍管裡面捅。沙發旁邊放著一張戴著眼鏡、五十歲左右男人的照片。我正想她是為自己的丈夫修理槍還是要拿起槍準備替死去的丈夫報仇。茲姆納科這麼一問，我抬起頭想了想，說：「意味著他們離開了自己世代居住的家園。」他聳聳肩：「你只說對了一半，不幸的那一半。幸運的一半是，它意味著一個種族保存下了火種，暫時避免了被種族清洗的命運！」

看完照片以後，採訪正式開始，茲姆納科站在照片前面，向我徐徐地講述了他拍這些照片幕後的故事。

「對我來說，攝影能夠記錄庫德人的歷史。我之所以一次次前往戰地拍攝，就是要把庫德人的遭遇告訴世界。二〇一四年，伊斯蘭國逐步占領了伊拉克北部和中部很多地方，並威脅了庫德斯坦，他們想占領並統治我們的土地。佩什梅革為了保衛我們的家園，勇敢地和他們戰鬥。我們作為攝影師，也想以自己的方式參與戰鬥，那就是去前線和戰場，近距離地面對兇殘的達伊什，記錄下他們的兇殘和佩什梅革保家衛國的勇敢。

我們有的攝影師在前線被達伊什抓了，目前還在他們手上。我自己先後去過十四次前線，也去過很多難民營，包括敘利亞的難民營，尤其是一些其他人都沒去過的難民營，拍了二千多張照片，也做過很多採訪，錄了很多影片。

遇到過危險嗎？當然！經歷了幾次極端險境，都險些送命。其中一次是在邁赫穆爾（Makhmur，伊拉克庫德地區南部城鎮）的一個郊區，那裡原本是佩什梅革的占領區，我們覺得很安全，但拍攝當天，佩什梅革正從這一地區撤退，卻沒有通知記者，我們都不知道。等我發現他們正在撤退時，我自己又沒有車，而達伊什就在不遠處，馬上就要追過來。正在我為如何逃走而感到焦慮時，路上開過來一輛卡車，來不及多問，我趕緊跳上卡車的車後斗。車後斗裡裝了很多家具，我躲在家具後面，車沒開多遠，又有人不斷跳上來，那場面就和電影裡演的逃難一模一樣。當我到了邁赫穆爾時，看到其他記者也在那裡，我們這才匯合到一處。我們都想著，邁赫穆爾有佩什梅革防守，應該是安全的，就在城內繼續拍照片。沒想到，不到一個小時，伊斯蘭國武裝分子就殺到了這裡，他們的迫擊炮彈落在我們四周，炸得人耳朵都聾了。我和其他記者躲在一個房間內。爆炸聲漸漸消失之後，其他記者都出去了，我有點害怕，一個人在房間裡多待了一陣。爆炸聲平息後，街頭不時傳來槍聲，我當時就想，作為攝影師，這樣的現場很難遇到，躲在房間裡會錯過。我就從房子的大門口探出頭，街上煙塵滾滾，空無一人。先前出去的攝影記者們都不知道跑到那裡去了，對面一棟房子裡有一個男人也像我一樣，探出頭，看到沒有什麼事，就彎著腰跑到一旁的商店，他應該是家裡急需什麼東西。看見他沒事，我也弓著身體，拿起相機，低著頭走到街上，街上一個人都沒有，遠處不時傳來槍聲，剛才各種爆炸產生的煙霧都還沒有散去，遮天蔽日的，看不清前面的路，我一邊走，一邊四處觀察，希望能找到先前走出房間的同行，但走了一會兒，什麼人都沒看到。我走著走著，突然聽到煙塵中有車的聲音，害怕那是達伊什的車，我趕緊跑到牆角躲起來，車輛漸漸靠近，我才看清車上掛的庫德斯坦的旗幟，我趕緊跑到路邊招手，他們看到我的相機，知道我是攝影師，把我拉上，送到了城東一處難民營，這樣我才得以逃脫。」

茲姆納科語調平緩地說完，溫柔地就像一段平滑的流水，從你耳邊流過。往昔的險惡，一如一段段激流，留在了河的上游。「你拍攝這樣揭露達伊什暴行的照片，有沒有被他們盯上？」我看著他的長髮說道。

「有過。我告訴你個故事，有一次在臉書上，他們給我留言說，別看你去過麥加朝聖，但與我們為敵，誰都救不了你。」

「那你有門路能帶我去前線看看嗎？」我還是沒忍住問了這個問題。在庫德斯坦的那段時間，這幾乎成了我的口頭禪，但凡能搭上話的，感覺有點門路的，我都要隨口問問。

「呃……」他面露難色：「這太危險了，你們外國媒體記者的人身安全是大事，要去前線，必須經過佩什梅革的同意，並且得有他們的人護送才行。我們本地人相對來說方便一些。」

這時，來了一群年輕人，是附近

與線人比札爾（左一）、庫德戰地攝影師茲姆納科（中）合影（攝於 2014 年）

一所大學的學生，過來參觀圖片展，茲姆納科趕緊跑過去接待，我們的對話就此打住。

辛賈爾大逃亡

從蘇萊曼尼亞回到艾比爾，我對亞茲迪人和那場辛賈爾大逃亡產生了濃厚的興趣，囑咐比札爾儘快幫忙聯繫，看看能不能做幾則報導。幾天後，一切安排妥當，我們要去北方尋找從辛賈爾山逃難出來的亞茲迪人。從艾比爾出發時，比札爾信誓旦旦地跟我說，一切都安排妥當，我們到了杜胡克 (Duhok) 就能採訪。杜胡克是伊拉克庫德斯坦最北端的一個山區省分，再往北就是土耳其的地界了。這裡和被伊斯蘭國控制的伊拉克尼尼微省 (Nineveh) 之間僅隔著一條底格里斯河，河上的摩蘇爾大壩 (Mosul Dam) 一度被伊斯蘭國攻占並揚言炸毀。庫德斯坦政府在杜胡克建立了多座難民營，用來安置從臨近的摩蘇爾等地逃出伊斯蘭國管轄地區的居民，其中有一座是專門安置亞茲迪人的。比札爾說他已經和這座難民營的管理者聯繫好，說要去採訪在此落腳的亞茲迪人。對方答應了。

在伊斯蘭國攻占伊拉克北部之前，沒有多少人聽說過亞茲迪人。他們是一個世代居住於伊拉克北部辛賈爾山周邊的古老民族，人數近七十萬。有部分庫德人認為，亞茲迪人其實是庫德人，只是他們信奉亞茲迪教，一種揉合了猶太教、基督教、伊斯蘭教與美索不達米亞原始自然崇拜於一體的宗教。按照亞茲迪教的說法，神創造了世間萬物，並委託七位天使來掌管一切。七位天使以孔雀大天使為尊。孔雀大天使是神以自身的光明創造的，是大地的統治者，不需要向任何人俯首跪拜。神先創造了孔雀大天使，後創造了亞當。孔雀大天使按照神的旨意拒絕向亞當俯首跪拜，這一行為與基督教《聖經》和伊斯蘭教《古蘭經》中拒絕向亞當跪拜的魔鬼

2014 年 8 月，從辛賈爾城逃往敘利亞邊境的亞茲迪人（Reuters 提供）

「撒旦」非常相似。因此，部分穆斯林認為，亞茲迪人的孔雀大天使就是魔鬼「撒旦」，亞茲迪人是魔鬼崇拜者，所以在漫長的歷史歲月中，亞茲迪人屢屢遭到迫害。

二〇一四年八月，伊斯蘭國攻占了亞茲迪人集中居住的辛賈爾城及其周邊地區，二十多萬平民逃離，其中包括五萬多名亞茲迪人，他們逃入附近的辛賈爾山中。伊斯蘭國隨後包圍此山，將亞茲迪人圍困在山上。最後在以美國為首的聯軍空中打擊和庫德斯坦武裝的地面作戰配合下，才撕開了伊斯蘭國的包圍圈，給被困在山上數天之久的民眾開闢了一條下山的通道，亞茲迪人沿著這條路，扶老攜幼，從辛賈爾山九死一生，撤到山下安全地帶，這就是驚心動魄的辛賈爾大逃亡。

幾經波折的採訪

我們的車行駛在杜胡克的山中，山上生長著稀疏的低矮灌木，灌木之間裸露著黃土，牧羊人趕著羊群，在公路旁的山谷中放牧。比札爾接了一個電話，又翻找手機，撥了一通號碼後，從副駕駛位置轉過頭來對我說，之前他聯繫的接頭人因為臨時有事，需要離開杜胡克。接頭人給他留了另一個人的電話，說聯繫這個人，他會帶我們去，但這個人的電話始終打不通。「別擔心，會聯繫上的。」他看我露出擔憂的表情，安慰道。

我擔心的事情最終還是發生了。我們到了杜胡克省會杜胡克市以後，那人的電話仍然是打不通。這時候，比札爾和我都有些焦急，因為此時已經是下午三點多了，我們晚上還得趕回艾比爾。比札爾站在杜胡克的大街上，開始不停地打電話，時而禮貌地對著手機輕聲詢問，時而揮舞著左手，沖著電話大聲嚷嚷，一輛滿載渣土的大貨車駛過，嗆得他連聲咳嗽，放下電話不停地咒罵貨車司機沒有蓋住廢棄的渣土。時間一分一秒地過去，他還是沒能聯繫到那個要跟我們接洽的人，所以只能改變策略，打電話臨時找能帶我們去亞茲迪難民營的人，這幾乎相當於一項不可能完成的任務，大概過了半個多小時我們仍然一無所獲。最後，就在我們以為當天的採訪要泡湯之際，比札爾再次撥打了那個在來時的車裡拿到的電話號碼，嘟嘟幾聲鈴響後，電話終於接通，比札爾帶著謙卑的語氣小心詢問，絲毫不敢抱怨那人怎麼一直不接電話。那人告訴了我們一個救助亞茲迪人的慈善機構的地址，說可以直接去找他們。

我們按照電話裡給的地址，找到了位於杜胡克市中心的一家商場，土黃色的五層樓房，在一條人來車往的街上。走進商場，一層是一個圓形的大廳，裡面光線昏暗，塵土在透過窗射進來的細細的光束中漫天飛舞。商場裡沒什麼商戶營業，大多數商鋪都鎖著門，隔著玻璃一看，裡面空空如也，有的屋裡零散地堆放著一些汽油桶和鋼筋。大門右手邊有一家店鋪開著門，裡面賣的是各種運動鞋，大大小小的假冒 Nike、adidas 擺滿了貨架，櫃檯旁一位年輕的男店員，頭髮像雞籠一樣亂蓬蓬的，拿著一部手機在玩遊戲，看到我和比札爾走入商場，也絲毫沒有興趣招呼一下，繼續低頭玩著手機。

商場裡沒什麼顧客，咳嗽一聲，整個大廳都能聽到回聲。我們進門後向右轉，找到樓梯，沿著黑漆漆的樓梯下到地下一樓。地下一樓和樓上並無二致，只不過連細細的光束都沒有，只有兩盞白熾燈，泛著冷色調的白光。比札爾敲了敲唯一一扇緊閉的木門，說這就是解救亞茲迪難民機構的辦公室。裡面傳來腳步聲，接著就聽到門閂滑動的聲音，門只開了個小縫，裡面探出一個男人的腦袋，比札爾歪過頭去，和那人嘀咕了幾句，大腦袋縮回門裡去，把大門打開了。

我走進去，一股嗆鼻子的菸味瞬間撲面而來，屋裡煙氣繚繞，只見幾個人的輪廓在煙霧之中若隱若現，等眼睛適應了濃霧般的煙氣後，就看到屋內靠北面的牆前放著一張大桌子，後面坐著一個男人。桌子斜前方有一排黑色的皮沙發，上面坐著三個人，中間一個極胖，肚子都快從襯衫裡流出，他左右兩邊的人體型正常，手裡拿著菸。沙發旁一左一右站著兩個人，四十歲左右的年紀，嘴裡都叼著菸。那屋子很大，除了沙發外沒有任何家具，顯得極其空曠，更遠處還站著兩個正在輕聲交談的人。

他們看到我，沒有像別的伊拉克人看到東亞面孔時那樣面帶微笑、好奇地打量。而是瞥了一眼後，又抽菸的抽菸，交談的交談。我和比札爾走向那張大桌子，和桌子後端坐的男人寒暄了一陣。那人滿臉橫肉，面露凶光，我心中暗暗吃驚，覺得這不像是慈善機構的辦公室，倒像是黑幫的地下據點。我坐在桌前右側靠牆擺放的一排沙發上，向他說明來意，請他幫忙帶我們去亞茲迪難民營。比札爾把我的話翻譯完，坐在桌子後面的那名男子只是斬釘截鐵地說了一句：「這辦不到！」他那張上窄下寬的大臉像極了一顆西洋梨。

我和比札爾面面相覷，都覺得有點意外。因為比札爾聯繫上的人說他已經跟這個機構溝通過，他們知道有外國記者來採訪，也答應協調我們去難民營拍攝。

「現在都快下午四點了！你們明天再來吧！」他仍在抽菸，頭都沒抬一下。

「實在對不住，這確實有點倉促。我們原本聯繫了穆罕默德，後來他給了我們另一個人的電話，那人又向我們推薦了您，他說已經跟您這邊打好招呼了。」比札爾又把事情的來龍去脈跟眼前的這個人講了一遍。我因為第二天在艾比爾還有採訪，在來之前已經告訴比札爾當天無論如何得完成任務離開杜胡克。

「他是剛才在電話裡提過一句，」男人有些不耐煩：「聽著，你需要提前申請，走流程。這樣我們才能安排！」

「可我們已經得到保證，說是可以帶我們去。你們是亞茲迪人救助團體，難道你們不想讓更多的媒體報導亞茲迪人的故事嗎？」我有些著急：「只有媒體多多報導，才能讓世人更加關注亞茲迪人現在的悲慘處境！這才能幫到你們！」

對方沒有答話，把菸頭摁在菸灰缸，使勁轉了轉，擰滅了菸頭上的火星兒。「這樣吧，你們先採訪一下我吧，採訪完了我再帶你們去。」我和比札爾對視了一眼，沒想到他會如此直白地和我們談起了條件。我原本是想著先去難民營，採訪完亞茲迪人之後，再在難民營的環境中採訪他，讓他介紹一些救助亞茲迪人的總體情況和典型案例。在這樣一間滿屋濃煙的辦公室裡採訪，呈現在螢幕上的效果必將大打折扣，也與整個節目的整體基調格格不入。

我試圖把我的想法告訴他，但他搖著頭，態度堅決地說，必須先採訪他，然後才能帶我們去見人。我沒有辦法，只得同意。讓比札爾趕緊去把在車裡的攝影師叫過來，不一會兒，攝影師進來，把攝影機從包裡拿出來，安上補光燈，開始調試白平衡、架設麥克風等。桌後的男人起身拍了拍衣服，將西服上的褶皺壓平，從抽屜裡拿出一面方形小鏡子，邊照鏡子邊整理領帶，坐在斜前方沙發裡的幾個人扭過頭來和他說，要不要換條紅色領帶，顯得鮮亮一些。他看了眼鏡子，說：「沒事，這條藍的就很好。」又從抽屜裡拿出一把梳子，對著鏡子將頭髮梳了一遍又一遍。

攝影師把所有的設備調試完畢後，告訴我一切準備就緒，我說：「我們開始吧。」那個男人點點頭。

「請您先介紹一下貴機構從事的工作及成果。」

「我叫阿布達拉，我們是一家從事亞茲迪人救助的團體，在達伊什攻占辛賈爾山之前，就已經在周邊城鎮展開了攻勢，我們知道形勢不妙，派人在混亂中救出了三百九十七人，其中包括一百四十九名兒童和嬰幼兒。達伊什進入辛賈爾山時，戰鬥打得非常激烈，我們的人冒著槍林彈雨，派出卡車，在兩天時間內分三次接出了五百人。達伊什徹底占領辛賈爾山後，我們的營救工作轉向了流落在辛賈爾周邊以及摩蘇爾等地的亞茲迪人，每天都和周邊城鎮保持密切聯繫。最近這兩天有二十二人等著被救，我們已經接洽好了，過幾天，就把他們從敘利亞、土耳其還有摩蘇爾接回到庫德斯坦。」

「救助這些亞茲迪人需要不少錢吧？這錢是誰資助的？」我問。

「歐洲一些國家的非政府組織，還有伊拉克庫德斯坦政府。」

「那你們在營救這些人的過程中有沒有遇到什麼危險？」

「還可以，沒遇到什麼危險，我們也不會冒險前往達伊什控制地區。我們的活動範圍主要還是在庫德斯坦，摩蘇爾等達伊什控制的地方有我們的線人，主要是他們在負責聯絡和調協等工作。」

我當時還問了另外幾個問題，阿布達拉都很愉快地回答。採訪完成後，我剛要提起去難民營的事，只見他拿起手機，不停地打電話。阿布達拉簡直不是在說話，而是對著電話大聲叫喊。地下室裡的菸味越來越濃，裡面其他人說話的聲音也鬧哄哄的，我感覺自己快要窒息，耳朵裡嗡嗡作響，胃裡也開始翻江倒海。我起身想要出去透口氣，比札爾向我使了個眼色，我又坐了回去。

「再等等。」他從旁邊的座位欠起身，趴在我耳邊嘀咕道。又過了近乎半個世紀那麼長的十分鐘，桌子後面的男人放下電話，嘴裡嘟囔了幾句。又大聲地和旁邊站著抽菸的人交待了些什麼，然後，他站起身對我說：「走吧，我帶你去亞茲迪難民營。」我懸著的心落了地，長舒一口氣，跟著他出了門。他們在前面開車，我們的車在後面跟著，向著庫德斯坦北部更深處的深山裡進發。

亞茲迪少女賈奈爾

太陽懸在西邊的天空上，無精打采的，離起伏的山崗近在咫尺，山谷中的公路和半山腰的樹木已經開始暗淡了下來。山中除了公路上來往車輛的嗖嗖聲和偶爾的鳴笛聲，沒有別的聲響。不時有牧羊人把羊群趕到公路上，阻礙了交通，司機不耐煩地按著喇叭，牧民拿著鞭子，把羊群趕到路邊，讓出一段路讓車輛通行。車駛到一條小河拐彎處的水泥橋前時，比札爾忽然讓司機停車，他打開車門，轉頭對我說：「禮拜時間到了，我得先做個禮拜。」這時，我才看清橋邊空地上有一座小型清真寺，圓圓的穹頂隱沒在幾棵樹下。因為不知道前方還要開多遠才能到達，而晚上還要開幾個小時趕回艾比爾，我心中焦躁不安。

在整體社會環境比較世俗化的伊拉克庫德斯坦，比札爾在我認識的庫德人當中算是非常虔誠的穆斯林，他不但按時做禮拜，而且只要是自己拿不准的事務，一定會去請教一位他信賴的伊瑪目，看這件事是否符合伊斯蘭教法。有一次，他在他們高中成立了一個學生社團，要出去拉贊助，因為他不確定拉贊助這種行為是否符合教法，還特地跑去清真寺請教宗教人士。我跟他說，你接受了十二年教育，遇到不懂的完全可以自己去查閱《古蘭經》和《聖訓》，為什麼一定要請教別人呢？你怎麼能保證他說的就一定準確呢？比札爾搖搖頭說：「不，我接受的是世俗教育，不是宗教教育，我對教法的細節並不精通。我去詢問伊瑪目，不是隨便找一個宗教人士，而是一個長期給予我指導的權威之人。」

他做完禮拜之後，我們繼續趕路，再向前開了大約二十多分鐘，就駛離柏油路，拐入一段碎石路面，遠遠地就看見山腳下一片開闊的空地，上面擺滿了一排排白色大帳篷，那就是庫德斯坦政府設置專門安置亞茲迪難民的難民營。我們停好車，跟著阿布達拉見到了難民營的管理人員——幾位身材略為發福的中年男人。他們帶著我們在比足球場還大的營區中穿行，一頂頂白色帆布大帳在夕陽的最後一絲光線中整齊劃一地挺立著。我們來到營區中間的一頂帳篷前，掀開帳篷前方的門簾，就見到了一個小姑娘，十二、十三歲模樣，剛進入青春期，鼻子兩側的面頰上已經開始長出了青春痘，她叫賈奈爾，是辛賈爾山大逃亡中茫茫人海中的一員。她坐在帳篷中的地毯上，地毯邊緣擺了幾床花被子，也沒什麼家具，帳篷頂上掛著一盞燈。我坐在地毯上，一股涼意從地下傳來，渾身打了一個哆嗦。我心想，傍晚已是如此，不知道這山裡的夜晚那麼冷，他們在這冰涼的帳篷裡怎麼睡覺？

賈奈爾穿著一件綠色圓領的上衣，戴著一個銀色的吊墜，頭髮濃密，梳著兩條長長的辮子，她坐在地毯上，聲音帶有那

庫德斯坦北部的一處難民營

種青春期剛變聲女孩兒特有的粗啞，向我們講起自己當初被伊斯蘭國武裝分子抓走時的情景。

「八月的一天，達伊什攻入了我們的村子，戰鬥打得很激烈。我們全家都躲到了後山的山洞中，等了很長時間，槍炮聲平息後，我們返回家中，打算收拾東西趕緊跑，我媽在廚房收拾鍋碗瓢盆，我把課本和練習本都裝在書包中。我們家的院牆不高，我剛要把自己最喜歡的一條紅裙子裝入一個大麻袋時，就看到達伊什人員扛著槍，出現在院牆外面，我和媽媽、姊姊大氣不敢出，蹲在地上，以為他們會離開。沒想到，他們直接進了我們家，把我們都抓走了。他們挨家挨戶地搜查，最後把我們整個村子裡的人都帶到了一個山谷。在那裡把所有抓到的人分開，男人一隊，女人和孩子一隊，押上不同的巴士。他們把女人和小孩都帶到了泰勒·阿費爾（Tel Afar，伊拉克北部城鎮，位於辛賈爾山與摩蘇爾之間），男的不知道被送到那裡。我和媽媽還有姊姊在泰勒·阿費爾被關了三天，然後，他們把我們轉運到摩蘇爾的一座監獄。到了監獄以後，他們把女人按照年齡分開關押，先來把年齡大的帶走，我媽就是在這個時候被帶走的，她和我們分開的時候，我和姊姊十分害怕，拼命大哭，達伊什的人看到我們大哭，非常不耐煩，舉起機槍，想要拿槍托打我們，我媽擋在我和姊姊身前，一邊啜泣，一邊幫我們擦乾眼淚，跟我姊姊說要好好照顧我……」

賈奈爾語速飛快地說完，坐在那裡看著我。

「那你知道你媽媽被帶到那裡去了嗎？」我問。

「不知道，我覺得可能是另一座監獄，也可能是同一所監獄的不同區域。」

「後來有再見過媽媽嗎？」

「見過。我們在那間監獄裡一共被關了八天，後來就發生了空襲。一枚枚炸彈落下來，監獄裡的房子都跟著震動，頂棚直往下掉灰，那爆炸的聲音特別大，像是在人胸腔裡炸開一樣，我們這些小女孩都非常害怕，晚上也不敢睡。空襲持續了好幾天，爆炸聲離我們越來越近，房子抖動得也更加厲害了，我感覺自己可能要死在監獄中。第九天時，達伊什人員又把我們押上巴士，送回了泰勒．阿費爾。讓我驚喜的是，在那裡我又短暫地見到了媽媽，她雖然瘦了很多，但看起來一切正常，衝過來抱著我大哭，我撲倒在媽媽懷裡，也大哭起來，覺得那是全世界最安全的地方。我多希望可以一直跟著媽媽啊，但達伊什沒多久就又把大人和小孩分開。這一次，我姊姊也被當成了大人，被強行帶走，關到了另外一座牢房，只剩下了我一個人。從那兒以後，我就再也沒見到媽媽和姊姊了。」

「我聽說在監獄裡，伊斯蘭國武裝分子會把亞茲迪女人當成奴隸，隨意標價買賣，有的還會被當成性奴，發生了大規模性侵事件，有這回事嗎？」我看著賈奈爾低垂的眼睛問道。

「我沒有親眼見到其他女孩被性侵，但監獄裡其他女孩都在談論這件事。有人說她們的牢房裡有一個女孩深夜被帶走，天亮了被送回來，一直蜷縮在角落裡哭，問她發生了什麼事她也不說。可能是看我還小，他們並沒有對我動手動腳。至於奴隸買賣，我也不知道具體情況，但是其他女孩的牢房裡的確有人消失，她們說接連有兩個女孩，傍晚的時候被帶走，再也沒有回來，我們就聽說她們可能是被賣掉了。性侵和奴隸買賣我都是聽別人說的，但有一件事我是親身經歷過的，那就是達伊什武裝人員會來到牢房，給我們看他們斬首亞茲迪人的影片，一共有兩次。第一次是某天中午，我們剛吃完飯，達伊什看守監獄的人走到我們牢房，他把我們幾個小女孩召到一塊兒，從口袋裡掏出手機，給我們看影片：一名囚犯，看起來大概三十多歲，鼻梁上有一顆很大的黑痣，他穿著橙色的囚服，跪在地上，一邊哭一邊苦苦哀求，希望達伊什能饒過他們；兩名恐怖分子戴著黑色頭套，手裡拿著槍，在他身後晃來晃去。男囚犯越是哀求，恐怖分子就越是哈哈大笑，然後，後邊的一個達伊什人員，舉起手中的槍，朝著跪著的人的頭部開了一槍，那人一頭栽倒在地，流出汩汩紅色的血。」她眼中掠過一絲驚恐，隨即消失，只呆呆地坐在那裡，似乎陷入殘忍的回憶之中：「幾個膽子很小的女孩都被這影片嚇哭了。還有一次，是在晚上，恐怖分子又給我們看了一段影片，內容和第一次差不多，只不過這一次他們沒有用槍，而是用刀。那畫面更加殘忍，我現在想到都覺得可怕。」賈奈爾閉上雙眼。我怕勾起她驚恐的記憶，趕緊插話說：「沒事，這個你不必說了。」她長舒了一口氣，睜開眼睛：「好的，我希望自己可以永遠忘記那個影片裡可怕的場景，直到現在，我還會時不時做夢，夢到那個影片裡的內容，每次都會被那個夢嚇醒，醒來胃裡都會翻江倒海，就像是馬上要吐了的感覺，特別難受。」

在賈奈爾被伊斯蘭國武裝綁架期間，伊拉克庫德斯坦的亞茲迪人救助團體通過線人，瞭解到了賈奈爾的情況。據阿布達拉介紹，伊斯蘭國武裝分子為了弄到錢，會偷偷地和一些被綁架人員的家屬取得聯繫，商談好贖人的價格，價格談好後，武裝分子會疏通監獄裡看守人員的關係，悄悄把人送出去，送到監獄周邊的人家寄養。寄養家庭和這些武裝分子之間是有協議的，贓款怎麼分成，寄養多久都是商量好了的。畢竟，這暗中販賣人的事是武裝分子瞞著組織私下裡進行的，一旦事情敗露，不但他自己要遭殃，寄養家庭也要受到牽連。因此，這是一樁風險極高的生意。

對於賈奈爾，武裝分子向阿布達拉開出的價格是四千美元。他們保證一手交錢一手放人，完好地把賈奈爾偷偷送出去，阿布達拉他們同意了。於是，某個不起眼的夜晚，賈奈爾從監獄中被秘密轉移，送到了摩蘇爾當地的一戶人家裡。

「我被送到一戶摩蘇爾人家裡，這家人和達伊什監獄裡的人是親戚。我到了那家後，聽到了他們之間的對話，那家人問恐怖分子我大概需要在他家待多久，達伊什的人說最多不超過一個月，等他們一切安排妥當後，就可以把我送走。」

庫德斯坦營救亞茲迪人曾引起了一些爭議，反對者抨擊說整個救人的過程與其說是營救，不如說是贖買，庫德斯坦政府花錢救人是變相鼓勵伊斯蘭國武裝人員綁架更多平民以賺取贖金。為此，我在見到賈奈爾之前，專門去採訪過伊拉克庫德斯坦亞茲迪難民事務協調員努里．奧斯曼，這位身材消瘦、鼻子修長，說一口流利英語的官員向我澄清道，庫德斯坦政府花錢絕不是用來從伊斯蘭國手中買人，而是救人過程中支付的交通和臨時住宿等產生的一系列費用。他舉例說，把亞茲迪人從伊斯蘭國控制區往外送是非常危險的，一旦被伊斯蘭國在沿途設置的檢查站查出來，後果非常嚴重，司機和乘客甚至可能性命不保，所以，冒著巨大風險的司機會要求很多錢，跑一百公里的路程可能就要一千美元。他們從來不會把兩個亞茲迪人放在同一輛車上，都是一車一人，這樣的話，如果一輛車被查，另一輛車還有可能安全，不至於「全軍覆沒」，這種安排就很費錢。另外，亞茲迪人在逃亡過程中，有時得先到當地居民家中借宿幾天，這和伊斯蘭國寄養家庭是不同的。在伊斯蘭國控制區收留逃亡的亞茲迪人要冒非常大的風險，許多人家不願收留，少數敢收留的要價自是不菲，在有些地方，收留一個逃亡的亞茲迪人，一晚要價最高能達到二千美金。再加上有時還得花錢收買伊斯蘭國檢查站人員，以便他們在檢查時能睜一隻眼，閉一隻眼。「我們絕不會和恐怖組織談判，更不可能從他們手中買人」，奧斯曼在採訪結束時又強調了一遍。

賈奈爾在摩蘇爾人家裡待了大約一周，出於安全考慮，這家人從來沒有告訴賈奈爾他們的名字，彼此間從不叫姓名，只稱呼「你」、「我」、「他」。十月十一日晚，伊斯蘭國人員來到這戶人家裡，雙方嘀嘀咕咕了半天。伊斯蘭國的人走後，這家男主人過來讓賈奈爾收拾收拾，說第二天一早要把她送到基爾庫克（Kirkuk，伊拉克中部城市），經由那裡北上，離開伊斯蘭國控制區。十二日早上八點多，摩蘇爾那家人的男主人開車帶著妻子和賈奈爾出發。出發前，他們給賈奈爾穿上了蒙面罩袍，並塞給她一張假身分證，反覆叮囑，在檢查站不要輕易開口說話，如果有人問起，就說自己是他們的女兒，去基爾庫克辦事。

「為什麼要捨近求遠去基爾庫克？直接從摩蘇爾到杜胡克不是近很多嗎？」我不解地問。

賈奈爾還沒開口，坐在他旁邊的阿布達拉插話道：「我們的聯絡人員都在基爾庫克附近，關係已經疏通好了，通過那邊的檢查站相對來說更容易操作。」

從摩蘇爾到基爾庫克，一路上共有十個伊斯蘭國設置的檢查站，每一個對賈奈爾來說都是鬼門關。雖然已經提前向其中幾個站的安檢人員打過招呼，但檢查站如果有任何變動，如人員臨時輪換，或者武裝組織加派了檢查人員，都可能使事情敗露，一車人性命不保。在下午一點左右，在通過一道道盤查後，他們終於到達了基爾庫克，等候在此的賈奈爾的叔叔和阿布達拉等人向護送賈奈爾的摩蘇爾人支付了四千美金，然後帶著賈奈爾從基爾庫克一路北上，趕到了杜胡克，他們到達這處難民營的時候已經是深夜了。

賈奈爾說完自己的遭遇，阿布達拉拿出手機給我看了他們抵達難民營時拍的照片。夜色中，已脫去罩袍的賈奈爾穿著一件灰色的毛線上衣，睜著一雙大眼睛看著鏡頭，她早幾天到達難民營的姊姊站在旁邊，倆人的眼睛一模一樣，阿布達拉站在賈奈爾右側，還紮著那條接受我採訪時繫的藍領帶。很多男女老少站在他們身後，背景的遠處被無盡的黑暗吞噬，一如當時亞茲迪人的處境。

賈奈爾一大家子二十三口人，剩下的人都還在伊斯蘭國手中，生死不明。自從在泰勒．阿費爾分開後，她再也沒有見過自己的媽媽，也聯繫不上。

「未來有什麼打算？」我問。

「我什麼都不知道，只希望我的家人能儘快被救出來。」說完，她羞澀地笑了笑，露出潔白的牙齒。

採訪結束後，掀開帳篷的布簾，外面已經天黑了，一股清冷的空氣撲面而來。遠處的群山寂靜無聲，安臥在這伊拉克庫德斯坦北部黑暗的夜色之中。難民營裡路燈發出的昏黃亮光，是群山環抱的漆黑夜晚中唯一的光芒，很多小孩沒有睡，光著腳在路燈下嬉笑玩耍。一束束白光從帳篷兩旁的小窗中透射出來，照亮了帳篷外的一方空地，只是不知道，它們能否照亮那些仍不知去向的亞茲迪難民們的回家之路。

黎巴嫩

LEBANON

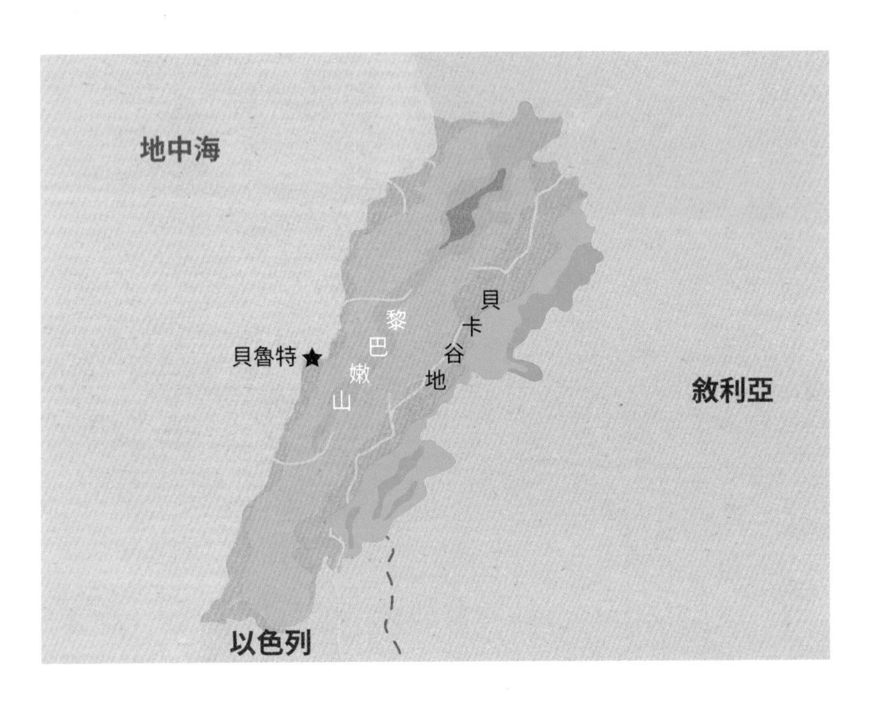

地中海
貝魯特
黎巴嫩山
貝卡谷地
敘利亞
以色列

戰爭之後，危機之間

魅力四射的貝魯特

初夏的傍晚，我與貝魯特相逢在東地中海溫柔的晚風中。二〇一四年六月，走出拉菲克．哈里里國際機場 (Beirut-Rafic Hariri International Airport)，地中海與黎巴嫩山之間的貝魯特城徐徐展開，從海邊一路延伸到山頂。晚風溫柔，空氣濕潤清新，青色的薄雲彌散在天空中，鱗次櫛比的高樓和閃爍的霓虹燈不斷掠過，在車窗上留下光怪陸離的剪影。

貝魯特是我最鍾情的中東城市之一，德黑蘭規模龐大、人口稠密，但沉悶無趣；大馬士革 (Damascus) 歷史悠久，卻荒山環繞，略顯頹敗；巴格達大河穿城而過，但防爆牆與鐵絲網林立，衝突此起彼伏；杜拜現代時尚，但酷熱潮濕，讓人望而卻步；耶路撒冷世界聞名，卻厚重有餘，輕快不足。貝魯特則把一切都拿捏地剛剛好：她依山傍海、氣候宜人，歷史悠久卻不乏味呆板，活力四射，魅力難擋。

她是一座對比強烈的城市：古羅馬遺址與法國殖民時期的建築比鄰而居；內戰遺留的廢墟與光鮮時尚的摩天大樓一街之隔；清真寺與基督教堂相鄰而建；繁華的濱海大道和雜亂的巴勒斯坦難民營遙相呼應。貝魯特有一種魔力，那就是一切強烈的對比在這裡都相映成趣，相得益彰。

她是一座熱愛生活的城市：這座號稱「中東小巴黎」的城市夜生活極其豐富，貝魯特人是典型的 party animal「派對動物」，他們流連於遍布全城的小酒館，往返於各處舞廳和酒吧，夜夜笙歌，即使在戰爭期間，人們白天打仗，晚上也要喝酒、跳舞、狂歡。

貝魯特鱗次櫛比的高樓大廈，從地中海邊一直延伸到黎巴嫩山上（Shutterstock 圖庫網提供）

貝魯特市中心的鐘樓（Shutterstock 圖庫網提供）

相鄰而建的穆罕默德・阿明清真寺 (Mohammad Al-Amin Mosque) 與聖喬治主教座堂（Shutterstock 圖庫網提供）

她是一座藝術品味極高的城市：不用說源自黎巴嫩的高級訂製服裝知名品牌Elie Saab, Zuhair Murad，就是街頭隨便一棟破敗的建築，殘垣斷壁只做簡單裝飾，也能成為一間戰爭藝術感極強的後現代咖啡館；滿牆彈孔的公寓大樓，整面牆畫上抽象的壁畫，既能看出當年戰爭的痕跡，又能彰顯當代藝術之獨特。

她是一座美食之城：在整個中東地區，融合了中東與地中海風味的黎巴嫩菜首屈一指，同樣的烤肉，經由黎巴嫩人之手，味道就是要比阿聯人、伊拉克人做的更鮮嫩多汁；同樣的沙威瑪(Shawarma)[5]，黎巴嫩做的就是要比沙烏地阿拉伯人、卡達人做的更加味道豐富，層次飽滿；同樣的法圖什沙拉，黎巴嫩人拌的就是要比約旦人、巴勒斯坦人拌的更加清新舒爽，香脆可口。

當然，我不得不承認，這是貝魯特帶給短期訪客的第一印象，作為記者，只需稍微在這座城市待上一段時間，透過現象看本質，還是能看到貝魯特的另一面，夾雜著黑暗、憂傷與慘痛。貝魯特城的大街小巷中散落著很多殘破的建築，它們大部分都是毀於一九七五到一九九〇年那場持續了十五年的戰爭。其中最引人注目的，當屬貝魯特市中心烈士廣場旁的一棟奇形怪狀的建築，

---

[5] 雞肉或牛肉捲餅，一種中東地區流行的小吃。

貝魯特街頭一家以施工中建築為主打風格的咖啡館

人們在貝魯特市中心一棟廢棄建築上掛滿五顏六色的圓燈

黎巴嫩人在破舊的建築物外喝咖啡、開演唱會

當地人都叫它「蛋」，我的同事用臺北那座眾多明星開過演唱會的體育館的名字把這個「蛋」稱為「小巨蛋」。

貝魯特小巨蛋

「小巨蛋」造型奇特，整體呈橢圓形，像是一個扁的望遠鏡，架設在地面兩層地下一層的長方形基座上。「望遠鏡」共有上下、左右和前後六面牆，左右兩側的牆是弧形，沒有生硬的直線或拐角，弧面完整，與上下兩面牆渾然一體。後面一堵牆完全坍塌，留下一個巨大黑洞。「小巨蛋」底部是白色，上面經過長年累月的風吹日曬已經變成灰色的了。渾圓的「蛋殼」上全是密密麻麻的彈孔。我第一眼看到「小巨蛋」時以為它是一個蓄水池。令我沒想到的是，「小巨蛋」竟然是一座電影院。按照一九六五年黎巴嫩建築師約瑟夫．菲利普．卡拉姆 (Joseph Philippe Karam) 最初的設計，它本是「貝魯特中心」商業綜合體的組成部分，旁邊還有兩座摩天大樓，是一處集辦公、休閒、購物於一體的商業綜合體。

彼時的貝魯特因其秀麗的地中海風光和宜人的氣候，是歐洲人出國度假的熱門景點之一，各種造型前衛的新興建築紛紛拔地而起，正當建築師卡拉姆在貝魯特市中心大展拳腳之際，黎巴嫩內戰爆發。當時「小巨蛋」電影院已經竣工，設計中的兩棟高樓已經建成了一棟，另一棟尚未開始施工。那場肇始於一九七五年的戰亂摧毀了尚未完工的商業綜合大樓，建成的一棟大樓已被夷為平地，沒有留下一絲痕跡，沒建的那一棟胎死腹中，再也無人提起。只有造型奇特的電影院保留了下來，像一枚被敲掉了蛋頭的雞蛋，突兀地橫躺在貝魯特市中心的街頭。

二〇一五年，為製作紀念黎巴嫩內戰結束二十五周年節目，我專門來到「小巨蛋」

貝魯特未完工即遭遇戰爭的「小巨蛋」

內部進行了拍攝。它下面的兩層基座原本是停車場，現在裡面全是各種垃圾，走進去騷味刺鼻。幾根鋼筋混凝土柱，筆直地站在停車場的四周，支撐著上面的「蛋體」。我捂著鼻子，沿著停車場邊的鐵架子臺階而上，那已經鏽跡斑斑的臺階一踩上去，就發出嘎吱嘎吱的聲響，像是稍一用力就能踩斷似的。臺階旁邊的牆上全是彈孔，我一手扶著牆，一手拿著攝影機，輕輕地走，擔心「小巨蛋」裡會不會有什麼精神不正常的流浪漢。

走進「小巨蛋」內部，發現裡面整體結構相對完好，正面是電影銀幕區，後面是觀眾觀影區。電影銀幕早已隨風而去，留下長方形的鐵架子，牆壁上破了好幾塊，裡面的鋼筋通通暴露在外面。銀幕前方的地上，酒瓶、塑膠袋等垃圾散落一地，尿騷味與樓下停車場的一樣強烈，不知道是留宿在此的流浪漢還是熱愛開派對的年輕人留下的痕跡。觀影區沒有一把椅子，只剩下灰撲撲的水泥臺階一層一層地向外延伸開去，後牆已倒，陽光肆無忌憚地射進來，照亮了影院內部漆黑的牆壁。牆皮脫落，多年前留下的大小不一的彈孔至今依然清晰可見，只是已經沒有人能說的清這些彈孔到底是巴勒斯坦人、基督教馬龍派(Maronite Church)、敘利亞人、真主黨、以色列人，還是其他武裝派別在這裡留下的。

戰爭結束以後，貝魯特市中心商業開發不斷推進，「小巨蛋」周邊全是新建的摩天大樓，這座影劇院立在這裡，顯得有些突兀，它是拆是修，還是作為文化遺產原封不動，成為一個熱門話題。如同許多時候一樣，黎巴嫩人對此爭論不休，沒有定論。但離它不遠的一處十幾層的高樓，同樣是門窗皆無、彈痕累累，已經被人用塗鴉進行了噴塗，殘破的灰色樓體上，每個大的彈孔上下都畫著紅色蟲子，彈孔就是他們的眼睛，顯得滑稽又可愛，彷彿是在嘲弄那場戰爭的荒謬。

黎巴嫩內戰

說起黎巴嫩戰爭，追根溯源還是要從以色列建國以及隨之而來的中東戰爭（Arab-Israeli War）說起。一九四八年，以色列建國後與包括巴勒斯坦人在內的阿拉伯人先後發生了五次戰爭，史稱「中東戰爭」。前三次中東戰爭中，數十萬巴勒斯坦人被迫流亡到周邊的黎巴嫩、約旦和敘利亞等阿拉伯國家。在一九六〇年代，巴勒斯坦各武裝組織一直活躍在黎巴嫩和約旦等國的巴勒斯坦難民營中。其中，巴勒斯坦解放組織（Palestine Liberation Organization）在約旦活動頻繁，實力逐步增強，形成了不受約旦政府控制的「國中之國」。巴解組織中的一些激進派，如解放巴勒斯坦人民陣線（簡

一棟被戰火摧毀的高樓外牆上的塗鴉

稱人陣，Popular Front for the Liberation of Palestine）甚至公開喊出推翻約旦王室的口號，引起了約旦方面的強烈不滿，雙方於一九七〇年爆發了衝突，九月六日和九日，「人陣」先後劫持了四架民航客機，其中一架降落在埃及，其餘三架在約旦。他們當著國際媒體的面將飛機炸毀。這一事件被稱為道森機場劫機事件（Dawson's Field hijackings），約旦方面終於忍無可忍，出手鎮壓，將巴勒斯坦各派武裝力量驅逐出境。

「人陣」以及巴勒斯坦解放組織等巴勒斯坦武裝主力轉移到黎巴嫩境內，但他們的軍事活動並沒有就此停息，在黎巴嫩南部不斷襲擊以色列，並招致後者對黎巴嫩境內目標的報復，黎巴嫩國內的基督教馬龍派認為正是這些巴勒斯坦武裝組織的軍事活動引來以色列對黎巴嫩的侵犯，導致馬龍派與巴勒斯坦武裝組織的矛盾日益加深。一九七五年四月十三日，巴勒斯坦武裝組織襲擊了一座馬龍派教堂，並殺死四名長槍黨（Kataeb Party）成員❻和數名平民。作為報復，長槍黨襲擊了一輛載有二十六名巴勒斯坦人（內有巴武裝人員）的公共汽車，將車上的乘客全部打死，黎巴嫩內戰終於爆發。

❻ 黎巴嫩政黨之一，屬於基督教馬龍派。

這場戰爭斷斷續續持續了十五年，黎巴嫩國內各派，包括基督教馬龍派、希臘東正教、伊斯蘭教遜尼派、什葉派、德魯茲人(Druze)[7]、亞美尼亞人，以及敘利亞軍隊、以色列軍隊等周邊各國勢力紛紛介入，各方在黎巴嫩狹小的國土上反覆拉鋸、爭奪，期間各派之間合縱連橫、彼此互為敵友，混戰不斷，造成大量人員傷亡。一九八九年九月，各方在沙烏地阿拉伯的塔伊夫(Taif)開會，十月簽訂了全國和解的《塔伊夫協定》(*Taif Agreement*)，持續了十五年的黎巴嫩內戰就此結束。

危樓裡的伊萬·克塔伊夫

如同廢棄的「小巨蛋」一樣，許多被戰爭破壞的建築如今已經毫無用處，只是孤零零地站在新建的高樓大廈之中，訴說著當年那場戰爭的慘烈。但也有一些受損的建築至今依然在使用，我輾轉找到了一位基督教馬龍派老人，想聽她講講當年的故事。一個陽光明媚的上午，我來到老人的住家。她家在貝魯特中部一條狹窄的街道中間，是一棟七層樓公寓，一層兩戶的結構。樓梯左

[7] 主要生活在敘利亞、黎巴嫩和以色列境內信奉德魯茲教的群體。德魯茲教起源於伊斯蘭教什葉派，揉雜了基督教、佛教、印度教等其他宗教的元素。

貝魯特有很多像這樣毀於戰火的老舊房屋，有些至今依然有人居住

側這半邊，一、二層尚且完好，但三樓到五樓的臥室、陽臺和廚房外牆已被炸毀，只剩下幾根承重柱支在牆角，用力地支撐著上面兩層，使其不至於坍塌。六樓廚房的牆還在，臥室用灰色的磚重新砌過，陽臺牆壁剩下了一角，牆外掛著灰白色的布簾子。在黎巴嫩，大部分公寓樓的窗外都會掛著淺色的窗簾，位在地中海沿岸的貝魯特光線非常強烈，窗外掛著簾子可以有效地阻擋光照，這也是判斷房子有沒有人居住的重要依據，如果沒有人居住，就不會在窗外掛簾子。掛簾子的另一個作用則是保護隱私，貝魯特街道狹窄，建築物十分密集，樓與樓之間的間距很小，在窗戶外掛一條布簾子能有效避免自己的生活被周圍鄰居一覽無遺。頂樓被炸毀，幾株雜草像孔雀開屏一樣，自顧自地長在臥室敞開的地面上，給這棟看起來隨時都會坍塌的樓房增添了一絲不協調的生機。頂樓廚房的屋頂上還放著一個蓄水桶和一架衛星接收器。樓梯右側半邊沒有遭到襲擊，保存相對完好，一樓到七樓都有人居住。整個建築給人的感覺就好像是間兩室一廳的房子，主臥已經被炸毀，但次臥和客廳依然住著人。

樓下是一個雜貨店，裡面賣一些洋芋片、香菸和口香糖之類的日常用品。一位左眼眼球已經些許渾濁，佝僂著腰的老人家，坐在店門口的塑膠椅子上，神情漠然地抽菸。看到我拿著攝影機走過來，他拿起手邊的拐杖，從椅子上艱難地站起來，揮舞著另一隻手，手裡的菸也隨著他的揮動，菸絲火光在空中一閃一閃的。他哇啦哇啦地邊咳邊說，說了一大堆，我問陪我前來的翻譯克里斯汀老人說了什麼。克里斯汀轉述道，貝魯特市政當局早就答應對這棟快要塌了的房子進行修繕和維護，儘管居民們一再催促，但至今依然沒有什麼動靜。老人看到有媒體來，以為是要報導此事，就對著我們一頓抱怨，說住在這裡多麼多麼危險，來個最輕微的地震或者大雨，整棟大樓裡的人可能就要命喪黃泉……。

我們告別老人家，沿著殘存的樓梯來到三樓，敲開了一面栗色的木門。一位看上去七十多歲的老人開了門，她就是我要採訪的伊萬．克塔伊夫。老人在這棟殘破的大樓裡已經居住了四十多年。儘管年歲大了，走路都有點顫顫巍巍，歲月也在她的臉上留下了深深的眼眶和細密的皺紋，但老人一頭金色的頭髮依然梳得齊齊整整，用一個黑色的髮箍將頭髮攏在腦後，紅色的毛衣外面罩著黑色的外套，保持著黎巴嫩女人的優雅和從容。我走進她的家中，隨口用阿拉伯語打了一句招呼"Salam Alaikum"，她坐在沙發旁邊椅子上的兒子面露不悅，嗤笑了一聲。我這才意識到自己的失誤，這是一戶基督教家庭，用"Salam Alaikum"這種穆斯林之間打招呼的用語不太合適。

在中東，用當地語言和人們交流，那怕只是簡單的寒暄，也能拉近彼此之間的距離，迅速贏得對方的好感。但如何使用當地語言打招呼，卻要仔細考慮。在阿富汗、阿拉伯聯合大公國(United Arab Emirates)這種穆斯林占絕大多數的國家，一般用“Salam Alaikum”，即阿拉伯語「願和平降臨在你身上」之意；伊朗人則一般將其簡化為“Salam”，即「和平」；在土耳其，雖然其絕大多數居民也是穆斯林，但由於凱末爾（Mustafa Kemal Atatürk，一八八一～一九三八年）[8]世俗化改革的影響，人們更傾向於用“Marhaba”，即「你好」來取代具有一定宗教色彩的“Salam Alaikum”，在黎巴嫩這樣有大量基督徒的阿拉伯國家，在不知道對方宗教信仰的情況下，人們通常用沒有任何宗教傾向的“Ahlan wa Sahlan”，即「歡迎」、「你好」來開啟彼此之間的交談。

伊萬．克塔伊夫的家不大，一進門是一幅聖母瑪利亞懷抱嬰兒耶穌基督的畫像，客廳裡放著一張深紅色皮沙發和扶手椅，沙發旁邊是一個衣櫃，透過玻璃門，能看到裡面疊放得整整齊齊的衣服。衣櫃中間的一個格子裡放著一臺老式電視機，上面伸出兩支天線。他的兒子四十歲左右，穿著一件皮大衣，窩在沙發裡，一副憤世嫉俗的樣子。在採訪中，他總是帶著玩世不恭的目光打

[8] 土耳其共和國第一任總統，曾大力推動土耳其世俗化改革。

量著我，這令我有些不高興。但我儘量將注意力集中在老人身上，避開那雙不友善的眼睛。克塔伊夫側著身子，坐在扶手椅上，開始回憶起記憶深處那場遙遠的戰爭。

「戰爭是一九七五年開始的。當時我就住在現在這棟大樓裡，一開始並沒有受到什麼影響，但後來就聽到了炮火的聲音。有一天早上，我、我丈夫和兒子正在睡覺，聽到一聲巨大的爆炸聲，我們一下子驚醒過來，一開始我以為是槍聲，趕緊從床上跳下來，到處找衣服，抬頭看了一眼牆上的鐘，是早上六點二十分。我丈夫大喊，快趴下！我褲子都還沒來得及穿上，就趴在床邊。過了一會兒，見沒什麼動靜，我們就站起來，迅速把衣服穿好，抱著孩子來到客廳。客廳窗戶的玻璃全都被震碎了，地毯上、沙發上全是玻璃碎片。往窗外一看，停在路邊的五、六輛轎車都被擊中，著了火。就在這時候，又傳來了巨大的爆炸聲，一枚炮彈落在不遠處的廣場上。我們趕緊從窗邊坐回到客廳的沙發上，緊接著就是密集的爆炸聲，有一枚炮彈擊中了我們這棟公寓樓的東半部分，轟地一聲，整個大樓都在搖晃，天花板和牆上直往下掉水泥，當時真的很讓人驚慌，客廳、臥室和廚房，覺得那裡都不安全。不到兩分鐘，又一枚炮彈打過來，這次擊中了我們樓上的鄰居家，破碎的彈片從窗戶飛進我家，後來數了數，地上一共是三十五塊彈片。

我聽到樓上鄰居的哭聲，也不敢上去看。這時候炮擊聲停止了，我兒子嚇得大哭，我把他抱在懷裡安撫，我女兒那時候大一些，說去廚房看看能不能找點吃的東西，就在這時候，炮彈又擊中了我們樓上鄰居家的陽臺，牆上掉下來的石頭瓦塊砸到了我女兒的頭，幸好只是擦傷，沒什麼大礙。接著就是子彈的聲音，噠噠噠噠，密密麻麻的子彈打在我們家的外牆上，我們十分害怕，全家人抱在一起，趴在沙發後面。不知道過了多久，槍聲和炮聲終於停了，街對面的鄰居看到我們這棟樓被炮彈擊中，都跑過來查看情況。我先跑到樓上鄰居家，他們家的臥室被炸開了一個大洞，陽臺塌了一半，電視機也被砸壞了，但還好人沒什麼事。我們又跑到公寓樓東半部分，那裡已經被打得不成樣子，好幾面外牆都轟塌了，整棟樓隨時都有倒塌的可能，我們也顧不了那麼多，挨家挨戶找人，想把困在房內的人都救出來。三樓的穆薩在哈姆拉[9]開藥店，他家房子外面的牆都倒了，屋裡一片狼藉，我們趕到的時候，穆薩不在，他老婆躺在地上，腹部被彈片擊中，流了一大灘血，兩個四、五歲的孩子在地上哇哇大哭，我們趕緊找車把他老婆送到醫院，後面樓的鄰居把兩個孩子抱回家中照顧。鄰居們都說有人炮擊我們的樓房，是因為巴勒斯坦解放組織和黎巴

[9] 貝魯特一條主要的商業街道。

嫩力量黨都懷疑這棟樓是對方的據點，雙方互相炮擊、射擊，想摧毀敵方的目標。

救完人之後，我和丈夫回到家中商量，覺得這裡太不安全了，於是趕緊收拾行李，把能帶的東西都帶上，往黎巴嫩山裡逃。到了山區以後，和其他鄰居通話，他們說貝魯特的戰鬥越來越激烈，我們就決定待在山裡，等冬天過去再說。」

當年冬天，也就是一九七六年一月，在貝魯特卡朗迪納街大屠殺中，大約一千人被馬龍派民兵殺害，死者大部分是穆斯林。作為報復，巴勒斯坦武裝襲擊了貝魯特南部的達穆爾鎮，造成居住於此的大量基督徒死亡。這兩場針對平民的大屠殺導致大量穆斯林和基督徒逃離家園，逃到各自教派控制之下的地區，使貝魯特穆斯林與基督徒聚居區更加涇渭分明。

「但那裡有絕對安全的地方？」老人自言自語地說道。「黎巴嫩山裡也不安全，第二年春天，我們就又回到了貝魯特。回來一看，家裡被偷了，一乾二淨什麼也不剩。待了兩三天，有鄰居悄悄跑過來告訴我們，說巴勒斯坦解放組織很可能要接管這棟大樓，把它作為一個據點，讓我們趕緊走。可是我們能去那兒呢，我和丈夫，帶著孩子們打聽了好幾個地方，發現所有人都在想方設法地躲藏，整個貝魯特也沒有安全的地方，我們最終就決定和幾家鄰居們一起躲到地下室，這也是沒有辦法中的選擇，只能寄望大樓不會被交戰各方占領。」

克塔伊夫講到此處，平靜的語氣開始有點急促，她把手扶在胸口，繼續說：「我們很多人都躲在地下室，那裡面有一盞白熾燈，來電了它就發亮，沒電了室內就一片黑暗，靠蠟燭照明。大家躲在裡面，也不敢大聲說話。地下室空間很小，沒有地方放水和食物，只能把東西都放在樓上，等需要的時候再上樓去拿。但是大樓周圍一直在交戰，對面大樓裡全是狙擊手，大家不敢隨便上樓。我記得很清楚，有一天，槍炮聲一整天都沒停，我們誰都不敢上樓，所有人都又餓又渴。最後實在沒辦法，我們通過地下室的窗戶，把小塑膠桶放在一樓的葡萄藤下面，一個鄰居不知道從那裡找來一根長繩，從窗戶處把繩子伸到外面，繫在葡萄藤上。然後用手拉一拉繩子，葡萄葉上積的雨水就流下來，流到桶子裡。這點水拿回來得先給小孩和老人喝，等到我們大人，就一滴不剩了，只能忍到天黑交戰結束之後。」

老人家捂著胸口的手微微顫抖著：「喝水還能等到晚上，但上廁所可真的沒法憋一整天，地下室沒廁所，誰想上廁所，就得冒著被狙擊手射中的風險跑到樓上。就這幾步臺階，有時候卻是致命的。」克塔伊夫講到此處，嘴角開始抽搐，眼睛使勁地眨，她努力想保持優雅的微笑，但眼裡的淚水還是禁不住流了下來，她把手放在嘴唇上，聲音略帶沙啞：「我們在地下室整整待了十七天，第八、九天的時候，有一個叫格薩的年輕人，也就二十歲出頭，他的嬰兒剛出生沒幾個月，也躲在地下室裡。我們都很喜歡這個小孩，在地下室沉悶無聊，有個孩子給我們增添了很多歡樂，但又怕孩子哭鬧把槍手招惹過來。出事那天，孩子哭得很厲害，他媽媽可能是因為情緒緊張或營養不良，奶水不夠。格薩跑上樓去幫孩子拿牛奶，結果剛出地下室，就被狙擊手射中，他的妻子瘋了一般地嚎叫，有幾個膽大的年輕人拼了命飛速衝出去，把格薩的屍體抬下來。」

老人哽咽著說不出話，我坐在旁邊，有些自責，覺得自己把採訪對象問哭，心裡過意不去。克塔伊夫雙手展開，在空中揮動了兩下，嘴裡想說什麼卻沒有說出來。這時候，翻譯克里斯汀遞過來一杯水，老人接過水杯，喝了一口，這才稍微平復了情緒，說：「格薩的妻子嚎啕大哭，我們都很難受，但又害怕被槍手發現，想讓她小聲點，但誰都沒好意思開口，只能乾著急。她哭了一會兒，可能也怕惹來麻煩，就不再哭叫了，但一直不停地啜泣。大夥兒商量著要怎麼把遺體下葬。大白天不敢出門，只能等到晚上，找輛車把格薩運出去埋掉……」老人陷入沉默中，房間裡一片死寂。「這棟樓裡很多人都死了……」她身體前傾，深陷的眼角抽動了一下，眉毛擠在一處，

克塔伊夫家樓房的東半部，三樓以上被炸去半邊

不再言語。

我不想再掀老人傷疤，就換了個話題：「那有沒有想過租別的房子住？」還沒等克里斯汀把我的問題翻譯完，克塔伊夫的兒子嘴角上揚，發出一聲譏笑。我大概猜出了他的意思：要是有錢誰還住在這兒？果不其然，克塔伊夫坐在扶手椅上，說：「我們沒有錢在外面租房子，我兒子在羅馬尼亞打零工，沒什麼錢。他現在病了，回黎巴嫩做手術。」老人兩眼現出一絲迷茫：「現在，我們就指望市政府能早日啟動這棟大樓的修繕維護工作，這樣就不用住在這棟危房裡面了。」「那您覺得什麼時候能開始維護？」我問。老人撇撇嘴，歎了一口氣：「不知道，我們去過市政府催促過很多次，每次都說快了快了，但這麼多年過去了，始終也沒見什麼人來過。」

四散各處的垃圾

貝魯特市政府對這些被戰爭摧毀的房子的改造如同水中月、鏡中花，因為讓它焦頭爛額的事情遠不止於此。走在貝魯特的街頭，無論是時尚光鮮的「下城」(Down Town)，還是人流湧動的商業街哈姆拉，抑或是地中海邊的貝魯特港 (Port of Beirut)，流光溢彩的高樓大廈旁，隨處可見各種大大小小的、裝滿垃圾的垃圾袋，它們就隨意地堆放在路邊的垃圾桶旁邊，綿延好幾公尺。

二〇一五年七月，由於原本垃圾處理站的合約到期，黎巴嫩政府協調不力，垃圾處理公司沒有找到新的垃圾處理站，只能任由垃圾堆在街頭，黎巴嫩爆發垃圾危機。從熙來攘往的哈姆拉街星巴克咖啡館旁的巷子穿過去，走到街角，就看到一個巨大的垃圾堆，各種黑色的塑膠袋、桶裝水塑膠桶、紙箱等垃圾堆在兩塊巨大的看板下，那兩塊看板上畫著兩輛黑色的吉普車，正開過一條小溪，濺起的水花展現了車輛良好的性能。左下角標著一萬七千四百五十美元的價格和車行的地址、聯繫方式。連日的曝曬讓一些廚餘垃圾變質，發出陣陣惡臭。四、五個穿著破衣爛衫的敘利亞男人，拿著黑塑膠袋，試圖在垃圾堆中翻出一些能賣錢的易開罐和塑膠瓶。一個看上去十三、十四歲的男孩，戴著黑色的帽子，嘴裡咀嚼著東西，推著一個用各種篷布縫起來的四輪車，車上掛著一個紫色的雙肩包，在垃圾堆裡用力地翻著，他找到一個四升裝的純淨水桶，興奮地把它放到四輪車裡，又佝僂著腰，接著去搬另一袋垃圾，一用力，黑色的垃圾袋被扯開，裡面各種爛掉的菜葉撒了出來，男孩罵罵咧咧一腳把它們踢到了一邊。看到我們在遠處用攝影機拍攝，男孩不好意思地笑了笑。另一個穿著破舊藍格子襯衫的中年男人，比男孩手腳更加俐落，他站在垃圾堆的上方，兩隻眼睛像獵鷹一樣尋找能賣錢的各種破爛，兩根鐵管、幾瓶易開罐、三捆紙箱……統統塞進他手中的黑色塑膠袋中。一輛灰色的豐田轎車從垃圾堆旁駛過，頭髮已經花白的司機皺著眉頭，把臉轉向道路的另一側。

我又去了貝魯特市內另一處垃圾中轉站。在一條車水馬龍的主幹道旁邊，有一條淺淺的溪流，溪中的淺灘上長滿了像是蘆葦的植物，灰色的花穗彎垂，在微風中搖曳。河道另一側，用水泥澆築成大約兩公尺高的牆，牆上拉著一公尺高的鐵絲網，鐵絲網內是巨大的垃圾堆，足足有四、五公尺高，長長的，一眼望不到頭。垃圾堆上面覆蓋著巨大的綠色編織袋，風吹日

2016 年貝魯特市內堆積如山的垃圾（Reuters 提供）

曬，編織袋多處破碎，裡面的垃圾暴露在外，我們還沒有支起攝影機的三腳架，強烈的惡臭已經撲面而來，聞著讓人作嘔。幾隻白色的小鳥，正在垃圾堆上蹦蹦跳跳，嘰嘰喳喳地尋找能吃的食物殘渣。這裡只是一處垃圾中轉站，貝魯特的生活垃圾要先運送到此處，然後再轉運到垃圾處理站。由於新垃圾處理站遲遲無法投入使用，堆在這裡的垃圾就越積越多，巨大的垃圾山隨時都有漫過圍欄，崩塌傾倒在小溪裡的可能。我捏著鼻子，但垃圾山散發出來的臭味穿透力十足，還是頑強地進入到鼻腔之中，讓人噁心。我拍了幾組鏡頭，做了一個出鏡，趕緊離開了這裡。

如果說危房改造只涉及少部分人的生活的話，那麼無處不在的垃圾則影響到了每一個人的生活環境。忍無可忍的黎巴嫩人在垃圾危機爆發的幾個月裡，不斷走上街頭遊行，抗議政府解決垃圾問題不力。憤怒的遊行群眾多次和前來維持秩序的警察發生衝突。

離開垃圾中轉站，我又坐車來到「小巨蛋」旁的貝魯特烈士廣場 (Martyrs' Square)，採訪阿薩德·德比安，他是這些遊行活動的組織者之一。我站在烈士廣場那尊著名的烈士雕像前，等著德比安的到來。烈士雕像的主體是兩個用鑄鐵塑造的成年人，表面刷成黑色。穿著古希臘式長裙的女人，高擎著一支火炬，另一隻手搭在旁邊男人雕像的肩上，那個男的斷了一隻胳膊，目光堅毅地望向前方。兩人的身體上多處鏤空，代表了槍眼和彈孔。他們站立在一塊花崗岩石塊的基座上，基座前後方躺著兩個人，一隻手撐著地面，另一隻手伸向前方，做出吶喊的動作。

第一次世界大戰（World Word I，一九一四～一九一八年）期間，黎巴嫩是鄂圖曼帝國的領土。與德國站在同一條陣線的鄂圖曼帝國遭到協約國的封鎖，境內居民生活十分困難，屋漏偏逢連夜雨，在此期間，黎巴嫩又遭遇了嚴重的蝗災，導致糧食大幅度減產，有限的糧食還被土耳其人徵用，引起了黎巴嫩阿拉伯人極大不滿。一九一五年，黎巴嫩人爆發反對鄂圖曼統治的抗爭，遭到後者強力鎮壓，多位參與起

貝魯特烈士廣場（Shutterstock 圖庫網提供）

義的人英勇就義。為紀念在這次起義中遇難的烈士，黎巴嫩人邀請義大利藝術家羅納托．馬里諾．馬札庫拉提 (Renato Marino Mazzacurati) 創作了這尊烈士雕像，於一九六〇年三月立於此處，躲過了之後多年的戰火，現在依然在廣場上默默矗立。

我在雕像旁徘徊，遠遠地看到一個年輕的小夥子向我走來，他揮揮手，我看出他是朝我而來，就知道他就是我要採訪的阿薩德．德比安。他穿著一件深藍色的短袖 T-shirt，剪著平頭，留著濃密的落腮鬍。雖然和我握手時面帶微笑，但他的神情中透著憤怒。我一遞過麥克風，他就滔滔不絕地講起來：「貝魯特原來號稱中東小巴黎，環境非常優美，我們都以此為榮。現在遍地都是垃圾，臭氣熏天，讓人難以忍受。我這裡有段影片，對著你們攝影機放一下。」

說完，他掏出手機，劃了幾下，對著攝影機放了一段影片。我湊上前去，影片兩邊是大樓，中間是一條街道。外面下著大雨，街上已經形成了洪流，街道兩旁的垃圾被洪流沖走，漂浮在水面上，形成了好幾百公尺長的垃圾帶，周圍樓上的居民一片驚呼。放完影片，德比安把手機塞回口袋裡，接著說：「這是前幾天下雨時貝魯特的場景，實在是讓人忍無可忍。我和幾個朋友散發傳單，決定組織民眾上街遊行，要求政府解決這個問題。」他緊皺著雙眉說。

「可現在貝魯特依然到處都是垃圾，問題似乎沒有解決？」我問。德比安摸了摸下巴，說：「是的，到現在為止四個月過去了，危機依然沒有解決，垃圾仍然被隨意扔到河裡、海裡和樹林裡，這對我們的環境是有害的，對我們的健康也是有害的。不知道那些政客們每天都在忙什麼。」

我接著他的話問道：「你覺得黎巴嫩的垃圾危機什麼時候能夠解決？」

德比安聳了聳肩：「我不知道，這個垃圾危機能持續多久，誰也不知道。但是，作為環保主義者，我們不能容忍垃圾危機的存在，只要問題一天得不到解決，我們就不會放棄抗議，直到問題解決為止。」他好像在給自己打氣，又重複了一遍：「對，直到問題解決為止。」

無所不在的「危機」

在二〇一五年及以後的若干年中，「危機」一詞成了黎巴嫩媒體最常提到的詞彙，「難民危機」、「飲用水危機」、「電力危機」、「垃圾危機」等各種危機時常見諸報端，居民基本生活所需的水、電等動輒就供應短缺，斷水、斷電成了日常生活的一部分。這些社會問題的背後是黎巴嫩政治危機日益加深。黎巴嫩是一個小國，人口只有約五百萬人，但是教派、派系眾多，彼此關係錯綜複雜，每次去黎巴嫩出差，我最怕報導政治議題，因為它實在過於複雜，要釐清彼此間的關係，做出準確的解讀，對我這樣一個臨時去出差的記者來說是十分困難的。

根據一九四三年黎巴嫩各政治派別達成的《國民公約》(*The National Pact*)，黎巴嫩的政治權力由國內各派分享，總統由基督教馬龍派人士擔任，總理由伊斯蘭教遜尼派人士出任，議長則必須是伊斯蘭教什葉派人士擔任，副議長和副總理須為希臘東正教徒，而軍隊參謀長則必須由德魯茲人擔任。這一各方妥協達成的安排一直沿用至今。這種在不同教派、族群人士中分權的做法在美國推翻海珊後的伊拉克也得到了實踐，伊拉克憲法規定：總統必須由庫德人擔任、總理由什葉派人士擔任、議長則必須是遜尼派人士，這種在不同教派和族群中明確分權的做法看似充分照顧到各方的利益，但隨著時間的推移，它的弊端也逐漸暴露：政治精英根據教派切割權力，各方勢力互相掣肘、國家重大決策難以落實，民眾越來越強化自己的教派身分，削弱了國家公民身分認同，而且各派人口的增長率不盡相同，隨著力量的此消彼長，人多勢眾的一方自然會要求權力的天平向己方傾斜。二〇一四年五月二十五日，黎巴嫩總統蘇萊曼（Michel Suleiman，二〇〇四~二〇一四任職）任期結束，此後，黎巴嫩議會舉行了數次協商，但各方始終無法就總統人選達成一致。隔年我去貝魯特出差時，誰能出任總統依然沒有定論。

黎巴嫩政壇各派力量有不同的外部國家支持，以伊斯蘭教遜尼派為主導的「三一四聯盟」由沙烏地阿拉伯等遜尼派國家支持，而伊斯蘭教什葉派為主的「三八聯盟」則得到了伊朗的支持。基督教各派因各自利益不同分屬於兩大聯盟。各派之間的合作與對抗也不是從一而終，而是因時而動，各種合縱連橫的戲碼時有發生。當然，這兩大陣營也不是鐵板一塊，各派都有自己的利益考量。

我二〇一七年再次去黎巴嫩出差時，恰逢黎巴嫩議會選舉風波。在貝魯特採訪了多位政治分析人士和專家，總算是得以一窺在兩大聯盟之外黎巴嫩政壇的複雜性。黎巴嫩議會共有一百二十八個議席，其中一百二十一人來自二十個黨派，另有七位無黨派獨立議員。這些黨派代表了包括基督教五個派別、伊斯蘭教四個派別等在內多個教派和群體的利益。每屆議會議員任期四年。時任議員於二〇〇九年六月選舉產生，本應於二〇一三年六月到期，重新舉行選舉。但各派就如何選舉產生了分歧，導致議會議員選舉不得不於二〇一三年五月和二〇一四年十一月兩次延期，任期延長到二〇一七年六月。

黎巴嫩議會原定於二〇一七年四月十三日開會就議員是否再次延長任期問題進行討論。就在議會開會的前一晚，黎巴嫩總統奧恩（Michel Aoun，一九三三年～）發表全國電視演講，宣布將這次議會會議延期一個月。他表示，按照黎巴嫩相關法律，議會選舉應按照新的選舉辦法進行。他反對本屆議員再次延長任期，之所以決定將本應休會的議會會議延期一個月，就是希望議員們能夠就下屆議員到底如何產生達成共識。

議會議員如何選舉產生，按理說有現成的選舉法可作為法律依據，為何政界會為此爭論不休？問題的癥結究竟在那裡？帶著這些問題，我去採訪了位於貝魯特市中心的美國卡內基國際和平研究院中東中心（Malcolm H. Kerr Carnegie Middle East Center），那是中東地區最著名的智庫之一。專家告訴我，黎巴嫩各政黨爭論的焦點是時任議會議員任期六月結束後，是按照現有法律選舉，還是修改選舉法，按照新的法律進行。不同派別對黎巴嫩選舉法有不同的看法：時任黎巴嫩總理哈里里（Saad Hariri，一九七〇年～）領導的未來陣線、德魯茲派政黨社會進步黨以及基督教右翼政黨黎巴嫩力量傾向於按照現有選舉法進行選舉。因為現有的選舉法採用的是類似美國總統大選的「贏者通吃」原則，即某個政黨只要贏得某個選區的多數票，它就拿下了整個選區的所有票。比如，A

選區有五個議會議員名額，某黨即使只贏得了該選區百分之五〇·一的選票，也算它贏得了該選區，它就拿到了議會中五個議席，該選區其餘百分之四十九·九的選票不影響大局。這樣的安排顯然有利於政壇中的小黨，如未來陣線、社會進步黨和黎巴嫩力量等，它們只要牢牢掌握住幾個選區，就可以在議會中擁有一定的議席。

黎巴嫩的幾個大黨，如著名的什葉派政黨黎巴嫩真主黨、總統奧恩領導的基督教政黨自由國民陣線以及議長納比·貝里（Nabih Berri，一九三八年～）領導的什葉派阿邁勒運動則主張修改現行選舉法，廢除贏者通吃，改為比例制，即將全國劃為一個選區或幾個大選區，按照得票比例安排議會席位。比如在A選區，某黨贏得了百分之五〇·一的選票，這並不意味著剩餘的百分之四十九·九作廢，而是要計入全國的總選票之中，這樣就避免了只贏得一個小選區，就能贏得一定議員席位的做法。很顯然，按照全國一個選區或幾個大選區比例制計算，是有利於大黨派的，因為他們支持者的基本盤要比小黨大得多。這樣一來，它們就能在議會選舉中拿到多數議席，而一些小黨派就會被邊緣化。

在各方就是否沿用現選舉法還是採用新選舉法沒有達成共識的情況下，議員任期延期似乎就成了唯一的選擇。但這屆議員自二〇〇九年當選以來，任期已經延期了兩次，對黎巴嫩民眾來說，這屆議員不是經過選舉產生，而是通過不斷延期獲得賦權，他們已不具有代表性。專家表示，如果議會總是不斷地自我延期，這是對黎巴嫩民主制度的侵蝕。

在這樣的政治生態下，克塔伊夫關心的舊房改造以及德比安關心的垃圾危機，自然不會被排到議事日程的首選項目中。我不由地想起我第一次到黎巴嫩出差採訪一位專家時，他跟我講了一個不知道真假的故事：多年以前，某國大官員到黎巴嫩訪問，他對黎巴嫩各派的政治紛爭遲遲得不到解決很詫異，就問黎方官員，你們有多少人口。黎巴嫩官員說，我們大概有五百萬人，這位官員聽後哈哈大笑說，五百萬人還分成那麼多派？大家有什麼好爭的？你們都來我們的國家，我們劃出一塊地給你們，保證把各方利益安排得明明白白。

回不去的家

「我想有個家」

從中東卸任回國兩個月後的一天下午，我在北京通州一家電影院看了部電影「我想有個家」(Cafarnaüm)。影片描述一個十二、十三歲的黎巴嫩小男孩贊恩，父母都沒有穩定工作，卻生了好多個孩子，一家人擠在貧民窟一間家徒四壁的破爛房間裡。贊恩的父母將他十一歲的妹妹莎哈嫁給年紀大她很多的雜貨店老闆阿薩德，贊恩雖極力反對，但仍無濟於事，一氣之下，贊恩憤而離家出走。

贊恩走投無路之際，在一家遊樂場打工的衣索比亞女人拉希爾收留了他。拉希爾原本在一個黎巴嫩人家裡當保姆，但後來意外懷孕，她只能辭職，之後生下了孩子約納斯。約納斯的父親拋棄了拉希爾母子，這位可憐的衣索比亞保姆的簽證已經過期，又沒有正規的雇主，無法通過官方管道續簽，只得找市場攤販阿斯普羅製作假證件。阿斯普羅向拉希爾收取一千五百美元的費用，她四處籌錢之際被警察抓獲，關進監獄裡。

贊恩在拉希爾家遲遲等不到她回家，只能帶著她的孩子——二歲左右的約納斯艱難度日。拉希爾被抓後無法繼續繳納房租，她租住的鐵皮屋被房東收回，贊恩和約納斯只能流落街頭，走投無路的贊恩找到阿斯普羅，請他安排自己乘船逃離黎巴嫩。一直想買約納斯的阿斯普羅乘虛而入，以四百美元的價格買下約納斯，並答應把贊恩送出黎巴嫩。

乘船需要身分證件，因此贊恩不得不回到他父母住處翻找證件，卻發現自己嫁人的妹妹因難產大出血而死，贊恩一怒之下，用刀捅了妹妹的丈夫阿薩德。贊恩被警方逮捕，沒想到在監獄中與拉希爾相逢，兩人將阿斯普羅拐賣兒童的事情報警。贊恩的事經媒體曝光後引起社會極大關注，法院開庭審理此案。最終，拉希爾被遣返回衣索比亞，在貝魯特機場候機時和被解救的兒子重逢，影片以贊恩去照相館拍護照照片而收尾。片尾曲響起的時候，坐在電影院裡的我有些恍惚，影片中的場景對於一般人來說有些陌生，但於我而言，「我想有個家」中的一切似乎就發生在我人生的過往，他們那麼熟悉，又那麼遙遠。

來自衣索比亞的廚師

十多年前，我在大學畢業後遠赴「我想有個家」中的保姆拉希爾老家——衣索比亞首都阿迪斯阿貝巴（Addis Ababa）工作，在一個類似於社會住宅的工地上當翻譯。我們的營地在社區的一個入口處，立幾根木樁和鋼板，扯一圈鋼絲線，就是建案部營地。幾個貨櫃屋並排放在一起，箱上開兩個一平方公尺的窗戶，那就是我們的員工宿舍。最左側的一個貨櫃屋是廚房，一位衣索比亞中年婦女是我們的廚師。她曾在中餐館打工，練就一身廚藝，中餐做得十分道地，把我們建案部十幾個人養得身強體壯。

她一個人要準備十幾個人的一日三餐，實在忙不過來，公司就又招募了一個幫廚。新來的女人三十歲上下，個子不高，身材十分壯碩，聲音洪亮，說起話來手舞足蹈，露出門牙間一道寬寬的縫隙。她很能幹，摘菜、洗菜、切菜等都不在話下，而且動作非常俐落，每天像蜜蜂一樣在貨櫃屋廚房裡忙來忙去。

後來有一天，我突然聽說她被辭退了，驚訝之餘，一問才得知，是因為她情緒起伏無常，經常與廚房裡其他衣索比亞同事發生衝突，甚至到了持刀相向的地步。我還記得最後見到她的場景：那天我吃完早餐，從公司駐地出發，趕往施工現場。車剛開出公司大門，從門前的土路快開到柏油路時，突然看到那位幫廚走在路邊，黃色的頭髮紮了一個髻，挽在腦後，瀏海像乾枯的雜草，披在額頭上。那時她剛辦完辭退手續，看到車裡的我，情緒非常激動，揚起手臂，搖著頭大聲叫嚷："Mr. Yang, Me shangtsai no good?" 她問我：「楊先生，我上菜上得不好嗎？」

我們每天中午從施工工地回到營地，簡單盥洗後坐在餐廳裡，第一件事就是朝廚房大聲喊：「上菜！」廚師和幫廚的女工就端上早已做好的午餐，兩個大圓桌上擺滿各式菜餚，累了一上午的我們馬上狼吞虎嚥起來。久而久之，幫廚她們就學會了「上菜」這個中文，至於"no good"，則是建案中英語不太好的同事們發明的簡易語言。中國工人與非洲當地人的溝通簡直可以單獨寫一本書來討論，工人將英語、非洲當地語言（在衣索比亞首都主要是阿姆哈拉語）和肢體語言結合，創立了獨特的溝通技巧，神奇的是，非洲人對這種自創的溝通系統居然也能心領神會。比如，吃飯叫做「扒拉扒拉」，我沒吃飯是「me no 扒拉扒拉」。「寫」是"zafu zafu"，工頭發薪水給衣索比亞工人讓他簽名時，會說"no zafu zafu, no money"，意思就是：「你拿到工資時，必須在工資單上簽字，不簽不給錢」。這樣的例子實在太多，這位幫廚也如法炮製，把「我上菜上得不好嗎？」說成：“me shangtsai no good?” 我還沒想好該怎麼回答她這個反問句，她已經異常憤怒，在空中揮舞著手臂，大聲地朝著我們的車叫罵。

從公司回到建案營地上後，我跑去廚房問衣索比亞女廚師那位幫廚女工究竟是怎麼回事？她說那位女工精神出了問題，她之前給人家當保姆時被雇主虐待，精神出現異常。衣索比亞同事們說，她當年工作的地方就是黎巴嫩。我那時候十分不解，因為印象中黎巴嫩也不是什麼富裕的國家，怎麼會有人跨國請衣索比亞人做保姆。

又過了幾年，等我到了中東常駐，才發現很多中東國家的家庭都會雇傭保姆。阿拉伯聯合大公國、沙烏地阿拉伯 (Saudi Arabia)、科威特 (Kuwait) 等富裕的波斯灣阿拉伯國家自不用提，黎巴嫩、約旦甚至是戰亂中的伊拉克，一般的中產階級及以上的家庭，也會雇傭保姆。這些國家的人一般都會雇傭菲律賓 (Philippines)、衣索比亞等國的年輕女人來當保姆，一是出於人力資源成本的考慮，衣索比亞等東非國家的人力成本較低；另一個原因則是宗教上的考量，按照伊斯蘭教的規定，穆斯林社會內部講究信教者平等，他們一般不會雇傭另一位穆斯林來家裡當保姆，而是選擇中東之外其他國家的人。即便是二〇一四年，伊斯蘭國在伊拉克攻城掠地最激烈的時刻，我在巴格達機場仍然看到排隊入境的南亞面孔的女性。所以，當你在貝魯特街頭見到三三兩兩的衣索比亞或者菲律賓女性面孔時，也不必大驚小怪。保姆慘遭雇主虐待、毒打，甚至是死亡等新聞時常出現在中東國家的報導中。

黎巴嫩的敘利亞難民

「我想有個家」中黎巴嫩貧民窟小男孩贊恩的生活環境，我既熟悉又陌生，說熟悉是因為在貝魯特狹小的巷子裡，到處都能看到和贊恩一樣在街邊叫賣果汁、氣球或者馬路上紅綠燈處拍車窗兜售口香糖或鮮花的小孩。說不熟悉，是因為我，連同絕大部分國際媒體記者，都很少將鏡頭對準他們。在二〇一四年前後的黎巴嫩，有一個群體更能吸引媒體的關注，他們就是生活在黎巴嫩的敘利亞難民。

二〇一四年夏天，我去黎巴嫩貝卡谷地的難民營採訪。一大早，我和記者站的翻譯、攝影師一起乘車，沿著貝魯特彎曲的山路往山上開，風從地中海上吹來，帶來豐沛的水汽，城市倚靠的

黎巴嫩山 (Mount Lebanon) 山頂裹在一片白茫茫的霧氣之中，這霧氣從山頂向山背面的下方湧去，像是給山下的谷地罩上了一層雪白的棉花毯。毯子下方，大塊大塊的翠綠和青黃鋪陳在黎巴嫩山和前黎巴嫩山 (Anti-Lebanon Mountains) 之間，這片長一百二十公里，寬十六公里的谷地就是大名鼎鼎的貝卡谷地。在我還是個孩子的時候，我總能從廣播和電視裡聽到這個悅耳的名字，只不過，那時聽到的、看到的多半是和戰爭有關的新聞。在黎巴嫩內戰期間以及黎、以衝突期間，貝卡谷地多次遭到以色列戰機的轟炸。

貝卡谷地春天的麥浪，遠處的山上依然覆蓋著白雪

我們從黎巴嫩山山頂開始盤旋而下，道路兩旁是翠綠的雪松和楊樹，谷地中的小麥等農作物已拔節抽穗，葡萄藤下掛上了串串青綠的葡萄。貝卡谷地土壤肥沃，物產豐富，是黎巴嫩最主要的農業產區。在貝魯特逼仄狹窄的街巷中穿行已久，來到這兩山之間的大片農田之中，感覺身上的所有毛孔都盡情舒展，拼命地呼吸泥土的芬芳和大地的氣息。

儘管接納了大約一百萬名的敘利亞難民，但黎巴嫩政府並沒有正式承認他們的難民身分，因為按照相關的國際法規，承認難民身分就要提供相應的人道主義救助，這對已經身陷各種危機的黎巴嫩政府來說無異於雪上加霜，因此，黎政府並沒有統一為敘利亞人修建大型的難民營場所。包括聯合國難民署在內的各種援助機構和組織出資，在貝卡谷地租用一小塊一小塊黎巴嫩人的土地，修建了一座座小型的難民營，安置逃至此處的敘利亞人。每一個難民營的協調人和管理者都不同，要想到難民營採訪，必須取得協調人和管理者的允許方可進行。

陪同我們前來難民營的協調人來自聯合國某機構黎巴嫩國家辦公室，是一位黎巴嫩中年婦女。她看起來足足有一百二十公斤，染著黃色的頭髮，畫著濃重的紫色眼影，右手總是夾著一支香菸，吞雲吐霧，說話時聲音嘶啞，渾身不自覺地左右扭動。和我印象中聯合國的工作人員應該有的那

貝卡谷地的一條道路，兩旁是種滿各種農作物的田野

種西裝革履、光鮮時尚的精英感大相逕庭，她看起來更像是混跡於社會底層的大姐大，形象和氣質與我在伊拉克庫德斯坦採訪過的救助亞茲迪人的團隊成員頗為相似。起初，我心中有一絲顧慮，更多的是不解，因為我覺得從事這種慈善救助工作的人員應該散發著神聖光環、沒有任何道德瑕疵和奇怪舉止的完人。怎麼聯合國會找這樣一個染著頭髮、叼著香菸、畫著濃重眼影的人來做協調人？後來，隨著拜訪的難民營增加，也就逐漸理解他們的選擇，難民營裡的情況非常複雜，難民們生活雖然悲苦，但並不是外人內心預設的「完美受害者」，難民來自不同的地區，可能分屬不同的教派，他們經歷過戰爭、暴力，脫離了原籍國法律的管控和社會規範的約束，再加上生存環境的惡化，這一系列因素疊加，對難民營的治安構成了嚴峻挑戰。要管理一座難民營，不但要在當地有足夠的人脈，與各級政府、難民營土地所有者以及各種非政府組織溝通協調，有時還不得不與一些難纏的地痞流氓甚至是武裝組織打交道。因此，協調和管理人員必須見過世面，能處理各種不同類型複雜的問題，有時候甚至有可能要黑白兩道通吃，只有這樣，才能確保難民營的正常運轉。眼前的這位女士，一看就是那種經歷過風雨，能鎮得住場面的人。

我們的車在貝卡谷地的桃樹林間的公路上開了四十分鐘，來到了聯繫好的一座難民營，它的

貝卡谷地一處難民營（Shutterstock 圖庫網提供）

黎巴嫩一處難民營裡的簡易小學校

黎巴嫩一處難民營裡的兒童

選址很有巧思，營區後面是一座不大的小山丘，前面是一片麥田，麥田邊有一排高大的楊樹，山和楊樹的環抱可以減輕大風對營區的破壞。左側是一條柏油路，出行比較方便，遠方是光禿禿的前黎巴嫩山。近百頂白色大帳篷在營區橫豎排開，整齊劃一。每頂帳篷都很大，內部分前、後兩間。每家的帳篷上方都壓著七、八個汽車廢輪胎，以防屋頂被大風掀翻。走進營區，很多小孩在帳篷間的空地上追逐打鬧，一陣陣黃色塵土隨著他們的跑動飛揚，彌漫在帳篷區的角落中。

二〇一四年是黎巴嫩大旱之年，聯合國難民署在二〇一四年六月發布的一份報告顯示，當年黎巴嫩的用水缺口高達七億二千萬立方公尺。毫無疑問，當本國居民的生活都受到影響時，不被黎政府承認的一百多萬敘利亞難民自然首當其衝，成為飲用水危機最大的受害者，這也是我此次前來採訪的主題之一。

來自大馬士革的穆薩

難民營的管理人員在門口迎接我們的到來，他帶著我們找到了穆薩——一個敘利亞中年男人。他大概四十多歲，頭髮微捲，穿一件灰底白紋T恤，下身是一條藍色的牛仔褲，那褲子已經顯出磨白的痕跡。他家的帳篷在營區中間的位置，說是帳篷，近看其實是以帆布搭建，四圍用木樁插在土裡，木樁外圍覆蓋兩層帆布，帆布上下連接處用木板釘牢，下方釘在木頭上，外面壓著一圈空心磚。常年的風吹日曬，原本潔白的帆布已破舊不堪，顏色褪成肉眼很難分辨的花白或者淺灰。帳篷入口處放著一大一小兩隻藍色的塑膠水桶，大的足足有一公尺高，小的略低，上面蓋一個鋁盆。水桶旁還擺了幾個四公升裝的礦泉水瓶，裡面栽著幾株叫不上名字的小花，花葉病怏怏的，根部的泥土乾得都快成塊了。一個穿著紫色短袖背心的小男孩倚在門口的木樁上，褲子上滿是塵土，光著腳。帳篷上曬著一張黃色床墊，一半平攤在帳篷頂上，另一半垂掛在門前。

穆薩把我們迎進門。帳篷只有一人高，成年男子進門需要略微低頭。一進門，是一間客廳，裡面鋪著厚實的地毯，幾床被子疊在四周。儘管已是初夏，坐在地毯上還是有股股寒氣和潮氣從地下傳來，迅速傳遍全身。客廳兩邊的帳篷中間都開有小窗，光從小窗射進來，把屋裡照得透亮。客廳裡面還有一間是廚房，比我想像的好一些，廚房的地面是水泥地，靠牆處用木板釘成三個簡易架子，中間架子的下方放著一臺洗衣機，洗衣機左邊的架子上堆滿了各種調料瓶，右邊放著一張小桌子，桌子上是一個瓦斯爐，下方連著一個瓦斯桶。

穆薩來自敘利亞大馬士革農村省，敘利亞戰爭爆發後，他們的房子被炸毀，親戚們死的死，逃的逃，走投無路的他帶著妻子和六個孩子，翻過敘利亞和黎巴嫩邊界的前黎巴嫩山，逃到了貝卡谷地。我們見到他時，他們一家已經在這個難民營裡生活了九個多月。他坐在客廳中間的地毯上，向我們說起這次黎巴嫩水危機對他的影響：「我們家裡人多，兩個大人，六個孩子。做飯、洗漱、洗衣服等都需要用水，現在天氣漸熱，喝的水也越來越多。平常的情況下，我們一家一天大概需要用四桶水，每桶五公升。現在天漸漸熱起來，卻很久沒有下雨了，乾旱導致難民營供水十分緊張。」

「你們這裡是怎麼供水的？我剛才在廚房沒看到自來水水龍頭。」我問了一句。

「不是自來水，是營區外面有一口井，慈善組織從那裡接過水管。現在乾旱，井裡的水位下降很多，水井的主人得優先保證井邊黎巴嫩當地人的用水，然後才供水給我們難民營。原來是每天白天供水，現在改成了每三天供一次水，每次來水，我們把家裡能用的鍋碗瓢盆全都拿出去接水。但有限的供水只夠做飯用，洗衣服都得非常節省。過去每天都洗澡，現在只能一周洗一次。」

我們正說著話，一個五、六歲的小男孩跑進來，大聲用阿拉伯語說著什麼，穆薩跟我說，是供水時間到了。他說自己要去接水，我們就跟著他去了。

一根鐵管從難民營東部一家帳篷外的地面伸出，鐵管上接了一根綠色的水管，十幾個小孩拿著礦泉水瓶和大塑膠桶，正圍著水管嬉鬧。一個戴著灰色碎花頭巾的小女孩蹲在那裡，把綠水管插進礦泉水瓶中，清澈的井水順著水管流入她手中的水瓶裡。水管前方的空地上，撒了一灘水，水面漂浮著花花綠綠的塑膠袋。看到我們拿著攝影機過來拍攝，小孩們好奇地看著，把那根綠色的水管讓給穆薩，穆薩蹲在水管後方一口像大鍋一樣的衛星天線下方，接過水管，開始給自己手中的空水瓶灌水。在他接水的時候，不斷有其他家庭的大人和小孩拿著大大小小的塑膠瓶，朝水管處走過來。穆薩接滿一桶水，讓他的兒子在此排隊，我們跟著他，又回到家中，繼續採訪。

他把打回來的水放到廚房，從木架子上取出一個鋁壺，把水倒在鋁壺裡，再把壺放到瓦斯爐上，向右輕輕一擰，火苗「噗」地一聲騰起，他守在瓦斯爐邊，跟我們說：「乾旱以來，水的供應不太穩定，說是三天一次，但有時候也會好幾天不來，這樣的話，我只能自己出去買水，一桶五公升裝飲用水要一千五百黎巴嫩鎊⑩。上個月我一共買了二十幾桶，我們在黎巴嫩沒什麼收入，

⑩ 當時約合臺幣三十四・三元。

全家八口人，孩子們都太小，只能靠我出去打點零工掙錢。賺的錢很少，每一項開銷都必須精打細算，現在光是買水，就需要花很大一部分。」穆薩正說著，瓦斯爐上的水壺發出嘶嘶聲，水燒開了。穆薩執意要泡茶給我們喝，我們都有點不好意思，畢竟這水可是來之不易，但他還是堅持。幾番推讓之後，我也就只能恭敬不如從命。在中東地區，尤其是阿拉伯人和波斯人居住區，彼此之間的客套和推讓與東亞頗為相似。我發現，東亞人在中東遭遇到文化衝擊相比在西方要小得多，西方國家的人拒絕就是拒絕，很少彼此客套，更不用說反覆地彼此推讓。但中東地區的人待人接物時表現出的客套與好客和東亞相比毫不遜色。

穆薩泡好了茶端上來的時候，我們的採訪基本上也結束了，大家就坐在客廳裡聊起他在敘利亞的生活。那時候，逃出來的敘利亞人對敘利亞戰爭的看法非常不同，大致分成兩派：一派是堅定的反巴賽爾政府派，他們認同敘利亞反對派的政治立場，贊成反對派的做法，希望反對派推翻巴賽爾政權；另一派民眾則堅定支持巴賽爾政府，將反對派看成是破壞國家穩定的叛亂分子。因此，在不知道對方政治立場的情況下，常駐中東的記者們很少會和逃離敘利亞的難民主動談起政治話題，即使談起，也不會輕易表露自己的立場，畢竟稍有不慎，可能就會被拒之門外，甚至遭受攻擊。穆薩也沒有談起這方面的事情，他聊的大部分是之前在敘利亞的生活，那時，他是一名計程車司機，白天在城裡開計程車，晚上回家。雖然收入不高，但好在當地物價便宜，他們一家儘管不富裕，也能勉強度日。戰爭爆發後，大馬士革農村省是各方交戰最激烈的地區之一，穆薩也不敢再開著計程車到處跑了，他就在家附近打點零工。然而好景不長，有一天，他在外面工作，妻子帶著小兒子去鄰居家串門子。中午的時候，他突然接到了鄰居的電話，說他們家遭到了炸彈襲擊，穆薩趕緊搭車回家，回去一看，房子已經塌

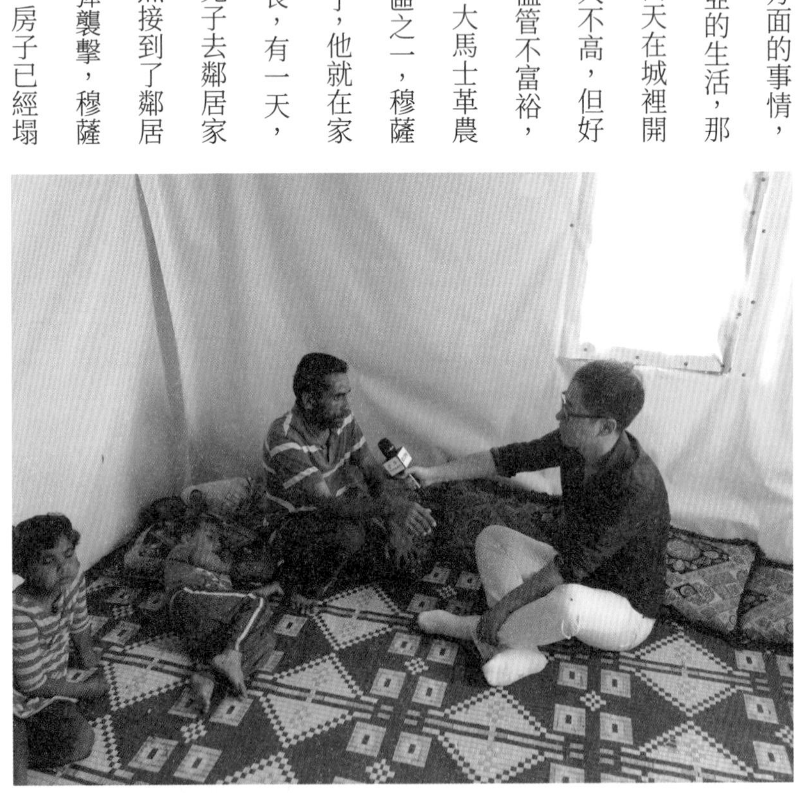

接受採訪的穆薩（攝於2014年）

了，還好幾個大孩子都在學校，老婆和小兒子也不在家，躲過了一劫。他們從廢墟中搜出所有值錢的東西，在鄰居家睡了一晚，無處可去的一家人最後只好踏上了逃難的旅程，來到黎巴嫩。

「那你想回去嗎？」我喝著他遞過來的紅茶，問道。

「那是肯定的，敘利亞是我的家，我做夢都想回去，」穆薩端著茶杯，呷了一口，說：「但現在回不去，戰爭還沒有結束，非常不安全。等那天敘利亞迎來了和平，我就回去。很多敘利亞人都去了歐洲，我知道那裡很好，但我不想去，那裡不是我的家。我就留在黎巴嫩，等那天戰爭結束了，我翻過前面那座山，就能回家了。」

「可你的房子都被炸了，回去住那兒啊？」我問。

「回去賺點錢，再把房子蓋起來。」穆薩放下茶杯，他還要再燒一壺水，但被我阻止了，我說後面還有一個採訪，就不打擾了，這水來之不易，還是留給家裡人喝。我起身準備告辭，翻了翻口袋，掏出事先準備好的一百美元遞給他，又是一番亞洲式的客套與謙讓，穆薩最終收下了這筆錢。

蠶豆田裡的穆罕默德

見到穆罕默德的那一刻，我對他的年齡產生了懷疑。他們都說他十五歲，但這個正在地裡摘蠶豆的小男孩怎麼看都沒有那麼大。

離開穆薩家，我坐著車，繼續沿著公路，向貝卡谷地南部開去，我們在一片桃樹林外下了車，桃樹葉長得綠油油的，但枝頭並沒有結果。林中的過道上，一大群青春期的女孩圍在一輛白色豐田皮卡車後，她們在車後斗的塑膠筐裡挑來揀去，五顏六色的頭巾和裙子在桃林中飛舞。我湊上前去，發現她們正在翻揀蠶豆，將小的揀出，放到另一個筐中，大的留在原處，擺放整齊。

離開皮卡車，繼續往前走，穿過桃樹林後視線豁然開朗，那是前黎巴嫩山山後一處開闊地帶，一大片綠油油的田地裡長滿了蠶豆。十幾個中年婦女，手裡拿著塑膠筐和油漆桶，翻弄著匍匐在地上的肥嫩綠葉，尋找葉片下方約一指長的蠶豆莢。人群中，我看到了一個小男孩，他穿著一件髒兮兮的褐色大學T和米黃色的褲子，彎著腰，在地裡不停地搜尋。他用手飛快翻找著地上的葉片，找到一顆蠶豆莢後，迅速將它從植株上揪下，放入另一隻手拿著的筐裡，不一會兒，就摘了半筐，速度比旁邊的中年婦女還快。這個小男孩就是我們要採訪的對象穆罕默德。貝卡谷地夏日的午後氣溫升高，穆罕默德不停地抬頭，用袖子擦擦臉上的汗珠。他個頭矮小，看起來只有十歲。所以當他說自己已經十五歲的時候，我有些不信。我接觸過的一些未受過教育的阿拉伯人，由於普遍使用伊斯蘭曆，而伊斯蘭曆與西曆的換算又比較複雜，他們經常記錯自己的年齡。但我仔細觀察眼前這個小男孩，雖然個頭矮小，但青春痘開始在他那張還顯稚嫩的臉上冒頭，脖子上的喉結也若隱若現，已經處在從男孩到男人的轉變期，十五歲還是可信的。

穆罕默德迅速摘滿一筐後，兩手抓著筐兩側的孔隙，把它抬到桃林裡的皮卡車處，交給一位戴著灰白色頭巾的中年婦女，那女人拿起筐，開始翻檢穆罕默德揀的蠶豆，將半指長的蠶豆一一揀出，放入旁邊一個綠筐中，再將剩餘一指長左右的大蠶豆放在另一個筐中。挑揀完後，她把兩個筐分別放到地上的磅秤上，熟練地左右撥弄著秤砣，拿出一支筆在筆記本上潦草地記下一筆。穆罕默德仰著頭，問了一句：「多少公斤？」「大的八公斤，小的五公斤」稱完之後，灰白頭巾婦女將大小兩筐蠶豆分別倒入身旁皮卡車上的大筐中。穆罕默德拿起他自己的蠶豆筐，向豆田走去，旁邊幾個幹農活的敘利亞婦女，看到我們的攝影機，把頭巾向下扯了扯，轉過頭去，生怕我們把她們拍進鏡頭中。

下午兩點左右，溫度漸漸升高，桃樹的葉子為對抗蒸發，兩邊沿著葉脈閉合起來。穆罕默德他們開始收工，地裡工作的人們拖著腰，把油漆桶和塑膠筐歸攏到一處，擺放在桃樹下。婦女們嘻嘻哈哈有說有笑，穆罕默德拍拍身上的衣服，抖了抖頭髮，一股股塵土從他身上四散開來，他抓起桃林裡的一根水管，擰開水龍頭，仰著頭，喝了兩口水，又洗了洗臉。一輛大卡車早已停在了路邊，穆罕默德和女工們爬上車，坐在車後斗裡。長滿落腮鬍的司機搖下駕駛室的車窗，叼著菸，向右擰了擰引擎的鑰匙，發動了車子。女工們五顏六色的頭巾在風中飛舞，她們知道我們在拍攝穆罕默德，就不斷和他說笑，穆罕默德坐在角落裡，不時齜著牙，露出害羞的笑。在前黎巴嫩山山腳下的一座難民營，卡車停了下來，所有人都跳下了車，從營區入口魚貫而入，回到各自的帳篷中。

穆罕默德家的帳篷不在難民營中，而是單獨搭設在營區外面的山腰上。山腰上一塊空地被平整出來，露出紅色的土壤。一大一小兩頂帳篷前後立在此處，這兩頂帳篷，一頂是廚房，另一頂是臥室。廚房帳篷略小，用幾根木樁插在地上，頂棚搭著深綠色的苫布，四周圍著各種麻袋縫製的「圍牆」。午後天氣炎熱，帳篷沒有窗，穆罕默德的媽媽將帳篷北面頂棚垂掛下來的苫布與麻袋的連接處拆開，露出一個寬一公尺，長約三公尺的豁口，以便通風，降低帳篷內的溫度。到了晚上，再把麻袋和苫布綁上。帳篷北面外角處放著一個藍色的水桶，高約一公尺。在帳篷右邊的空地上，有一個用木片釘成的圍欄，裡面養了幾隻羊，正在低頭吃乾草。羊圈外面的地上，兩隻母雞和一群鴿子在空地上踱來踱去，翻找著地裡的玉米粒，不遠處有一個鐵絲網雞籠，放在幾塊磚頭壘成的矮牆內。南邊的角落用麻袋圍了一圈，那是他家的廁所。幾個舊輪胎和汽油桶橫七豎八地放在紅土平地的最外圍，標誌著他家「院子」的範圍。

看到我們，穆罕默德的父親在他妻子的攙扶下從帳篷裡走了出來。他的父親穿著一件灰色的長袍，頭上戴著阿拉伯傳統紅白格頭巾，臉上被貝卡谷地的陽光和風沙打磨得通紅。母親頭上戴著黑色的頭巾，用頭巾的下擺裹住下巴，身穿著一件綠色寬鬆長袍，上面畫著黃色的孔雀羽毛圖案，腳上穿著一雙紫色的塑膠拖鞋，她臉上爬滿了歲月留下的皺紋，體態略微臃腫。無論是他父親的阿拉伯紅白格頭巾，還是他母親戴黑色頭巾時將下巴裹進去的做法，都能猜出他們可能是一戶游牧的貝都因家庭。所謂貝都因人，指的是在中東北非地區游牧的阿拉伯人。隨著中東北非地區城市化的發展，越來越多的貝都因人選擇了城市定居生活，依然在沙漠中游牧的貝都因群體不斷減少。

我們跟著穆罕默德的父母進入到他家的臥室帳篷中。這頂帳篷比廚房帳篷要大很多，頂棚是用木板釘成的骨架，支撐著上面的苫布，四面用白布襯在麻袋裡面，由於帳篷北面一側被掀開，室內光線充足。牆腳處圍著一圈波紋鐵片，地面用水泥進行了硬化處理。和大多數阿拉伯家庭不同，這家的地面上沒有鋪地毯，兩張紅底黃花的床墊直接鋪在水泥地上，床墊上歪歪扭扭地坐著七個小孩，三男四女，都穿著髒兮兮的衣服，光著腳。穆罕默德在家中排行第二，其他六個小孩都是他的弟弟妹妹。帳篷一角立著一張用木條釘成的簡易桌子，上面放著一臺老式黑白電視機，電視機上還擺著一個黑色機上盒，這山腳下四處漏風的帳篷居然通電，還能看到有線電視，是我沒有想到的。電視機旁邊放著一個水壺一樣的照明燈，它的插頭插在電視桌下方的插座上，正在充電。電視桌左邊是一個儲物櫃，用布簾蓋著，裡面堆滿了各色棉被和好幾個穆罕默德摘蠶豆用的那種塑膠筐。

穆罕默德一家共有十口人，夫妻二人外加八個孩子。我們採訪時，他家大兒子出去找打工還沒回來。我們在室內坐了一會兒，就搬了兩張塑膠椅，打算在室外進行採訪。剛坐下，就聽到山的另一側傳來巨大的聲響，那震動像是從地底傳來的一樣。翻過眼前這座荒山，就是敘利亞，那時敘利亞戰爭各方交戰正酣，我們聽到的就是他們在用大炮轟擊對方陣地發出的巨大響聲。炮擊聲連綿不絕，就像是大地在發出淤積已久的低沉怒吼，我第一次聽到這種恐怖的聲音，感覺天旋地轉，擔心炮彈會不會落到我們這邊來。好在兩國交界的前黎巴嫩山足夠高大，炮彈並不會飛落至此。敘利亞和黎巴嫩，一山之隔，就是戰爭與和平、生存和毀滅的兩個世界。

採訪進行得並不順利，穆罕默德有著青春期男孩特有的拘謹。不論我問什麼，他都用極其簡短的話來回答：「是」、「不是」、「對」、「不對」，說完就找不出更多的話來，靠在椅子扶手上，用左手撓著耳朵，一臉茫然，不知所措。我不得不改變策略，先聊些和採訪無關的話題，緩和氣氛，讓穆罕默德緊張的心情放鬆，不問封閉式問題，改問些開放式問題，情況才好了一些。

穆罕默德的爸爸在敘利亞時腿就受了傷，雖然沒有完全癱瘓，但行動非常不便。媽媽在家洗衣、做飯，做各種家務，照顧全家人的生活。他的哥哥在外面打工，但工作機會很少，經常做一段時間就沒工作了。六個弟弟妹妹都太小，無法工作。所以這一大家子只能靠著穆罕默德每天去田裡工作來賺一點錢。穆罕默德摘蠶豆、割麥子、收桃子，不同的季節，不同的農活，他都做過，一天工作五個小時，賺一萬黎巴嫩鎊⑪。

穆罕默德的這份工作是國際勞工組織 (International Labour Organization) 在黎巴嫩開展的一個專案。在逃到黎巴嫩的一百多萬敘利亞人中，有三十萬左右的人是學齡兒童，這些學齡兒童中約有七成都在黎巴嫩打工，從農田、工廠、汽車修理店、福利社到農貿市場，幾乎所有的工作場所都能看到敘利亞童工的身影，他們做的都是又苦又累的工作，而且報酬較低。繁重的勞力工作不利於孩子們的身體健康，農田裡的殺蟲劑、工廠空氣裡的鉛塵等都會影響到孩子的發育，更重要的是，繁重的工作使這些孩子幾乎沒有休息時間，缺失的童年給他們的心理健康也帶來了嚴重影響。

敘利亞難民童工問題讓國際勞工組織和其他一些難民救助組織陷入兩難的境地：一方面，按照黎巴嫩法律，童工被嚴格禁止；另一方面，難民童工的收入是那些敘利亞家庭重要的、有時候甚至是唯一的經濟來源。如果完全禁止，難民全家的生活可能會陷入困境。為此，一些非政府組織只好採取折衷的辦法，與黎巴嫩當地雇主合作開發一些項目，雇傭年齡相對較大的童工，同時

⑪ 當時約合新臺幣二百九十六元。

減少他們的勞動時間，穆罕默德就是此計畫的受益者，他每天工作的時長不超過五小時，其餘時間則可以到難民營中的學校上課。這樣，既能讓難民家庭有一定的收入，又最大限度地降低了繁重勞動對兒童身心健康的影響。

對穆罕默德一家的採訪也證實了我的猜測，他們一家果然是貝都因人。穆罕默德的父親塔瑪姆早年間在敘利亞中部的沙漠逐水草而居，過著游牧生活。天遠地曠，四時流動，他說自己之前對於國家、政府、邊界等概念極其模糊。敘利亞戰爭開打後，就連他這樣在沙漠中游牧的貝都因人也受到波及，不得不逃至黎巴嫩。對於住慣了帳篷的他來說，住在黎巴嫩的帳篷裡與住在敘利亞的帳篷裡並沒有什麼不同，也沒有多少顛沛流離之感。但讓他感到不適的是，黎巴嫩貝卡谷地是農業區，田地裡全是各種農作物，在這裡放牧，牛羊極其容易走到別人的田地裡吃掉他們的莊稼，引起糾紛。他作為外國人，在這樣的糾紛中完全處於弱勢。羊圈裡的幾隻羊，只能靠孩子去田邊壟外割些野草回來餵養。作為游牧民，他在農業區就像一隻折翼的鳥，行動範圍從遼闊的沙漠壓縮到這荒山野嶺的一隅，再加上行動不便，在這陌生的國家也沒有可以互相照拂的部落民眾，他備感失落與無助。

「你聽，山那邊的炮聲整日不斷，現在沒法回去。」塔瑪姆坐在帳篷外的椅子上，午後的陽光照在他的臉上，映出一片紅光：「等將來炮聲停止了，我們就回到敘利亞去，回去了也是住帳篷，但那是我們自己的土地，可以自由自在地放牧，再也不用擔心牛羊吃到別人的莊稼，孩子們也能在城鎮裡上學。」

圓珠筆和小女兒

逃到黎巴嫩的敘利亞人，除少數有錢人直接在貝魯特或其他城市購置、租賃房產外，大部分人都生活在各種帳篷營地之中。在黎巴嫩的敘利亞人不是法律意義上的難民，無法得到黎巴嫩官方給予的人道主義救助，而聯合國和各國政府、非政府機構提供的救助，只能最低限度地保證他們基本的生存。這些住在帳篷中的敘利亞人夏天要面對高溫酷熱，冬天則要忍受黎巴嫩沿海連綿的陰雨和山區呼嘯的狂風與大雪，他們傾盡全力，也只能在生存線上掙扎。他們生活在黎巴嫩最不起眼的偏遠角落，沒有聲音，也沒有話語，默默地承受著背井離鄉、寄人籬下的苦悶與心酸。

然而，有一位敘利亞男子卻因為一張照片獲得了大量的捐贈，進而改變了人生。二〇一五年八月，一張照片在海外社交媒體上走紅，照片拍攝於貝魯特一條車水馬龍的大街上。一位前額已完全光禿，腦後的頭髮與濃密的落腮鬍連成一片的中年男子，穿著一件領口已經破損的藍色T恤，一手拿著幾支藍筆帽圓珠筆，另一隻手臂上抱著一個睡著的小女孩。小女孩大約五、六歲，皮膚白嫩，特別可愛，她偏著頭，枕在男子的肩上，一頭黃色的頭髮垂在男子的後背上。照片中的男子是一名流落到黎巴嫩的敘利亞難民，他抱著熟睡的女兒在貝魯特街頭兜售圓珠筆。這張照片被網友傳到網上後，這對父女的遭遇引起了網友們的深切同情，被無數人轉發，引發了極大關注。

四個月後，我從杜拜前往黎巴嫩出差。某一天在貝魯特街頭閒逛，看到一個小男孩，拿著幾束玫瑰花，在人來人往的哈姆拉商業街上高聲叫賣，我突然就想到了那張抱著女兒賣筆的男子的照片。回到賓館後，我跟記者站的當地員工提起了那張照片，沒想到他說照片中那位敘利亞父親在黎巴嫩媒體界已經是一位名人，如果我想採訪他，馬上就能安排。我一聽興致就來了，決定親自去聽一聽這位敘利亞難民父親的故事。

這位名叫阿卜杜勒·哈利姆·阿塔爾的敘利亞男子，在照片走紅後收到了來自世界各地的捐款與資助。阿塔爾拿著這些錢，在貝魯特開了一家餐廳。十二月的一天上午，我和記者站的當地員工坐著車，穿過貝魯特狹窄的大街小巷，來到阿塔爾的餐廳前。餐廳位於一座巴勒斯坦難民營的入口不遠處，一大早，街上的摩托車、小轎車川流不息，行人摩肩接踵，好不熱鬧。餐廳開在一棟高樓的一樓，共分三間，一塊長長的白色招牌掛在三間房子的上方。招牌最右邊畫著一個支架，上面是一個半圓形的紅色捲餅，捲餅上方還豎著畫了三條彎彎曲曲的線條，象徵著捲餅散發出的香氣。緊貼著捲餅左方的是一行阿拉伯語文字：「阿塔爾捲餅」。文字左邊用紅、橙、黃三色畫成一個土耳其旋轉烤肉的形狀，再左邊是阿拉伯語：「阿塔爾飯店」。招牌最左邊是幾張烤雞、土耳其旋轉烤肉和捲餅的照片，那烤雞在火中散發著誘人的金黃色澤，烤雞下方是店裡的訂餐電話。

與三塊連在一起的招牌對應的，是阿塔爾開設的三間飯店，左邊一間是廚房，廚房門口放著一座三層玻璃櫃檯，玻璃櫃檯上方放著紅色的薯條盒，裡面裝滿了剛炸出來的薯條。薯條盒後面放著一個不鏽鋼盆，盆裡堆滿了金黃的法拉非勒（Falafel）⑫，櫃檯後面是一個不鏽鋼烤箱，裡面橫著放著幾根架子，幾隻完整的雞在架子上翻滾，烤出金黃的顏色。櫃檯旁邊靠牆一側立著一面嶄

⑫ 一種用鷹嘴豆泥和碎西洋芹等做餡料的油炸食品，類似於中國的油炸菜丸。

新的不鏽鋼烤箱，裡面是一根閃亮的鋼柱，鋼柱上串著壓實的上寬下窄漏斗形狀的土耳其烤肉，烤肉架勻速旋轉，接受烤箱內火紅的爐火炙烤，透明的油脂從壓實的肉縫隙中溢出，順著巨大的烤串邊緣流下，一顆一顆地滴在下方的托盤上。一名穿著纖塵不染白色工作服、戴著白色廚師帽的中年男人，專心地盯著烤雞旁的一口炸鍋，他不停地用鐵勺翻動漂浮在鍋中滾燙沸油中的丸子，待炸至色彩飽滿時，用一把大漏勺將丸子撈出，抖動幾下，將油瀝淨後放入一個白色托盤中，另一位同樣穿著白色工作服的男人將托盤端到櫃檯上，戴上一雙白手套，將金黃色的法拉非勒輕輕地擺放在不鏽鋼盆中。一臺收銀機擺在櫃檯外面立柱前的小木桌上，一位身穿藍黑色大學T，身材魁梧的男子站在收銀機後，啪啪地敲擊著鍵盤。

三間房正中的一間是客人用餐的地方，一面巨大的冰箱立在門口，冰箱是藍色的，外立面上方畫著一個圓，塗著紅、白、藍三種顏色，標識下寫著白色的"Pepsi"百事可樂的字樣。室內擺著六張桌子，每張桌子旁前後放著四張皮質圓形沙發椅。桌子上都擺著一個花盆，裡面是一株綠色的塑膠小樹。牆壁上貼著黃色的壁紙，壁紙做成石頭的圖案和紋理，貼在牆上，看起來就像是石頭直接裸露在外，頗有粗獷別致之感。

右邊一間房是另一個廚房，這裡主要是製作敘利亞捲餅等烘焙麵食的工作間。門口放著兩個巨大的圓形瓦斯桶，與瓦斯桶相連的是一個圓柱形不鏽鋼大桶，直徑大約一公尺，桶裡瓦斯燃氣的大火烘烤著上方的凸面鍋，那鍋看起來像是中國攤煎餅用的平底鍋，只是中間略微凸起。鍋後面是一個木製案板，一名二十歲出頭的年輕人站在案板前，雙手快速地拍打案板上的麵團，那麵團隨著拍打力度的加大迅速向四周延伸，擴大成一張圓形麵餅，小夥子拿起麵餅，在左右手間飛快地來回拋擲，麵餅越來越大、越來越薄。之後，他

阿塔爾餐廳的廚房工作間，工作人員正在製作大餅

將直徑約半公尺的麵餅放在一個白色的圓蒲團上，輕輕拍打，再向四周拉扯，以使圓餅均勻地變薄，直至像煎餅一樣。攤好後，將蒲團拿起，迅速地倒扣在凸面鍋上。那薄薄的麵餅一遇熱，騰起縷縷蒸氣，發出「滋滋」的聲音，邊緣有空氣的地方冒出幾個泡泡，擴大後「啪」地一聲破裂了。只需一兩分鐘，那麵餅就烤得焦黃，翻過一面再烤一小會兒，兩面就都焦黃，散發出小麥的清香。

在凸面鍋後面是一個類似於傳統爆米花機的圓肚型鐵罐，鐵罐旁邊還有一條履帶，那應該是一個自動和麵機，將水和麵粉放入罐中，通上電，履帶帶動罐體飛快轉動，就把麵和好了。和好的麵從罐體的一端出來，一個戴著黑色鴨舌帽的男青年將和好的麵團放在案板上，揉成麵團，再將麵團遞給鍋邊的年輕人，由他將麵團拍打成餅，再放到蒲團上扯勻，最後將餅倒扣在凸面鍋上，直到烤至兩面金黃，整套流程無縫銜接，行雲流水。

我一眼就認出了在捲餅店裡忙碌的阿卜杜勒·哈利姆·阿塔爾，他和街頭賣筆的那張照片一樣，光頭、高眉骨、落腮鬍，不同的是，他臉上的表情不再是淒苦無依，而是泛著紅光，志得意滿。他穿著一件黑色的 T-shirt，上面是白色的金字塔圖案，下身穿著一件洗得乾乾淨淨的牛仔褲，正在把一張捲餅用紙包好，遞到一位穿著黑色長袍，身材圓滾的老婦人手中。看到我們，他揮揮手，示意我們到中間的餐廳裡坐下。我和攝影師以及翻譯就坐到餐廳裡等他，店面不大，裡面收拾得乾乾淨淨。沒過一會兒，他走了進來，拍了拍手上的麵粉，說：「不好意思，剛才顧客有點多。」我們握了握手，開始了採訪，阿塔爾向我講述了他的故事：

「我今年三十三歲，父母都是巴勒斯坦人，巴勒斯坦和以色列打仗的時候，父母逃到了敘利亞，住在首都大馬士革郊區的雅穆克難民營（Yarmouk Camp）⑬。我在那裡出生、長大，敘利亞戰爭爆發前在一家巧克力廠上班。打仗以後，各方在雅穆克難民營及其周邊地區發生激烈衝突，大量的房屋被毀，槍炮聲不斷。有一天，一枚炮彈落在我鄰居家，把他家的房子炸塌了，我自己住的房子的牆也被炸壞了，沒法住人。我就帶上家裡值錢的東西，逃到了黎巴嫩。來到黎巴嫩以後，一開始我還有些積蓄，就沒有住到那些帳篷營地，而是在貝魯特郊區租了一個房子，一個月租金是三百美元，黎巴嫩的物價實在太高了，什麼都比敘利亞貴，那個房子裡什麼都沒有，破破爛爛的，根本不值那麼多錢。」

---

⑬ 雅穆克難民營建於一九五七年，不是帳篷營地，而是建有房子和各種生活配套設施的居民區。

說著，阿塔爾起身，從飯店櫃檯下方的抽屜裡拿出一張照片，我接過照片，那是在他的出租屋裡拍攝的，一個牆面已經脫落了大半的房間，中間擺了一張破舊的橙色沙發，阿塔爾坐在沙發的一角，緊挨著他坐的就是那張街頭賣筆照片裡的小女孩，披散著頭髮，光著腳，靠在阿塔爾身上，小女孩旁邊是她哥哥，同樣光著腳。他們三個人瞪著眼睛，看著前方的照相機。沙發上方的牆，下部分刷成藍色，上部分牆面的塗料已經脫落，胡亂地抹著一大塊灰色的水泥，與牆的其他部分形成了極不協調的色差。水泥牆上散亂地掛著幾件小孩的 T-shirt 和牛仔褲，衣服下方立著一張栗色木框的鏡子。鏡子旁邊的牆邊放著一臺冰箱，冰箱上堆著瓶瓶罐罐，上方釘著一塊木板，放著一臺不大的電視機，電視機前方的筆筒裡，還放著一罐阿塔爾在街頭兜售的藍色筆帽圓珠筆。照片最右方是另一間房子，從裡面擺放的幾個鍋碗瓢盆看，那應該是廚房，一個藍色的塑膠水桶放在其中。整張照片雖然光線明亮，卻給人一種難以言說的黑暗、破敗之感，尤其是那可愛的，似乎是發著光的小女孩與這簡陋的貧民窟形成了強烈的對比，讓人十分同情她的遭遇和處境。

「能問問你的家庭情況嗎？我看你總是自己帶著孩子。」我試探地問道。阿拉伯人雖然不像西方人那樣不願在陌生人面前談論起諸如是否結婚等私人話題，但我依然沒有把握問起這樣的話題是否合適。沒想到阿塔爾很直截了當地回答了這個問題：

「我和妻子離婚了。戰爭打起來之後，我們倆都想逃離敘利亞，但到底要去那裡，我們矛盾很大。我老婆想去歐洲，就一直計畫著要先去土耳其，從那裡再想辦法去歐洲。但我不想去，我想著在黎巴嫩待著，一是因為黎巴嫩也是講阿拉伯語的國家，各方面習俗也和敘利亞差不多，我想著過來生活能更容易一些，去土耳其的話語言我都不會說，我不知道該怎麼生存。另一個原因，是我想離敘利亞近一些，等戰爭結束後再回去。但我老婆一心想去土耳其，為此，我們經常吵架。四年半前，我們正式離了婚，兩個孩子都由我撫養。她和她的家人去了土耳其，我帶著孩子來到了黎巴嫩。後來我聽說，她在土耳其過得並不好，也沒去成歐洲，而是又回到了敘利亞。」

正說著，店裡的服務生從旁邊端來一盤剛炸好的法拉非勒，阿塔爾接過來，一定要我們嚐一嚐。丸子色澤金黃，散發著西洋芹特有的清新，一口咬下去，滿口留香。阿塔爾看著我們，說：「你們覺得這法拉非勒怎麼樣？」我和攝影師以及翻譯都點頭說非常好吃。我吃了兩個後，繼續提問：「你到了黎巴嫩後一直靠賣筆為生嗎？賣圓珠筆也賺不了多少錢吧？」

「黎巴嫩物價很高，我從敘利亞帶來的那點積蓄花得很快，除了房租，錢都用來給兩個孩子買吃的。那時候，我兒子七歲，女兒只有二歲。我到了黎巴嫩就開始到處找工作，但根本找不到像樣的工作，找了幾份短工也賺不到多少錢，還被老闆剋扣過工資，生活很困難，最後實在沒有辦法，就去街頭賣東西，口香糖、玫瑰花什麼都賣過。八月分離學生開學的時間不遠了，我想著文具可能會好賣一些，就去批發了一些圓珠筆，拿到街上賣。我兒子年紀稍微大一點，他可以在家照顧自己，但女兒太小了，我不放心把她留在家裡，就帶著她一起。」阿塔爾揮舞著左手說道。

「能回憶一下那張走紅的照片拍攝時的情景嗎？」我問。

「我不知道是誰拍了那張照片。那天中午天氣有點熱，吃完飯，我就帶著女兒上街，生意並不好，在街頭站了幾十分鐘，就賣出了一支筆。女兒睏得不行，我又沒有地方能讓她睡覺，只好把她抱在懷裡。我最初不知道有這麼一張照片，三、四天後，一位鄰居拿著手機，跑到我家來說，你在網上紅了，很多人轉發你的照片。我這才第一次看到那張照片。」

「當時是什麼感受？」

「我感到很傷心，那是孩子第一次在我懷裡睡著，女兒沒有媽媽照顧，和我流落到這裡，受了很多苦，大熱天還要跟著我在馬路上跑來跑去，睡覺都沒地方睡，我覺得自己對不起孩子。但同時，我也痛恨戰爭，如果不打仗，我們也不會跑到黎巴嫩，孩子也不至於受這種苦。」阿塔爾慢慢地說，飯店上方日光燈的光照在他的頭頂，讓他的光頭顯得更亮了。

「這張照片傳到網上後，改變了你的命運。」我看著他說道。

「是的，那張照片被傳到網上後，我收到了世界各地網友們的捐款，共計捐款十八萬五千美元。網友們的轉賬要通過一個總部位於杜拜的募資平臺，手續很複雜，具體我也不是很懂。我現在只拿到了七萬美元，這中間平臺還要抽掉一部分手續費，後續還有多少能到我手上，我自己也不知道，但希望他們能把剩下的十一萬美元都給我。為此，我已經跟他們聯繫了好多次，但到目前為止還沒有結果。」看得出來，阿塔爾很希望自己能儘快拿到這筆錢，在我們的採訪中，他不止一次提到了帳上剩餘的十一萬美元。

「拿到七萬美元之後，我將其中的二萬分給了在敘利亞的親戚，我有六個兄弟、五個姐妹，他們都還在敘利亞，生活很困難。剩下的這五萬美元，我就開了這家飯店。我們主要賣烤雞、土耳其旋轉烤肉、法拉非勒和敘利亞捲餅等速食。店裡的十幾個員工都是我的同胞，我知道他們在黎巴嫩不好找工作，就優先雇用敘利亞人。」

店裡的服務生端來幾杯紅茶，我們邊喝邊聊。

「那現在你忙著餐館的生意，女兒怎麼辦？有人照顧嗎？」我拿起那只在中東非常流行的鬱金香形土耳其式茶杯，喝了一口茶。

「我又結婚了。」他低著頭，不慌不忙地說。

我有些吃驚，覺得此前以他的條件在黎巴嫩結婚有點困難，而且他說自己女兒之前沒有人照顧，那就說明當時肯定是沒有結婚。而如果是在拿到網友捐贈後才結婚，那只過去了四個多月時間，實在有點快。合理的解釋就是可能在此之前，他已經和女方有所往來，現在經濟條件好轉之後，才正式完婚。當然，這些都只是我自己的想像，沒有向他本人核實。

「我老婆也是逃到黎巴嫩的敘利亞人，她不想去土耳其和歐洲，而是和我一樣的想法，暫時在黎巴嫩待著，等戰爭結束了，我們就返回敘利亞。現在，我出來上班，她在家照顧孩子，我再給你看一張照片。」說完，阿塔爾從他的牛仔褲口袋裡掏出一個黃色的錢包，從錢包中抽出一張照片，我接過來，一眼就認出那是他女兒的照片。照片中，阿塔爾坐在一張床邊，用左手扶著女兒兒童室內鞦韆的一根支柱。鞦韆放在木質地板上，四周的牆壁也貼著嶄新的壁紙，這間兩室一廳的房子和他原來那間牆面都脫落了的出租屋相比簡直是天壤之別。阿塔爾十歲的兒子學業中斷三年後又重返校園，一家人總算是在異國他鄉過上了相對正常、體面的生活。

「你現在在黎巴嫩有了自己的產業，回敘利亞的想法有沒有改變？」我問。

「沒有，」阿塔爾脫口而出，不帶一絲猶豫：「敘利亞才是我的家，黎巴嫩只是暫時的歇腳地。」

「那你有沒有想過有一天會返回巴勒斯坦？」

「巴勒斯坦？」阿塔爾有點猶豫，想

作者和阿塔爾在他的餐廳裡合影

了一會才說：「我想我不會去巴勒斯坦，那是我父親出生的地方，是他們的家鄉，我父親總是念叨那裡。但我在敘利亞出生，在敘利亞長大，我過去所有的經歷都是在敘利亞。巴勒斯坦對於我而言是完全陌生的，我父親總是說起那裡的柑橘園，我就對他說，敘利亞也有柑橘園啊，他就會輕蔑地說，敘利亞的橘子哪有巴勒斯坦的好吃。我雖然沒吃過巴勒斯坦的橘子，但我覺得，他這麼說是因為想念自己的家鄉，敘利亞的農產品一點也不比任何國家差。」阿塔爾點點頭，彷彿是為了確信自己的話，又點點頭，自言自語道：「對，一點也不比別的國家差。」

傾訴

對於每一個在中東常駐的記者而言，難民營是必去的場所。難民營裡的人遭受了常人難以想像的人道主義災難，他們的家被戰爭摧毀，不得不顛沛流離，逃離到異國他鄉，開啟新的生活。無論是祖國的戰爭，還是他國的帳篷營地，他們的故事都是戰爭背景下普通人的悲歡離合、人生百態。我最開始去難民營採訪的時候，非常興奮，覺得自己是從一個斷面記錄一段歷史。但在中東國家待的時間越長，去難民營的次數越多之後，我漸漸有點排斥再去那裡採訪，這其中的原因不難理解：首先是難民故事高度同質化，家鄉遭遇戰爭，經過種種磨難後逃到外國，住在帳篷營地中，最基本的生存需要有所保障，但也經常缺衣少食、缺醫少藥，生活條件非常簡陋，夏天要忍受高溫酷暑，冬天則要抗擊風霜雨雪……這些故事翻來覆去，我已經聽了無數遍，漸漸失去了新鮮感，甚至有些麻木。其次是我覺得讓這些離鄉背井的人在鏡頭前再述說一次自己的悲慘經歷，對於他們來說是強行揭開自己的傷疤，消費他們的苦難，這無疑是一種殘忍。他們接受採訪，是想通過媒體曝光得到人們的關注，改善自己的處境，但這種希望卻難以實現，觀眾們通過我的鏡頭能瞭解到他們的苦難，但節目播出並沒有給這些難民的生活帶來多少改善。

後來發生一件與難民無關的事，改變我的想法。二〇一七年二月的最後一天，土耳其首都安卡拉 (Ankara) 的風特別大，在安納托利亞 (Anatolia) 高原上肆無忌憚地橫衝直撞，吹得人眼都睜不開。在安卡拉郊區一家法院的門外，上百人聚集在門口，在寒風中焦急地等待著消息。法院裡正在開庭審理的是涉嫌參與二〇一六年七月十五日未遂政變的土軍第五十八炮兵旅的士兵以及導彈學校的學生。當天，多達三百三十人作為被告出席了庭審，是那場未遂政變後規模最大的一次集體審判。

二〇一六年七月十五日那天的深夜，對於我們記者站的所有同事而言都是一個不眠之夜，接近午夜時分，杜拜家裡的電話突然響起，職業習慣告訴我，肯定是出了大事，要不然不會這麼晚有人打電話過來。電話那頭，我的同事跟我說：「土耳其政變了，你快來，我們商量看看怎麼去土耳其報導。」穿好衣服，我趕緊跑下樓。電視裡國際主要媒體正不斷地播放著政變的最新進展，伊斯坦堡聯通歐亞兩大洲的博斯普魯斯大橋（The Bosphorus Bridge）已被封鎖，畫面中只能看到夜色中有一輛坦克橫在橋中央，周圍不停地有士兵走來走去，最新消息不停地從螢幕下方的新聞跑馬燈滾動著傳來：

伊斯坦堡阿塔圖克機場（Atatürk Airport）關閉，坦克出現在機場入口處。

安卡拉一處警察局遭到武裝直升機襲擊。

伊斯坦堡塔克西姆廣場（Taksim Square）被士兵占領。

土耳其總統埃爾多安（Recep Tayyip Erodğan，一九五四年～）通過手機視訊連線，出現在電視螢幕上，號召支持他的民眾上街，抵抗發動政變的軍人。

土耳其議會大樓遭到炮擊和轟炸。

我們一邊通過媒體和土耳其官方管道瞭解最新的動態，一邊研究如何從杜拜進入土耳其。當時，伊斯坦堡兩座民用機場——位於歐洲部分的阿塔圖克機場和位於亞洲部分的薩比哈·格克琴機場 (Sabiha Gökçen International Airport) 均已關閉，土耳其政府隨後又宣布關閉整個土耳其領空。正當我們探討著可以先飛到土的鄰國保加利亞 (Bulgaria) 或希臘 (Greece)，再從陸路口岸進入土耳其時，電視裡又傳來消息說，土耳其所有陸路口岸也全部封閉，於是從外國進入土耳其的所有管道均被切斷。那是一個讓人記憶深刻的夜晚，儘管中東戰亂不斷，但我們還是第一次趕上地區大國土耳其發生如此嚴重的軍事政變，站裡所有的記者都非常急切地想瞭解那裡正在發生的一切。那一夜，土耳其的大城市，包括伊斯坦堡和安卡拉，已經不再是燈紅酒綠、舒適愜意的旅行目的地，而是變成了危機四伏、火光衝天的戰爭前線。

與動輒被強勢的軍方推翻的幾位前任不同，手段高明的土耳其總統埃爾多安成功地挫敗了那起軍事政變。在迅速平息了政變之後，埃爾多安指控「葛蘭運動」(Gülen movement) 的創始人法圖拉·葛蘭（Fethullah Gulen，一九四一年～）是此次未遂政變的幕後主使，土政府在全國範圍內開始大肆拘捕政變的策動者、參與者，以及葛蘭運動的成員和同情者。所謂葛蘭運動，指的是土耳其宗教人士法圖拉·葛蘭提倡的整合傳統伊斯蘭教與現代文明的「中間主義道路」，主張伊斯蘭教應在土耳其的公共領域扮演更加重要的角色。自二十世紀七〇年代起，葛蘭積極創辦屬於自己的宗教團體，並憑藉著強大的財力在土耳其等國創辦了各種教育機構，傳播自己的思想和主張。葛蘭運動這種伊斯蘭主義的思想與土耳其執政黨——正義與發展黨的伊斯蘭主義主

2016年7月15日，伊斯坦堡內對峙的土耳其軍隊與民眾（Shutterstock圖庫網提供）

張存在諸多共通之處，於是兩者走上了結盟的道路。但隨著正義與發展黨在土耳其的基礎越來越穩固，其對葛蘭運動對國家機構的深度滲透感到擔憂，兩者之間出現裂痕，矛盾越來越深。

七月十五日未遂政變給了埃爾多安剷除葛蘭運動絕佳的機會，土耳其開始全面肅清葛蘭運動在全國各行各業中的勢力。立法、司法、執法機構，媒體、學校、甚至是體育行業等幾乎全社會各行各業的葛蘭運動參與者和支持者都遭到清洗，十多萬人被開除、逮捕並判刑。

庭審那天，專門為審理政變參與者而新建的法庭門外安保嚴密，整個法院被鐵柵欄包圍，柵欄上方圍著一圈圈帶倒鉤的鐵絲網。黑色的特警車、灰色的軍車威嚴地在刷成紅色星月土耳其國旗的大門前停成一排，大量持槍員警牽著警犬在法院門口來回巡邏。屋頂臨街的兩角都布設了荷槍實彈的狙擊手，空中則有大型無人機不停地飛來飛去。我和記者站的當地攝影師等人試圖進入法院大門拍攝，結果遭到安保人員的拒絕。當天出庭受審的三百三十名士兵於政變發生後十天被捕，他們被控參與了那次未遂軍事政變，「試圖顛覆憲法秩序」、「預謀推翻政府與議會」、「謀殺」、「參與恐怖組織」等罪。

但法庭外焦急等待消息的被告士兵家屬則另有一番說辭和解釋。一位被告士兵的母親，看上去五十多歲，梳著一頭短髮，鬢角有些花白，眼眶深陷，似乎已是疲憊不堪。她在法庭大門口來回踱步，跑到各家媒體記者前，請求被採訪，以便說出自己兒子的冤屈，土耳其國內媒體紛紛調轉鏡頭，生怕被牽連到這件敏感的政治大事中，不肯給她申辯的機會。她來到我的鏡頭前，作為國際媒體記者，我覺得自己有必要傾聽事件各方的聲音，就把麥克風遞了上去。這位來自土耳其東部農村地區的女人名叫艾斯瑪，她告訴我說，政變當晚，他兒子和軍營裡其他士兵被告知外面發生了恐怖襲擊。他們被軍官從軍營裡帶了出去，在確認了發生的是軍事政變而不是恐怖襲擊後，又回到了軍營，並沒有參與到軍事政變中去。

「當時的影片監控，武器出庫記錄，還有社交媒體記錄都可以證明我們孩子的清白，我期待今天孩子能被放出來，而不是被判有罪」，她十分激動，也十分絕望，不停地揮手。最後，面對鏡頭的她沒有忍住，在安卡拉的大風中張著嘴、嚎啕大哭起來。我走上前去，輕輕地拍了拍她的肩膀。她說的這些法庭幾乎不會採信，在那個發生政變的夜晚，他的兒子作為軍人，任何不同尋常的異動都會被猜疑，而且是那種拿著放大鏡來回審視的猜疑。艾斯瑪自己應該也知道，在這樣重大事件面前，想靠媒體拯救自己的兒子，幾乎是不可能的任務。此時的她，彷徨、無助、絕望，所有的情緒一齊湧來，壓得喘不過氣來，她太需要一個能吐露心聲的傾訴對象了。

那些在黎巴嫩的敘利亞難民們又何嘗不是呢？很多時候，走進一頂難民的帳篷，全家男女老少都圍坐過來，主動向你訴說自己的遭遇，他們有的在戰爭中失去了自己的父母、妻子、丈夫或者子女，有的失去了親戚、朋友、同事，有的慘遭強暴、有的受盡凌辱，有的房屋被毀、有的田地被占，難民營裡的故事既相似又不同，裹挾著辛酸、怨憤、無奈與絕望。雖然我們的採訪拍攝多數情況下不能改善他們所處的困境，但也許，他們只是需要一個旁觀者，一個外人，來舒緩自己緊繃的神經、傾訴自己的遭遇，畢竟，普通人尚且需要釋放壓力，就更別提這些遭受了巨大戰亂創傷、流離失所的人了。明白了這一點，我自己就不再排斥去難民營，相反，只要有機會，我會主動聯繫去採訪難民營，去用鏡頭記錄他們的故事，傾聽他們的遭遇。

所以，採訪完阿塔爾兩年後，當我再次來到黎巴嫩的時候，我還是想再去難民營看看。二〇一七年，敘利亞戰爭依然沒有任何停止的跡象，各方的混戰仍在持續。穆薩和穆罕默德仍住在貝卡谷地的難民營中，阿塔爾仍在貝魯特開餐館，他們想回敘利亞的願望依然尚未實現。

留在異鄉的墓碑

有的人卻再也回不去了，他們未能逃過生老病死的命運，把自己永遠地留在了異國他鄉。沒有人知道到底有多少敘利亞人死在黎巴嫩，他們生活在貝魯特流光溢彩的高樓大廈之外逼仄黑暗的偏遠角落中，或貝卡谷地田邊地頭的帳篷裡，死亡就像流星劃過天空，沒有留下一絲痕跡。這些在黎巴嫩結束自己顛沛流離一生的敘利亞人可能沒有想到，他們在死亡之後依然會遇到問題。

晚春時節，清晨的貝卡谷地籠罩在地中海吹來的潮濕空氣中。雲層極低，鋪天蓋地般壓下來，空氣濕漉漉的，像是要擰出水來。我們的小汽車在谷地的田邊飛奔，掠過公路兩旁一個個昏昏沉沉的城鎮。灰色的低矮小樓是每個城鎮的基本建築，雜亂無章地向四周延伸。家家戶戶的樓頂上都放著圓柱形的黑色蓄水桶。街道兩旁開著各種雜貨店，琳琅滿目的商品堆在店外。街上人頭攢動，嘈雜熱鬧，奔跑於不同城鎮間的小巴士橫衝直撞，年輕的男售票員站在敞開的車門處，高聲招呼街上的人過來坐車，兩位體態渾圓的老年婦女，拿著大包，拼命朝售票員招手，氣喘吁吁地跑到車前，售票員向外一跳，俐落地接過她們手中的大包小包，扔到車頂，扯開尼龍網，將包罩在網下。身寬體胖的大嬸抓著車門，前腳踏上小巴士的臺階，後腳用力一蹬，上了車。售票員跑回來，將另一位手腳不便的大嬸推進了車裡。

我站在這人聲鼎沸的街頭，等待著一個男人。天上落下來幾滴雨，街上沒有人在意，大家都行色匆匆，忙著自己的事。濛濛細雨中，一位中年阿拉伯男人向我走來，他大約三十出頭，鼻子高挺，鬍子刮得乾乾淨淨，長得很粗壯，上身穿一件米黃色黑白條紋毛衣，下身是一件寬鬆的藍色牛仔褲，他就是我要採訪的敘利亞人馬赫穆德．查米塔。

我們寒暄了一陣，就向著小鎮邊緣的小山上走去。天空飄著細雨，街巷曲曲折折，從鎮上的主路向西，經過幾棟小樓，再折向南邊，路過一座小清真寺，向前大約五分鐘，就來到了小鎮邊的山腳下，順著水泥臺階拾級而上，就看到了橫七豎八的墳塋，這裡就是小鎮的一座公墓。黎巴嫩的墳墓，通常是用大理石或水泥在地上壘砌三層長方形，最下方一層最大，向上依次遞減。長方形的一端或兩端樹立一塊石質墓碑，上面用阿拉伯語寫著逝者的姓名和生卒年月。有的為了保護墳墓，還會在四周和上方用鐵欄杆圍起來，白色塑膠菊花和鬱金香花束綁在鐵欄杆上，寄託著親人們的哀思。墓園裡鬱鬱蔥蔥，地上長滿了嫩綠的青草，墓旁還栽種著幾棵高大的黎巴嫩國樹——雪松。

查米塔的母親就葬在這片占滿了整個山頭的公墓中，她的墳塋沒有鐵圍欄，也沒有三層大理石，只是用方磚圍成一個長約兩公尺，寬約一公尺的空心長方形，靠南的一邊立著一塊薄薄的石板，上面寫著他母親的名字和生卒年月，墳墓長方形的區域裡長滿了雜草。查米塔站在墳邊，指著他母親的墳墓跟我說：「你看這一片區域」，他指著山腳處說道：「這些都是敘利亞人的墳墓。」他又轉過身，指著山腰和山頂處，說：「你再看那一片，那些都是黎巴嫩人的墳墓。」他扶著身邊一塊墳墓的鐵欄杆：「黎巴嫩人的墳墓占據了這座墓園最好的位置，山頂或者山腰。而敘利亞人的墳墓則是在最邊緣的位置，四周的山腳，或者是見縫插針，那裡有位置就埋在那兒。」

我看看前方，再看看後方，的確如此。「而且，黎巴嫩人的墳修得十分整齊，三層大理石疊放，有的還圍著欄杆和擋雨棚，而敘利亞人的，大部分就是磚頭圍成的一個長方形。」我看出了明顯的區別。查米塔點點頭：「是的，我們沒有錢，生活很困難，每天都在為活著而奔忙，那還有錢修墳墓？」

敘利亞戰爭進入了第七個年頭，許多逃難到黎巴嫩的敘利亞人在這裡去世，在那裡埋葬逝去的親人，成了繼缺衣少食、缺醫少藥之外另一個難題。貝卡谷地是敘利亞難民在黎巴嫩的主要聚居區，這裡的每個城鎮都生活著成千上萬的敘利亞人，但這個位於黎巴嫩山與前黎巴嫩山之間的谷地是黎巴嫩最主要的農業區，大量農田分布於此，土地資源十分緊張，許多墓地就建在城鎮的邊緣，現有的墓地早已沒有多餘的空地。即便有，也會優先考慮黎巴嫩本地人的需求，至於敘利亞人，只能動用一切可以動用的關係，想盡辦法在一些公墓的邊緣、角落為他們逝去的親人尋到一處葬身之地。

有一些慈善組織出面為敘利亞難民買地新建公墓，但土地所有者顧慮重重，一是好地肯定優先開發成農田，或者修建住房。即使有適合做墓園的土地，出售這樣的地塊也會遭到周圍居民的反對，因為墓地會使周邊房價下跌。因此，喪葬難就成了在黎敘利亞人的新難題。

查米塔一家自敘利亞戰爭爆發起就一直住在貝卡谷地。前不久，他的母親因為腦出血身亡，在那裡安葬母親成了他們兄弟最頭疼的問題。查米塔在陵園裡一棵低矮的雪松樹下站著，給我講起了他當時的焦急：「我們是穆斯林，按照我們的風俗習慣，人死後十二小時之內必須下葬。我母親是凌晨三點左右去世的，她剛一嚥氣，我們兄弟三人就開始找墓地，打了無數個電話，聯繫了很多人，都說沒有多餘的地方可以安葬她的遺體。再加上我們是敘利亞人，原本就不屬於這裡，人生地不熟，沒多少人肯幫忙。天亮以後，我和我哥分別騎著摩托車，在貝卡谷地挨個城鎮打聽，希望能找到一個願意接納她遺體的地方。我記得特別清楚，那天和今天的天氣差不多，陰沉沉的，但雨比今天大，我騎著摩托車，身上都濕透了。到中午的時候，依然沒有找到埋葬的地方，我到一家速食店點了一個雞肉捲餅，剛吃了一口就哭了起來。那店員過來問我怎麼了，我就說是雨水流下來了。吃完了捲餅，我繼續騎摩托車去找，每到一個城鎮，就先去公墓，找到附近的人家，打聽一下公墓管理人員的電話號碼，再給他打電話，對方一聽我是敘利亞人，就找各種藉口推脫。當然，有的確實是沒地方，我都去墓園裡面看過。但有的完全就是撒謊，他知道我們是出不起當地人給的價錢，或者就是單純地歧視我們。我和我哥騎著摩托車跑了整整一天，幾乎跑遍了周圍所有大大小小的城鎮，一直到下午三點，才終於找到現在這個墓園，這裡離我們的住處有四十多公里。那時離最後下葬的時限也沒剩多少了，我趕緊給家裡打電話，讓我弟弟找了一輛車，把我母親的遺體運送過來，葬在了這個山腳下。」查米塔用手一指，我再次看了看他母親的墳，它就在山腳下最邊緣的位置，一端已經直抵墓園的水泥圍牆，牆外就是當地居民的房屋。

「你看那邊幾塊石頭。」查米塔伸出右手，指了指上山的水泥臺階，我順著他手指的方向看過去，見到了臺階旁一堆雜亂的磚石。

「那幾塊磚石也是座墳墓，是一個小孩兒的墳墓。」如果不是他指出來，我完全沒有想到幾塊磚石隨意地雜放在一起，會是一個人的墳墓。「那孩子也是敘利亞人，出生之後夭折。我母親下葬那天，正好她的父母也來安葬自己夭折的孩子。」那地方甚至連一個土堆都沒有，更別提墓碑，就只有四塊灰色的磚，疊成一個小正方形，兩塊磚已經倒了，只剩下另外兩塊，還立在那裡。這個我們不知道名字的敘利亞小女孩，出生在黎巴嫩，還沒來得及好好看一眼這個世界，就離世而去。不知道小女孩兒的父母將來還能不能找到這塊臺階旁的小墳，也不知道有一天他們返回敘利亞的時候，會不會將女兒的遺骸帶回自己的故鄉。

敘利亞

SYRIA

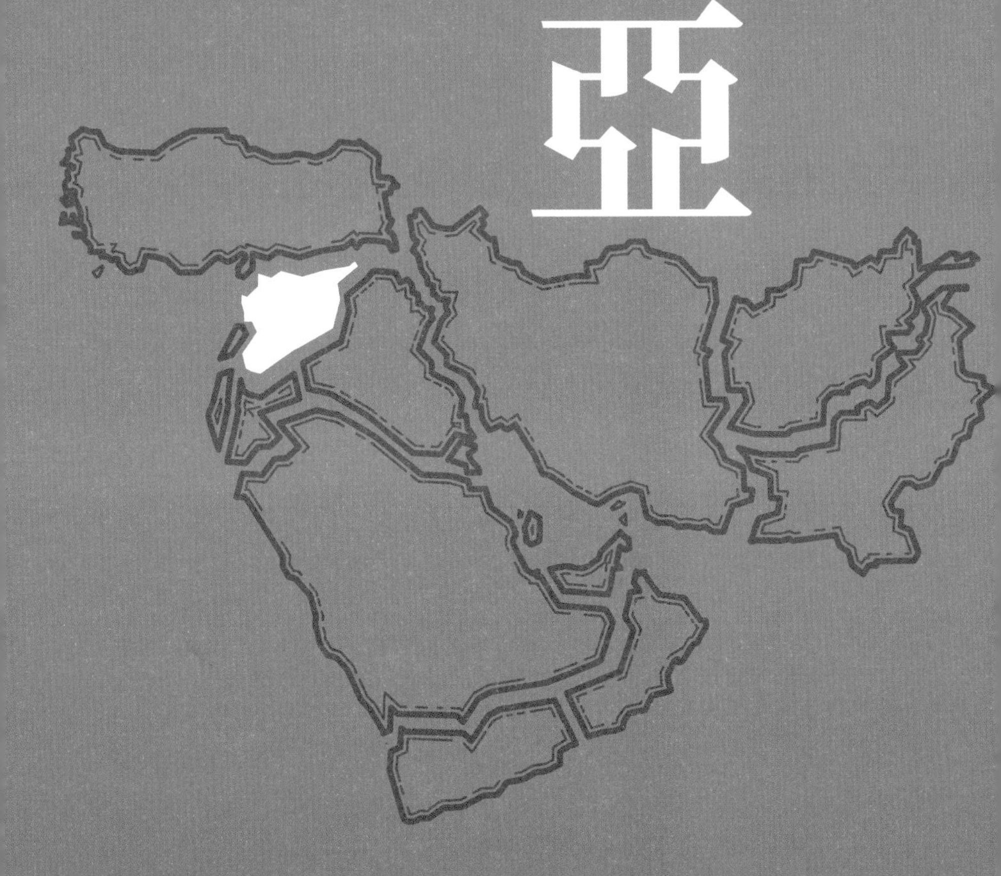

土耳其

阿勒頗

拉卡

地中海

幼發拉底河

霍姆斯

帕邁拉

黎巴嫩

蓋爾亞廷

大馬士革

伊拉克

約旦

戰爭與和平之間

千瘡百孔的帕邁拉

二〇一六年四月一日，敘利亞政府軍與伊斯蘭國結束在帕邁拉(Palmyra)的交戰，從伊斯蘭國手中收回了這座著名古城。敘利亞國防部邀請駐大馬士革的媒體到帕邁拉採訪。在三、四天前，我曾到過帕邁拉，親身經歷了那場地動山搖的戰役[14]。

當車輛再次駛向敘利亞中部沙漠地帶時，車內早已沒有前幾天來時那種惶恐與不安，我們知道情況已經發生了重大變化，一切都在敘軍掌控之中，迎接我們的將不會是坦克和戰機的轟鳴，而是一座硝煙尚未散盡的廢城。天遼地闊，低矮的山丘起伏在公路的遠處，沒有村莊，也沒有人，三輛越野車在沙漠公路上怒吼狂奔，一路捲起滾滾沙塵。

帕邁拉古城是敘利亞境內一處著名的文化遺產，早在西元前二〇〇〇年左右，它就已經出現

[14] 詳見楊明交《喀布爾的天空》（北京：知識產權出版社，二〇二〇年）。

在當時的史料中，歲月流逝，各方勢力在此你方唱罷我登場。古羅馬時期，帕邁拉成為羅馬帝國敘利亞省的重鎮，現存遺址中的大部分建築都建於這一時期。伊斯蘭教傳入敘利亞後，帕邁拉歷經伊斯蘭各王朝統治。這座歷史悠久、規模宏大的世界文化遺產於二〇一五年被伊斯蘭國占領，多座著名古代建築遭到戰爭破壞。人們牽掛著古城的命運，因此這裡的戰鬥受到了極大的關注。

我們駛上了帕邁拉城南的小山，山腰處一輛嬰兒車扭成一團躺在路邊。山上的古城堡堅實厚重的外牆被炸去了一層，城牆上遍布著前幾天戰鬥留下的無數巨大彈孔，厚厚的瓦礫堆滿了古堡的牆根。從古堡向下望去，整個帕邁拉一覽無餘，它的西南部是古城遺址，遺址內的羅馬建築規模宏大，一條古道兩旁矗立著兩排羅馬柱，像二千多年前的士兵一樣，整整齊齊地守護著這座古老的城市。歷史悠久的歌劇院、神廟等建築被敘利亞春天的太陽鍍上了一層金光，閃閃發亮、熠熠生輝。城市的東北部是新城，也叫帕邁拉，當地人又稱臺德木爾，隸屬於敘利亞霍姆斯省（Homs Governorate）。這是一座小城鎮，城市暴露在炙熱的陽光下，縷縷黑煙從城中向四處飄散，城內的建築多為兩三層的小矮樓，四四方方，雜亂地鋪陳在敘利亞中部的沙漠之中。帕邁拉原本是一座綠洲，城外有大片鬱鬱蔥蔥的椰棗樹，但我們去的時候，椰棗樹林早已化為焦土，目之所

帕邁拉城外山腳下巨大的炮坑

敘利亞士兵在帕邁拉城外的山上擺出勝利手勢

帕邁拉城外山上的古城堡被炮火炸掉了厚厚一層

戰後的帕邁拉，城市道路被炸得面目全非

及，全是漫漫黃沙。如果不是靠旁邊的古城遺址發展旅遊業，我不知道還有什麼人會選擇住在這裡。

我們從山上下來，沿著一條筆直的公路進入帕邁拉新城，公路的柏油路面已被炮彈炸得千瘡百孔，大塊的瀝青被炸翻，散落一地，空氣中彌漫著焦糊味。軍方陪同人員穆祖爾——一位前額禿頂，腦後頭髮花白，腆著肚子的阿拉伯男人，跳下前面的車，並示意我們下車，我們打開車門，一行十五位媒體記者和攝影師圍攏過去。穆祖爾大聲說道：「達伊什武裝組織每占領一地，就會在入城的主要公路上埋設地雷，以阻止我們的反攻，你們看。」順著他手指的方向，我看到路邊有一個扁平的綠色金屬裝置，上下兩層圓環，最上面一層還繫著一根繩，像中國樂器「鈸」一樣倒扣在地上，薄而鋒利的金屬外殼寒氣逼人。「這就是他們埋在路邊的一枚地雷。」記者們發出一陣驚呼，大家都向馬路中間移動了幾步，生怕一不小心碰到了那個隨時可能爆炸，取人性命的武器。「現在帕邁拉城內到處都是地雷，石頭下面、樹根上、街道上和建築物內部，到處都是。」穆祖爾攤開雙手，腦後的白髮被風吹得亂糟糟的：「我們還見過他們在死者的遺體下方放置地雷，等你去搬動遺體的時候，地雷就會爆炸。」記者們再次發出一陣驚歎。「所以，大家一定要緊跟我的車，下車後不要隨意走動，尤其是街巷內部，是絕對不許進入的。」穆祖爾再三強調：「除了無處不在的地雷，現在還不能保證城內有沒有達伊什的狙擊手，大家千萬要小心。」穆祖爾說完，跳上他那輛白色的 Toyota Camry。我們上車，跟著他的車繼續向前。原本以為此行不會有什麼危險，看來還是大意了，我心裡默念。囑咐司機一定要緊緊地跟在穆祖爾的車後面，沿著他的車轍前行。

這條通往市區的主幹道被炸開了花，像一塊塊被犁開的地面。大塊的瀝青被炮彈炸翻，一堆一堆地橫在馬路中央，炮彈的殘骸散落在公路兩旁。為躲避無處不在的瀝青塊和炮彈碎片，車開得很慢，像蛇一樣左右蠕動。路旁的路燈歪七扭八地斜在那裡，燈泡早已不見了蹤影。兩三層高的小樓開始出現在道路的左側，它們無一例外，全都傷痕累累，所有的窗玻璃都被炸碎，留下了黑洞洞的窗口，門東倒西歪，外牆上全是大小各異的彈孔。公路的盡頭是一個圓環，這是通向古城的起點，我們下了車，眼前的一切都是大戰後末世的模樣：帕邁拉女王芝諾比婭（Zenobia，西元前二四〇~前二七四年）的雕像被攔腰敲斷，上半身和頭部就躺在圓環中央的小花圃邊。圓環北部有一個大院子，一塊已經被燒成黑色的牌子斜卡在院子大門口的兩堵牆之間，木牌上有兩行字，上面一行是阿拉伯語，左邊第一個字還殘留著湖水一般的藍色，右邊的字已是焦黑，下面一行是英語，"THE CITY COUNCIL OF PALMYRA"（帕邁拉市政委員會），"THE CITY"還是藍色，後面的字全都被燒成了黑色。門牌後面的院子彷彿遭到了雷擊，裡面椰棗樹巨大的冠狀樹頭被削掉，橫七豎八地倒在地上，葉脈被撕成了條狀，幾十株細高的喬木全部成了黑色的焦炭，直挺挺、孤零零地立在那裡，已經分不清它們是什麼樹種。院子內的平房已被炸毀，只剩下後牆和幾根柱子，房子下面全是瓦礫和石塊。

就在這時，不遠處突然傳來兩聲清脆的槍響，隨後就是「轟」的一聲巨大的爆

毀於戰火的帕邁拉市政委員會

經過激烈的戰鬥，帕邁拉一片狼藉

炸，我們都有點驚慌，不知道發生了什麼事。站在圓環邊的穆祖爾趕緊過來解釋說：「大家不用慌，這是排雷工程師在排爆地雷。我們已經拆了很多地雷和爆炸物，有些容易拆的，就按正常程式拆掉，而有些不容易拆的，工程師會用槍往地雷或爆炸物上射擊，直接引爆。你們聽到的聲音，就是排雷時引爆地雷造成的。」他又指了指城內大片的黑煙說：「這煙也是排雷引起的，再強調一遍，大家千萬不要隨意前往無人的街巷或建築物的內部，非常危險。」

圓環東邊有一棟五層樓公寓，牆上的英文單字"CITADEL HOTEL"（城堡酒店）顯示出公寓的用途，樓頂放著一個巨大的藍色蓄水桶，那是沙漠地區不可或缺的重要生活設施。頂樓是一個開放式露臺，上面搭著遮陽篷，那應該是一個餐廳，從那裡能看到帕邁拉古城遺址的全貌，如果沒有戰爭，遊客們在這裡享用晚餐時，就會看到帕邁拉古城沐浴在沙漠中的萬道霞光之下，太陽緩緩隱沒在遠處山上的古城堡後，留下了那亙古不變的古老輪廓，這該是多麼美妙的一種體驗，只是如今人去樓空，物是人非。圓環南邊，也就是帕邁拉古城遺址入口左側，是帕邁拉博物館(Palmyra Museum)。帕邁拉博物館是一棟二層建築，第一層有六個展廳，第二層有四個，展出品主要為在此出土的西元二到三世紀期間的文物。我們去的那天，博物館裡什麼都沒有，只剩下玻璃展櫃的碎片和一片殘垣斷壁。這是一座悲情的博物館，二〇一五年，帕邁拉眼看著就要被伊斯蘭國攻占，敘利亞政府決定將存放於此的文物轉移到大馬士革和別處，在這裡從事文物保護工作長達四十多年的考古學家哈立德．阿薩德 (Khaled al-Asaad) 參與轉移工作。伊斯蘭國武裝分子占領帕邁拉之後，逼迫阿薩德交代文物的下落，遭到拒絕。二〇一五年八月，時年已八十三歲的阿薩德慘遭殺害。

我們在圓環四周拍攝了大約半小時。再次跟隨穆祖爾的車，駛入帕邁拉古城，儘管歷經劫數，但它龐大的規模還是讓人感到驚歎。進城之後，首先看到的就是全長一千六百公尺、寬十一公尺的柱廊街，七百五十根高九．五公尺、直徑九十五公分的花崗岩羅馬柱立在道路兩側，一直延伸到遠處的山腳下。羅馬柱上方突出一塊，原本是用來放置雕像的檯座，只不過那些雕像早已消失在歷史的長河中，只在檯座下方留下銘刻在石柱上的希臘文和帕邁拉文，記載著當年為建造帕邁拉作出傑出貢獻的人。據稱，建造這些石柱的花崗岩是從尼羅河流域遠道而來，遙遠的路途和巨大的工程量，充分顯示了當年帕邁拉的富庶與繁華。建於西元三十二年的貝爾神廟 (Temple of Bel) 位於整個古城遺址的中央，戰前是古城內保存較為完好的一棟建築，當年是供奉當地神祇的地方，如今只剩下一座方形石門孤零零地站在那裡，神廟主體建築已被炸毀，大塊石柱和磚蹸瓦塊散亂地堆在石門的腳下。半圓形的「凱旋門」，曾經是帕邁拉古城的標誌之一，也已經被伊斯蘭國炸毀，如今，人們只能從面值一百的敘利亞鎊背面的畫面上，來感受它當年恢弘的氣勢和優美的造型。如同所有的羅馬古建築群一樣，帕邁拉古城內也有一處圓形劇場，儘管劇場內部保存較好，但在二〇一五年，伊斯蘭國將這座兩千多年的藝術聖殿變成刑場，令二十五名兒童在這座劇場內對二十五名敘利亞士兵執行了槍決。兩千多年用來觀看戲劇和角鬥士表演的座位，被武裝分子強迫拉來的帕邁拉民眾填滿，集體觀看了一次二十一世紀的殘忍殺戮。

古城裡安靜極了，遠處飄蕩的黑煙被風吹過來，幻化成戰爭的背景，一絲絲風從遠處山上的古堡吹來，吹過殘存的羅馬柱廊，彷彿是從歷史深處中飄然而至。這座見證了敘利亞悠久歷史的古城靜靜地屹立在晚春午後的陽光中，像一個飽經滄桑的老人，靜靜地看著兩三千年來在這塊土地上熙來攘往的過客。她見證了無數的戰爭，卻依舊安然自若，身邊的打打殺殺似與她全無關係，她早已看透了千百年來在她面前上演的各種人間悲喜劇。

我在古城出口處的地上撿到一張藍色的小紙片，上面寫著：Oasis Hotel, Breakfast Coupon，綠

殘垣斷壁的帕邁拉古城羅馬柱廊道

帕邁拉古城內的圓形劇場，保存相對完整

敘利亞軍士兵向我們展示伊斯蘭國武裝分子藏匿之地

從帕邁拉開赴下一個戰爭前線的敘利亞士兵

離開帕邁拉前與採訪團隊合影

洲酒店早餐券，不禁苦笑，早餐券還在，綠洲酒店可能只剩下殘垣斷壁，更別提什麼遊客了。不知道多年以後，我若有機會重返帕邁拉，還能否在綠洲酒店用這張花花綠綠的早餐券兌換到一頓早餐呢？

但帕邁拉的故事並沒有就此結束。在我離開敘利亞一個多月後，俄羅斯馬林斯基交響樂團 (Mariinsky Theatre Symphony Orchestra) 在古城的圓形劇場舉行了規模盛大的音樂會，這裡又從殺人的刑場恢復成了它本來的模樣。然而，誰也沒有想到，當年十二月，伊斯蘭國捲土重來，再次控制了帕邁拉。這一次，古老的劇場終

從帕邁拉返回大馬士革的路上，橄欖樹林在遠處雪上的映襯下顯得鬱鬱蔥蔥、生機盎然

究沒能逃脫被破壞的命運，多處設施被砸毀。又過了一年，二〇一七年三月，帕邁拉才再次回到敘利亞政府手中。

回程快到霍姆斯時，路旁開始出現綠油油的麥田。道路前方的山丘上，大片的橄欖樹正展開樹葉，享受著敘利亞春天的陽光。遠處的前黎巴嫩山山頂上還覆蓋著皚皚白雪。看了一整天殘垣斷壁，狼煙四起，我心中十分煩亂。當我看到這雪山下蔥綠的橄欖樹林和麥苗時，一股涓涓細流在心中流淌，一種力量從心底裡萌發。無論黑夜多麼漫長，太陽總會升起。無論冬天多麼漫長，春天總會到來，橄欖樹總會發芽，麥苗總會泛綠，無論戰爭多麼漫長，和平總會到來。世間萬物，榮枯有時，不論風雲如何變幻，這向上生長的力量始終頑強地存在於廣闊的天地之間。四時輪迴，歲月更替，這向著太陽生長的力量必將衝破任何狂風暴雨、艱難險阻，使人世間的一切都走向新生。

蓋爾亞廷

二〇一六年的春天對敘利亞政府來說可謂是喜訊不斷，政府軍在前線捷報頻傳，繼帕邁拉後，四月三日，政府軍收復了一座叫做蓋爾亞廷 (Al-Qaryatayn) 的城鎮，第二天，我和大馬士革站的記者就跟著敘利亞國防部組織的採訪團，到這座敘利亞中部的小城進行採訪。

依舊是一大早從大馬士革出發，依舊是國防部帶隊，我們開了大約三小時，就到了蓋爾亞廷，一座我此前從未聽過的，位於敘利亞中部沙漠地區的城鎮。我們在城門外下了車，說是城門，其實就是在進城的公路路口兩側修了兩根立柱，立柱上方橫跨公路修建了一個三角形頂梁。在城門外，我看到一棟三層建築，這一次，敘利亞國防部的排雷工作已經進行得差不多了，允許我們隨意走動。我就走進了建築的內部，一樓頂棚的天花板已經全部塌陷，用來加固天花板的鋼架也從天而降，砸落在地上。地上全都是空心磚和一些破碎的瓦塊，一個藍色的煤氣罐倒在牆角。順著樓梯走到二樓，這原本是一棟未完工的建築，只有幾個承重柱立在四邊，連牆都還沒來得及修。地上雜亂地放著很多毛毯和枕頭，這裡是敘政府軍士兵席地而睡的地方。地面中央有一個巨大的圓洞，那是一枚炮彈由上往下擊穿樓層造成的，我抬頭一看，樓頂也有一個同樣大小的洞，幾根鋼筋裸露在外面，張牙舞爪的。圓洞上方的天藍極了，水洗過一般，一朵白雲浮現在裸露的鋼筋混凝土塊上方，漫不經心地飄蕩著。面對此情此景，我一瞬間就聯想起俄國文學泰斗列夫．托爾斯泰在其巨著《戰爭與和平》(*War and Peace*) 中描寫過的男主角安德烈．包爾康斯基在戰場上倒下時看到天空的情景：

「這是怎麼了？我倒下去了？我兩腿發軟。」他正這麼想著，隨即仰面倒下。他睜開眼，希望看到法國人和砲兵爭鬥的結局，想知道紅髮砲兵是否被打死，幾門大砲是否被奪走或保住了。可惜他什麼也沒有看到。在他之上一無所有，只有天空——高高的天空並不晴朗，但畢竟高不可測，幾朵灰雲在空中悄無聲息地緩緩移動。「多麼靜謐、安寧且莊嚴，完全不像我那樣奔跑，」安德烈公爵心想，「不像我們那樣奔跑、吶喊、搏鬥；完全不像神情兇狠又驚恐的法國人和砲兵那樣爭奪砲膛刷——雲朵完全不是那麼浮動地在這高高的無垠天空。從前我怎麼沒有留心過這高高的天空呢？我是多麼幸福，終於注意到。是呀！一切都是空的，一切都是騙局，除了這無垠的天空。什麼、什麼也沒有，除了天空。不過，甚至連天空也沒有，什麼都沒有，除了靜謐和安寧。真好……」⓯

⓯托爾斯泰著，婁自良譯，《戰爭與和平 第一部》（新北市：木馬文化，二〇二〇年），頁四四一。

不知道前幾天炮彈落下來的時候，躲藏在這裡的伊斯蘭國武裝分子倒下後，是否也像安德烈．包爾康斯基那樣看到天空漂浮的雲，不知道他看到的這二十一世紀敘利亞中部沙漠地帶的天空和十九世紀歐洲的天空有何不同，不知道他有沒有和安德烈一樣，感到除了這無限的天空外，一切都是空虛，一切都是欺騙……我正這麼思緒萬千之際，一位頭髮蓬亂，手拿蜜蠟念珠的士兵不知從那兒走了出來，上前跟我握了握手，我說：「你能不能接受我的採訪？」沒想到他竟然答應了，這讓我有些震驚，因為通常情況下，敘利亞的士兵連拍攝都不允許，更別提採訪，我趕緊讓大馬士革站的線人海德爾架好攝影機，讓這個年輕的士兵講講他們在蓋爾亞廷和伊斯蘭國交戰的情況。小夥子手裡捻著念珠，說：「不要透露我的姓名，」我點點頭。他轉過身，指了指樓北側的公路，說：「我們從城外過來，在下面這條公路上，達伊什就從這個位置」，他指了指我眼前的一根立柱，轉過身，面向東側：「以及對面的那個醫院向我們射擊，但我們有戰鬥機，而且是開著坦克過來的，完全壓制了他們的火力。你過來看。」我跟著他走到樓邊，看到一輛 **T-90** 坦克。一名戴著鋼盔的政府軍士兵把頭伸出坦克上方圓形的炮塔艙門，站在高射機槍後面。「就是這輛坦克，」他驕傲地說：「達伊什根本抵抗不住戰機的轟炸和坦克的炮火，一些人被打死了，剩下的沿著公路兩旁的樹木向城內撤退。」

從四面漏風的二樓望去，前方主幹道兩旁的建築物損毀十分嚴重，很多樓房的主體建築都已經坍塌，公路中間綠化帶上的樹木也全被攔腰斬斷，只有一些低矮的灌木躲過一劫，三三兩兩的敘利亞士兵在大街上來回走動。「他們撤退之後呢？」我問那個不願透露姓名的小夥子，他摸了摸自己的落腮鬍，說道：「我們占了這棟樓後，就沿著公路一直追擊，他們躲到後面的小巷中的房子裡去了，那裡坦克開不進去，只能巷戰。不過我的任務就是守住這入城處的制高點，怕他們再回來，所以沒有進城巷戰。」

我跟這位看起來二十五、六歲的士兵握了握手，下了樓。樓下牆角陰涼處橫七豎八地鋪著幾張床墊，床墊上放了幾床被子和毛毯。牆邊立著一支水菸架，一枚 **RPG**，一把 **AK-47** 自動步槍，不遠處還有一輛兩輪電動車。牆的另一邊伸出半公尺長的坦克炮管的前端，細長細長的，泛著綠森森的寒光。三名敘利亞政府軍士兵，一位正躺在床墊上，手裡拿著一根菸，插在細細的一個金屬圓管過濾嘴中，腳下還有一個圓形的小燃氣罐，是他們做飯和晚上取暖用的。另一個士兵頭上戴著紅白格阿拉伯頭巾，坐在床墊上。他對面坐著一個男子，身穿迷彩服，看上去三十幾歲。三

蓋爾亞廷入城處的樓房和坦克，士兵們在此周圍休整

在牆邊休息的士兵和我們打招呼，牆外是坦克綠色的炮管

人正在閒聊，看到我走過來，伸手和我打招呼，大喊："China, China!" 我微笑著點點頭。城門下方有一個圓柱形崗哨，外牆已經被震裂了，一條裂紋從上到下裂開。棕色的木門大開著，上面沒有玻璃，靠近公路一側還留著一個一尺見方的小窗，那是觀察敵情和射擊用的。崗哨外面堆滿了沙袋，記者們走過崗哨，沿著入城公路向裡面走。蓋爾亞廷的建築物大多已經坍塌，一棟灰色的建築外，掛著一張敘利亞總統巴賽爾的巨幅海報，只見他站在黑、白、紅三色敘利亞國旗前，面帶微笑，伸手向前致意。詢問了陪同我們探訪的穆祖爾——就是幾天前陪我們去帕邁拉的那位禿頭老兵，他說這是蓋爾亞廷的警察局。

警察局院子裡兩扇鐵門大敞，樓門口放著四個大汽油桶，上面疊著四五層沙袋，很明顯，這裡曾是攻防雙方爭奪的重要建築。走進警察局一樓，地上全是磚塊，幾乎無法下腳。一個棗紅色文件櫃立在北牆正中的位置，文件櫃的正面已經被炸掉，只剩下兩側的刨花板，櫃子裡的文件已經化為灰燼，落在櫃前的地上。辦公室西側一扇窗歪歪斜斜地掛在窗框上，窗臺上堆著的兩層沙袋有幾袋已經被打爛，沙子撒了一地。窗邊有一張桌子，桌面上堆滿厚厚一層灰和石塊，上面還有一隻男人的破皮鞋，鞋頭處已經開了膠，不知道它的主人是否還活在這個世上。桌子前方是一張綠色的鐵床，只剩下床架子，上面鋪了一層硬紙殼，同樣落滿灰塵。床的前方是朝南的一扇窗，窗邊被炸開了一個長方形的大洞，鋼筋已經彎折，混凝土塊滿地都是。

從警察局出來，我繼續向蓋爾亞廷市區內走，道路兩旁，瓦礫堆中堆滿了自行車架、癟了的汽油桶、毛毯、蓄水桶等各種雜物，燒黑的樹枝上掛著男人的白背心，破破爛爛的，在風中晃來晃去。一臺冰箱放在一間雜貨店門旁，雜貨店鋪成了廢墟，冰箱卻屹立不倒，裡面什麼都沒有，只剩下上方紅底白字的 Coca Cola（可

蓋爾亞廷警察局牆壁被炸出的大洞

經過激戰，蓋爾亞廷市內幾乎沒有一棟完好的房屋

口可樂）字樣。一輛大卡車被掀翻在路邊，前後兩軸暴露在外，左前輪已經半嵌在土中。一家裁縫鋪的落地玻璃窗全被炸碎，只剩下淺綠色的窗框，裡面牆上還掛著兩件藍的連衣裙和一件灰色的風衣，一個女性模特兒道具躺在地上，手還保持著向上的姿勢，另一個上半身模特兒道具倒在窗邊，地上到處都是五顏六色的衣服。走過服裝店，就到了市中心的一個廣場，停在廣場邊上的一輛汽車已經被燒成了殘骸，燻黑的方向盤孤零零地支在一堆扭曲的鋼片之中，向人們展示這輛小汽車最後的倔強。車旁邊的地上還放著一臺筆記型電腦，螢幕左側被子彈擊穿，留下了一個洞，鍵盤也被擊碎。子彈飛來時，它應該是折疊狀態，不知道這臺筆記型電腦當時是否替它的主人擋了一槍，救了他一命。我俯下身去看筆記型電腦時，突然聞到一股臭味，才發現在電腦旁的石棉瓦下有一隻狗的屍體，它還沒有完全腐爛，黃色的毛皮依舊完整，但脖子已經斷了，肚子也腫脹起來。

我在廣場上做了一個出鏡，介紹自己看到的一切，做完收拾攝影機的的時候，發現前方一棟樓房門口倒下的捲簾門上走過一隻小貓，毛色黑黃相間，四肢白色，牠翹著尾巴，輕盈地走到門口，看了一眼門口放著的一個紅色塑膠臉盆，沒發現吃的東西，就轉身進了門，牠走得如此輕盈、

蓋爾亞廷一家被戰火摧毀的服裝店

戰後蓋爾亞廷的街道

閒適，彷彿身邊的一切都和牠無關，作為這座城裡唯一的活物，它已經在這裡經歷了一個月地動山搖的戰火。蓋爾亞廷三萬五千多名居民在戰爭開始前逃離了家園，生死來臨之際，人們走得匆忙，除了一小部分投親靠友，大部分人都是去了難民營，在基本的生存面臨挑戰的亂世，寵物就成了負擔，這些被遺棄的貓狗，能否活過這槍林彈雨，能否在這空無一人的城鎮生存，全憑牠們各自命運的造化。

離開廣場，我和其他記者又坐上車，來到小城東北角，這裡是蓋爾亞廷的邊緣，寬闊的街道兩旁已沒多少建築，兩排路燈病懨懨地站在路旁，再遠處就是黃色的沙漠。雖然才剛四月初，但沙漠地帶正午的太陽已顯出它的毒辣，把大地炙烤得熱氣蒸騰。我正納悶軍方為什麼要帶我們來到這空曠之地時，穆祖爾把大家叫到一起，抬高了聲音說道：「蓋爾亞廷的地理位置具有重要的戰略價值，現在我們站的這條公路就是敘利亞七號公路，從這裡往東北可達帕邁拉，向西北可到霍姆斯，往西南可直達大馬士革。」他頓了頓，接著說：「一會兒我們有軍人的車隊會從這裡駛過，那是一支勝利凱旋的隊伍，就是幾天前贏得帕邁拉戰役的部隊。」說完沒多久，果然聽到了車馬轟鳴之聲從東北方向傳來，最先穿過三角形城門的是兩輛灰黑色 Chevrolet 皮卡，駕駛室後面

被燒為焦土的院子

一輛黃色的計程車駛過戰後的廢墟

戰後蓋爾亞廷的街景

駕著機槍，穿著沙漠黃軍服的士兵坐在機槍後面，伸出右手，對著我們的攝影機比了一個V形勝利手勢，緊接著就駛來一輛白色卡車，上面拉著一車紫花床墊和被褥，後面跟著一輛黃色的Scania重型卡車，滿滿一車官兵，頭髮和衣服上沾滿了塵土，看到我們，興奮地揮手，用喉嚨發出深沉的歡呼聲。後面還有一輛Mercedes-Benz卡車，也是一樣的場景。這些剛從槍林彈雨中走出來的小夥子駛過蓋爾亞廷的街道，準備奔赴下一個戰場。在這片土地上，他們用自己的青春贏得和平。

從帕邁拉凱旋的士兵駛過蓋爾亞廷郊區

瑪爾・伊利安修道院

我們沿著七號公路西行，拐入一條已看不清路面的柏油路，路的盡頭是一座灰色的拱門，那拱門用磚砌成，上方建有一個圓形的穹頂。穿過拱門，路旁是一排筆直的松樹，幾根電線桿立在松樹外面，電線斷了好幾根，從電線桿上垂掛下來。沿著電線桿往前走，就看到道路兩旁的建築，左邊是兩個圓錐形的夯土建築，兩個圓錐左右並列，蓋在四方形的平房上，土夯的圓錐上插著很多木頭，像渾身長刺的刺蝟。左邊的圓錐連同它下部的四方形房子已經塌了一半，像一個被剝開的粽子。前方幾棵松樹已被攔腰削平，剩下幾棵立在那裡，彷彿在無聲哀歎同伴的命運。

與圓錐建築隔路相望的是一個院子，幾乎全部被夷為平地，木頭、石頭、瓦塊、砂土堆了一地。這個院子就是蓋爾亞廷一處有名的遺址——敘利亞天主教瑪爾．伊利安[16]修道院（Monastery of Saint Elian）。這座修道院歷史悠久，據史料記載，大約一千五百年前，有一位叫做伊利安的老人，篤信基督教，他和他的門徒從美索不達米亞平原前往耶路撒冷朝聖。朝聖之旅完成後，在返程開

---

[16] Mar Elian，英語稱其為 Saint Julian，即聖・朱利安。

始前，老人預感到自己時日無多，遂囑咐隨行人員，如果自己在歸途中去世，就把他的遺體放在牛車上，牛停在那裡，就把他葬在那裡。沒過幾天，老人的話果然應驗，門徒們按照他生前的願望，把他的遺體放在牛車上，在行至蓋爾亞廷時，牛停了下來。伊利安的門徒一開始覺得這裡太過荒涼，不是埋葬老人遺骸的理想之地，但他們使出渾身解數，拉車的牛就是不願挪動一步，他們只好按照老人的遺願，把他葬在這連接帕邁拉和大馬士革的城鎮邊緣。考古人員曾在修道院內發現刻在石頭上的一段阿拉伯文，記載的是伊斯蘭曆八七八年，即西元一四七三年，此地的統治者埃米爾．賽義夫杜拉（Emir Sayfudullah）的敕令：來此朝聖的朝聖者的安全受到保護，他們可以免繳賦稅。從一一六〇～一九三二年，瑪爾．伊利安修道院隸屬於安提阿正教會（Antioch）⑰，人們不知道它何時從東正教轉隸到敘利亞天主教門下。

一九三八年，當地人在早已殘破不堪的修道院遺址旁建了一座教堂，修道院日漸荒廢，被覆蓋在歷史的塵埃中，一戶在此看守維護的貝都因基督徒家庭也於二十世紀八〇年代搬離。儘管如此，蓋爾亞廷及其附近居民始終把修道院所在地當作一處聖地，時常來此朝拜。每年九月九日，

---

⑰ 東正教會的一支。

附近的村民，包括敘利亞天主教徒、敘利亞東正教徒和穆斯林都來此慶祝以修道院名字命名的節日。二〇〇〇年，一位名叫雅克．穆拉德（Jacques Mourad）的神父受命來到瑪爾．伊利安修道院，開始主持修道院日常工作。二〇〇一年起，一支由敘利亞和英國考古學家組成的聯合考古隊進駐修道院，開始進行考古挖掘與保護。二〇一五年，伊斯蘭國占領蓋爾亞廷後，用推土機將修道院考古現場夷為平地。

我在修道院廢墟的外面看到了那輛黃色的 Caterpillar Inc 推土機，推土機的前輪已經被卸下，「達伊什武裝組織成員

瑪爾・伊利安修道院裡的教堂，正中門楣上有燒黑的痕跡

逃跑時來不及開走的這臺推土機，就是他們破壞敘利亞歷史古蹟和文物的罪證」，隨同我們拍攝的敘利亞資訊部女官員哈亞特．阿瓦德站在推土機前接受採訪時說：「你看旁邊的教堂，那裡面原本有大量聖像，對住在蓋爾亞廷周邊的居民，無論是基督徒還是穆斯林來說，都有重要意義，這是人類的共同遺產，現在已經被達伊什摧毀了。」

在已是廢墟的修道院旁，是另一個院子，院子正中有一座教堂。該教堂是二〇〇五年在原一九三八年教堂的原址基礎上修建的。教堂共有五間，圓拱大門開在中間，上面是一個三角形屋頂，三角形中套一個空心圓。左右各兩間，上面是細長的窗，左右兩邊比中間高約半公尺，使整個建築看起來像一座小型城堡。教堂內部已空無一物，四周的牆上和天花板上黑漆漆一片，那是伊斯蘭國放火焚燒留下的痕跡。地上全是灰燼，我們進屋帶來的氣流讓這些灰燼在地上滾來滾去。我在北面牆角發現了一張沒燒盡的圖畫殘片，右上角畫著一個太陽，太陽下方是一隻孔雀，拖著長長的尾羽。孔雀下方是一個紅色圓環，圓環中畫著躺著的八字型圖案。圓環西邊寫著一行文字，和阿拉伯文比較像，但仔細一看，又不完全相同，我詢問了隨行的線人海德爾，他告訴我說那是古敘利亞文 (Syriac language)，一種起源於西元一世紀的古老文字。敘利亞語，又稱敘利亞阿拉米

遭破壞後的瑪爾・伊利安修道院教堂內部

教堂裡被焚毀的圖片殘片，上面寫有古敘利亞文

語，是敘利亞基督教的宗教語言，和希臘語、拉丁語並稱早期基督教最重要的三種宗教用語。

哈亞特．阿瓦德走了進來，把太陽眼鏡摘下來，搭在帽沿上。她手裡拿著一張照片，招呼我過去看。那是一張沒有被焚燒前教堂內部的照片。教堂的祭壇在最東邊一間房內，布置得比較簡單，只有一張桌子，上面蓋著白布，正中放著十字架，兩邊立著燭臺，正上方的天花板上吊著三盞圓形銅吊燈。祭壇前方是一個三重拱門，正門拱頂上向下垂著九顆白布製作的五角星，一顆在上，八顆在下。正門兩邊的小拱頂各垂下三顆同樣的五角星。拱門兩側的牆上各鑲嵌著一幅耶穌基督的畫像，我看到的那幅帶著孔雀圖案和古敘利亞文的殘片，正是這兩幅畫像的一角。兩個小拱門上方分別有一個浮雕十字架，大拱門上方是一個菱形圖案。那兩個十字架已被伊斯蘭國武裝分子剷除，在燒黑的牆壁上留下了兩大團清晰的白色印記。

這裡原是雅克．穆拉德神父主持宗教儀式的場所。這位神父的一生頗具傳奇色彩。穆拉德的祖上原本居住在鄂圖曼帝國安納托利亞高原東南部的瑪律丁地區 (Mardin)，一家都是敘利亞東正教徒。第一次世界大戰期間，鄂圖曼帝國境內發生針對亞美尼亞人和亞述人（信奉敘利亞基督教各派）的大屠殺事件。雅克．穆拉德的祖父為躲避屠殺，舉家逃到了今敘利亞境內，由敘利亞東正教改奉敘利亞天主教。一九六八年，雅克．穆拉德出生於敘利亞阿勒坡（Aleppo），年輕時曾赴黎巴嫩學習神學，在此期間，他到敘利亞古老的瑪爾．穆薩修道院參訪，遇到了在當地主持宗教工作的義大利神父保羅．達爾奧利奧（Paolo Dall'Oglio），兩人相見甚歡，志同道合。一九九六年，雅克．穆拉德第一次來到瑪爾．伊利安修道院，看到蓋爾亞廷當地人，不管是基督徒還是穆斯林都來此朝拜，深受震動。二〇〇〇年，保羅．達爾奧利奧派雅克．穆拉德神父到瑪爾．伊利安修道院主持工作，他到來之後，帶領信眾修復了修道院東側的部分建築，贏得了蓋爾亞廷民眾的信任和擁護。十一年後，敘利亞戰爭爆發。起初，這座位於敘利亞中部沙漠地帶邊緣的修道院未受到波及，仍能保持正常開放。二〇一五年五月，伊斯蘭國占領帕邁拉後，勢力滲透進蓋爾亞廷，他們將雅克．穆拉德神父綁架，送至伊斯蘭國在敘利亞的大本營——拉卡的監獄，他被關押了五個月後又被送至帕邁拉。直至簽署了伊斯蘭國開具的嚴苛禁令後，雅克．穆拉德和其他人才被允許返回蓋爾亞廷。彼時的蓋爾亞廷已被伊斯蘭國占領，瑪爾．伊利安修道院更被破壞殆盡。雅克．穆拉德喬裝成沙漠中的貝都因人，被朋友騎摩托車護送出這片他傾注了大量心血的傷心之地。

可惜我在教堂裡未能見到雅克．穆拉德神父，不知他身在何方。我走出教堂，右邊有一間小房子，走進去一看，是一個倉庫，裡面堆滿了各種麻袋，海德爾打開一袋，裡面全是白色的骨頭碎片。「這就是達伊什破壞的瑪爾．伊利安和其他埋葬在此處的教徒的遺骨，他們挖開聖陵，砸爛石棺，把裡面的骨頭全部敲碎，裝在這一堆堆的袋子裡。」我感到一陣驚恐，退出那昏暗的小屋。院子裡的松樹下，十幾座墳墓整齊地排列在樹間的空地上，墳墓的形制和我在黎巴嫩見到的一樣，分上下三層，基層長約一點五公尺、寬約半公尺，中間和上層依此遞減，全是用巨大的石塊和混凝土磚塊砌成。墳墓前所有的十字架已被移除，靠近教堂的幾座墳墓已被砸毀，大塊的石頭散落一地，墓中全是黃沙。教堂另一側是雅克．穆拉德和其他人員的居所，已經坍塌了大半。一架太陽能熱水器還立在房頂，熱水器白色的圓形保溫水箱還在，但下面一排排管狀的集熱器只剩下了一半，像個被炸掉一條腿的人，頂著大腦袋，站在已經坍塌了一半的房屋頂部，它頭重腳輕，隨時都有可能栽倒在地。

沒有童年的孩子

夢想成為軍人的賈法爾

敘利亞首都大馬士革老城像一座迷宮，土夯的房子歪歪斜斜，上下堆疊，緊緊地擠在一起；手腕粗的長木頭一頭頂在地上，一頭支在搖搖欲墜的窗櫺上。狹小的巷子彎彎繞繞，不辨南北與西東；雜亂的電線飛簷走壁，像蜘蛛網一樣浮在街道上方。低矮的門洞橫跨巷子之上，彎腰才能通過；數不清的臺階不知從何方開始，延伸到看不見的黑暗之中。陽光從建築物的縫隙射進來，斑斑駁駁地灑在土黃色的牆上。建築物實在太過密集，即使在白天，大部分巷子依然陰冷潮濕，要不是魯拉在前方帶路，我一定會迷失在這座世界最古老城市之一的尋常巷陌之中。

魯拉戴著一條灰色的絲質頭巾，頭巾上還別著一支太陽眼鏡。上身穿一件紅色的上衣，下擺很長，直蓋到膝蓋上方。她紋著細細的眼線，鼻梁中間向上彎曲，形成一道小小的弧線，典型的沙姆地區 (Bilad al-Sham)⑱阿拉伯人長相。她牽著自己的兒子賈法爾，我跟在他們後面，在大馬士

魯拉和兒子賈法爾領我們行走在迷宮般的敘利亞大馬士革老城中

大馬士革老城內岌岌可危的建築

革老城的巷弄裡七轉八繞。我們在一棟四層公寓前停了下來，這是一棟混凝土結構的建築，相比於大馬士革老城無處不在的土坯房，顯得很不尋常。靠近街道的一側有一扇鐵門，刷著白漆，一樓靠近路旁的牆上有一扇狹小的窗戶，裡面的百葉窗關得嚴嚴實實。魯拉從口袋裡掏出鑰匙，插入鎖中，輕輕地向左轉了兩下，門沒有開。她把鑰匙拔出來，又插進去，使勁向左轉了兩下，門還是沒有動靜。她不急不躁，左手抓住門把手，使勁向裡外晃動了兩下，再一轉鑰匙，喀嚓一聲，門終於開了。「不好意思，這門鎖不太好用。」她回過頭跟我說，我笑了笑，說：「沒事，老式鎖頭都這樣。」跟著她進了門。這棟建築的結構比較獨特，正對著門的是一個室外樓梯，之字形從一樓通到四樓，樓梯左側是各家的房子，魯拉一家就租住在一層。

這是一間看上去大概只有十幾平方公尺的房間，屋內漆黑一片。魯拉進屋後，用手一摸牆上的開關，想把燈打開，卻發現沒有任何反應。「又停電了，最近這幾天老是停電」，說著，她趕緊走到那扇朝向街道的窗前，把百葉窗打開。屋裡瞬間有了一些亮光。魯拉又走到另一邊，把靠近樓梯一側的窗戶打開。這兩扇窗戶，一扇向西，另一扇開在樓內，所以雖然有光線照進來，但屋

⑱ 指敘利亞、黎巴嫩、約旦和巴勒斯坦等靠近地中海的區域。

內依然很昏暗。像所有的阿拉伯人家一樣，魯拉家地上也鋪著地毯，紅色的地毯在昏暗的燈光下顯得有些暗淡。房間內側的牆邊放著兩張沙發，上面鋪著白底金邊藍花的毯子和一個同花色的靠墊。沙發成直角挨在一起，形成一個L形，使不大的房間顯得滿滿當當。一臺老式黑白電視，放在一張小凳子上，靠樓梯一側的牆邊放著一臺取暖用的「小太陽」。

「家裡地方小，就坐在沙發上吧，」魯拉笑了笑：「我們晚上就睡在沙發上。」我說我坐那裡都行。

「這屋子裡很冷，我看你穿得太少。」屋子四處不見光，確實有些陰涼，我穿著一件長袖襯衫，是覺得有點冷，但又不好意思明說，就微笑著回覆說：「還行，我不覺得冷。」

「我們原來的房子可好了，在大馬士革郊區，有自己的院子。院子裡還有草地，我在草地旁還栽種了好多大馬士革玫瑰，你知道大馬士革玫瑰吧？」魯拉看著我。

我使勁點點頭。大馬士革玫瑰花瓣層層疊疊，色彩明豔動人，是全世界最古老的玫瑰品種之一。這種本來源自伊朗中部的玫瑰花經大馬士革傳入歐洲，被歐洲人誤以為是大馬士革所特有，因此得名。敘利亞人把大馬士革玫瑰視為引以為傲的珍品，不但用來觀賞，還把它製作成各種產品，大馬士革玫瑰精油聞名遐邇，是敘利亞重要的出口商品。

「但你看現在這個房子，別說院子和玫瑰了，連陽光都沒有。冬天的時候房間裡特別冷，我們買了一個電暖器，但大馬士革總是停電，晚上凍得睡不著，得蓋好幾床被子才行。」魯拉一口氣說了很多。

「那你為什麼離開郊區搬到了這裡？」其實我知道她多半是因為大馬士革農村省激烈的戰事而搬到城裡，但作為記者，我希望觀眾能直接聽到採訪對象親口說出自己的故事，而不是經我轉述的版本。

「戰爭爆發以後，大馬士革郊區是戰場，軍隊和反對派成天交戰，槍炮聲不斷，特別嚇人。我們當時就想著趕緊換個地方。但能去那兒呢？我娘家在阿勒坡，整個城市都快成了廢墟。我一個哥哥在拉卡 (Raqqa)，那裡是達伊什的地盤，我們也不敢去。想來想去，只能來大馬士革，一方面局勢相對安定一些，另一方面是因為這裡是首都，能找點工作做。」正說著話，客廳裡的燈突然亮了。電來了，屋裡終於亮了起來，我才看到沙發後面還有一個不大的房間，那是廚房，裡面放著一臺電冰箱，冰箱上堆著花花綠綠的塑膠袋。廚房的門口還掛著兩棵長著修長葉片的金邊吊蘭，讓這個陰冷的小屋有了一絲難得的生氣。

來電後，剛才一直在另一張沙發上玩的賈法爾挪到我這邊，說：「我還是喜歡現在這間房子，至少這裡是安全的，我還能正常去學校。原來的老房子附近，天天都有人在打仗，特別嚇人。」

我仔細看著這個眼前的男孩，頭髮梳得整整齊齊，還抹了髮膠，在燈光下閃閃發亮。五官非常端正，皮膚白皙，長得十分帥氣。他穿著一件灰色白紋的大學T，左手手腕上還戴著一串棕色木珠手串，已經顯出一些從兒童即將進入青春期男孩的特徵。

「有沒有印象特別深刻的一次危險經歷？」我問。

賈法爾不假思索地說：「當然有。有一次我們要去阿姨家串門子，她家住得不遠。我和媽媽剛換好衣服走出家門，突然聽到空中飛機巨大的嗡嗡聲，抬頭一看，一架飛機正從遠處飛過來，飛得特別低，我都能看到尾翼上的圖案。這時候，兩名恐怖分子不知道從哪裡冒出來，拿著槍就開始向飛機射擊，啪啪啪，聲音特別大，媽媽拉著我趕緊跑回了家中躲起來。」

這時候，有人來敲門。魯拉站起身，走到門前，打開門一看，是鄰居把她女兒送了回來。魯拉之前去老城入口處接我們的時候，把女兒交給二樓的一對老夫妻照顧。他們看到魯拉回來了，

從樓上下來的小女孩，手機背景是她與哥哥的合影

就把孩子送了回來。那小女孩大概四、五歲，金黃色的頭髮全是波浪捲，小臉肥嘟嘟的，一雙大眼睛一眨一眨，像是從漫畫中走出來的洋娃娃，特別可愛。看到我這個外國人，她十分好奇，一直盯著我看。她手裡拿著的玩具引起了我的注意，那是一根灰色的鐵管，啤酒瓶口粗細，前三分之二上面是密密麻麻的圓孔，後面一小段上十二片長方形的鐵片，均勻環繞鐵管一周，其中有兩片鐵片已經彎曲變形。對於常駐中東的記者來說，這「玩具」一點都不陌生，那是一枚迫擊炮彈的尾翼，鐵管是迫擊炮彈的尾管，壁上的圓孔專業術語叫傳火孔，是用來引燃附加藥包的，那十二塊薄鐵片是迫擊炮彈的翼片，作用是保持發

射出去的炮彈能夠穩定飛行。

「你在那裡拿到的這個玩具？」我從沙發上起來，蹲下來問小女孩。

「我妹妹還不怎麼會說話呢，」賈法爾接過話來：「我知道這個玩具的來歷，我們家所有人都知道。」賈法爾放下手裡拿的玩具車，輕輕嘆了口氣，臉上浮現出要說一件很重要的事前的鄭重感：「這枚迫擊炮彈曾擊中過我們郊區的房子。那年我六歲，有一天中午，我吃完飯，在客廳的櫃子裡找書，想看會兒書，然後去找鄰居家的穆罕默德一起玩，他和我一樣大，我們是很好的朋友。我剛打開櫃門，還沒伸手去拿書，就突然聽到一聲巨響，那聲音特別大，感覺炮彈像是落到我身上一樣，客廳的地面都震動了起來，玻璃窗也喀嚓一聲碎了。我趕緊躲到沙發後面，害怕極了。」

魯拉摸著賈法爾的頭，把他摟在懷裡說：「那一次真的很可怕，我們剛吃完飯，我正在廚房洗碗，爆炸聲音十分巨大，我嚇得一下把碗掉到了水槽裡。等我反應過來，發現孩子不見了，趕緊衝到客廳，看到賈法爾蜷縮在沙發後面，臉色煞白，我一把把他抱起來，嚎啕大哭，我覺得孩子承受了太多他這個年齡不該承受的東西。」魯拉緊緊抱住賈法爾，接著說：「這時候我丈夫也衝到客廳，大喊，還坐著幹什麼，趕緊躲起來！我們就跑到臥室，我和賈法爾鑽到床底下，我丈夫跑到窗邊，把窗簾拉上。我們在臥室待了大概五分鐘，直到外面沒有別的聲音，才敢出來。走到院子裡，就看到我們房子東側的牆腳下被炸開了一個大洞。」魯拉張開雙臂，用手比劃著洞的尺寸：「大概有半公尺長。洞的旁邊是一枚迫擊炮彈的彈殼，地上到處都是磚頭。我和丈夫都長舒了一口氣，多虧這是炸到牆角，這要是從房頂掉下來，我們一家可能早就沒命了。這次事件過後，我們就下定決心，一定要搬走，要不然早晚會把命葬送在那裡。」

賈法爾從妹妹手上拿過那枚迫擊炮尾翼，舉在手裡說：「這就是那枚迫擊炮彈上掉下來的部分，我覺得好玩，就撿回來玩。現在它成了妹妹最喜歡的玩具。」

「那你平時都玩什麼啊？」我問賈法爾。

「打恐怖分子。」他說，他從魯拉懷裡跳下來，向我揮揮手：「你過來看。」我跟著他，來到另一張沙發上，只見上面的藍色沙發套上擺滿了玩具：兩個對講機，做成蜘蛛人的樣子，紅色白線中間還有兩個巨大的眼睛，頭上伸出一支天線。一架淺綠色契努克直升機模型，頭部有一個深綠色的螺旋槳，用手一撥，還能飛速地旋轉。一輛白色的小警車，上邊是警燈，一紅一藍，警車向前走時，兩個警燈會發出一閃一閃的燈光。旁邊還有一個十公分高的塑膠士兵，穿著綠色的軍裝、黑色的靴子，一手掐腰，一手舉著一把機槍。只見賈法爾拿著契努克直升機，在眼前從左至右慢慢劃過，向我認真講述他怎麼排兵布陣打擊「恐怖分子」：「我先派出這架直升機，對恐怖分子進行轟炸。炸完後，我再派出這輛坦克，」說著，他把契努克直升機放下，從身後摸出一輛坦克，說：「坦克在前面，是因為它火力強，可以作為掩護，坦克後面跟著警車，這警車現在沒電了，有電的時候還會發出警報聲，這樣就能嚇唬住敵人。我還有一把機關槍，到時候我把機槍裝在警車上，通過兩個蜘蛛人無線電來交流。」賈法爾不停把他的寶貝拿在手上，又放下，把「戰局」分析得清清楚楚。

賈法爾的媽媽魯拉起身去廚房端來兩杯水，遞給我一杯，說：「過去，我們住在郊區，周圍鄰居孩子很多，賈法爾總是和他們一起踢足球，逛公園，戶外活動很多。」她坐回原來的沙發，喝了一口水，繼續說：「現在，到處都在打仗，大馬士革老城也不是絕對安全，火箭彈隨時都可能落下來，所以放學後，我們都不敢讓孩子到處亂跑，只能讓他們待在家裡。十幾歲的小孩，成天待在家裡，這不利於他們的身心健康。我像他這麼大的時候，下了課到處瘋玩，父母不喊根本不會回家。」

「賈法爾原先成績很好。自從我們搬到了大馬士革，我和孩子爸爸成天忙，沒有多少時間和精力輔導功課，他成績下滑得很快，我挺擔心的。」魯拉把手中的杯子放到地毯上，說：「打仗前，我們家只有賈法爾的爸爸一個人上班，我在家照顧孩子。但是現在，我們來到城裡，各方面開銷都很大。我丈夫打兩份工，白天在飯店當服務生，晚上他去診所打工，比如搬運傷患，打掃衛生什麼的，整天早出晚歸，即使是這樣，收入依然很少。不得已，我也去診所上班，但不是醫生，也是打工。兩個人打三份工，就算這樣，生活還是很艱難，我們兩個人打三份工也只能是勉強支撐每個月的開銷。這房子每月都要付房租，這兩年物價一直上漲，我們買東西都得精打細算，有時候連買肉的錢都沒有，但是賈法爾現在正在發育的年齡，長期不吃肉營養跟不上，有時候我們就只能買一點點，專門做給兩個孩子吃，大人隨便吃點別的。也沒錢給孩子買校服，這學期開學我去學校跟校長說情，讓他們允許賈法爾可以不穿校服去學校上課，校長很通情達理，最終同意了。」魯拉說完，輕輕地嘆了一口氣：「有時候我也挺沮喪的，擔心現在這居住環境影響了孩子的學習，但再一想想，這仗不知道要打多久，天上隨時會掉下炸彈，學習好有什麼用？將來就算讀了大學又能怎樣呢？能找到好工作嗎？這麼一想就覺得，還是不要逼孩子，要讓他快樂，只要他平安長大就行，至於學習如何，那都不重要。但有些時候我又覺得這樣的想法有點自暴自棄、不負責任，小孩當然要好好學習，不然將來長大就會像我們一樣，生活還是困苦。每次想到這些，我自己也理不出個頭緒，腦子裡一團亂。」

魯拉說了這煩心事，我一時不知道說什麼好，只能安慰她說：「戰爭總會結束的，生活會重回正軌，所以孩子的教育還是不能放鬆。」說這話其實我自己心裡都沒底，持續了多年的敘利亞戰爭有太多國際和地區勢力捲入其中：美國、俄羅斯、伊朗、以色列、土耳其、其他阿拉伯國家以及敘利亞境內許許多多不同立場的反政府武裝等，敘利亞境內的戰爭儼然已經是一場小型的世界大戰，要想真正結束一切紛爭，迎來持久和平，沒有人知道這需要多久。

「有時候覺得孩子們真可憐，賈法爾從有記憶起，他妹妹從出生起，就一直生活在戰爭的陰影之下，他們這一代人都不知道戰爭之前的敘利亞是個什麼樣子，他們都不知道和平是個什麼樣子。」魯拉嘆了一口氣。

賈法爾聽到我們的對話，轉過臉來說：「等我長大了，戰爭如果還不結束，我就去當一名軍人，這樣我就可以去打恐怖分子了，因為他們在破壞我的國家……」

無法行走的哈宰勒

哈宰勒的家在大馬士革南部，我們把車停在她家樓下的一座小廣場上，廣場四周全是灰色的建築，一樓大多是各種商鋪。廣場西側幾棟房子連在一起，左邊一棟是兩層，一樓刷著紅、白、黑三色敘利亞國旗的鐵捲門已經放下，猜不出那是個什麼店鋪。鐵捲門前，一個穿著紅上衣，三歲左右的小孩，坐在一輛橙色的四輪玩具車上，正在費勁地用腳蹬兩塊小踏板，一個全身穿著破舊灰色西服的老頭，彎著腰，用手掰著小孩的兒童車車把，想讓他左轉，因為小孩如果繼續直行，就會撞到那扇畫著國旗的鐵捲門。鐵捲門店鋪右邊是一棟五層建築，在一眾兩層房子中格外突兀。它細長狹小，又有些歪歪斜斜，像是一陣狂風就能把它吹倒似的。底層也是一家店鋪，招牌上方搭了一塊鐵皮，上面寫著阿拉伯文，中間畫了一隻公雞，牠正昂首挺胸，驕傲地抬著頭，做出要啼叫的動作，公雞下方寫著一串手機號碼。這是一家賣活雞的店，店門口放著一個三層的鐵籠子，長約一公尺，每層都養著幾隻白色的肉雞。雞籠旁邊是一個小鐵櫃，鐵櫃上是一個半公尺高的磅秤，秤上放著一隻藍色的塑膠桶。一個戴著白頭巾，穿著灰色碎花長裙的女人倚著磅秤後面的櫃檯，雙手抱在胸前，百無聊賴地等著顧客上門。

眼睛順著活雞店向上望去，這棟土黃色的大樓分成兩部分，左半部分比右邊向前凸出一塊，房間更寬，窗戶略大，右邊凹進去大約半公尺，窗戶比左邊低六十公分左右，面積更小，左邊只有二樓和三樓有窗戶，再往上就全是土牆，右邊每一層都有窗戶。二樓左邊窗戶外安裝了防盜網，幾件已經辨認不出顏色的衣服掛在防盜網的右下角，兩個六、七歲模樣的小男孩看到我拿著攝影機，興奮地從防盜窗裡衝我做鬼臉。右邊一側的窗戶都是四窗格，藍色的木窗框上大部分已經沒有玻璃了。最上面一層右側的窗戶上掛著一幅窗簾，飽受風吹雨打日曬，已經褪去了當初濃烈的色彩，只留下歲月爬上去的特有灰白，鋪蓋在深紅底色上。窗簾裡面探出一顆女人的頭，向我們揮揮手。「那就是哈辛勒家，揮手的人是她的姐姐。」線人海德爾跟我說。我們走進活雞店旁邊黑暗的門洞，沿著右側的混凝土樓梯，爬上五樓。

哈辛勒的媽媽阿米拉給我們開了門。她戴著白色頭巾，把頭髮和耳朵包得嚴嚴實實。頭巾的下擺紮進黃色連衣裙領口裡，上身在連衣裙外還穿著一件深藍色的牛仔衣。她主動伸出手來，和我握了握手。我有些吃驚，因為從她佩戴頭巾的方式看，她應該是一個在宗教上比較保守的人。總體而言，敘利亞算是中東地區裡比較世俗的一個國家，無論是法律還是社會風俗，對女性的穿著並沒有過多限制，在大馬士革能看到各種穿衣風格的女性，有穿著緊身牛仔褲完全不戴頭巾的，有頭巾只是輕輕搭在頭髮上的，像阿米拉這種裡三層外三層把頭髮和耳朵完全包進去的，不是特別常見。但這樣一位看起來比較保守的女人卻主動伸出手來和我握手，著實讓我有些迷惑，因為在阿拉伯世界，虔信伊斯蘭教的女性很少會主動與男性握手。這件事後我不斷自省，中東地區的社會環境是多樣化的，人的內心和行為也是極其複雜的，同一個人，隨著他周圍環境的變化以及年齡的增長，他對待宗教與人生的態度是不斷變化的，不能單憑他的穿衣打扮和一兩句話就立即判斷出他是一個什麼樣的人。

阿米拉家比魯拉家寬敞不少，進門是一間客廳。客廳裡和魯拉家一樣倚著兩面牆成直角擺著兩張沙發，靠窗的沙發旁放著一張白色小圓桌，地上鋪著一張已經洗褪了色的紅地毯，上面織著很多玫瑰花。由於是五樓，家裡採光很好，太陽把屋裡照得透亮。一個大約八、九歲的小女孩，頭上橫盤著一圈烏黑油亮的辮子，像是戴著一個花環。上身穿一件無袖牛仔連身衣，腰間繫著金色的細腰帶，腿上穿著白色的長筒襪。她跪在地毯上，兩手支撐著地面，用腰部發力，身體向前拱，做出類似在水中游泳的動作。她重複了好幾次，掙扎著，兩條纖細的小腿終於立了起來，從之前的跪姿變成了四肢撐住地面，像一隻小青蛙。看著她不斷地抬起臀部，想要直起腰站起來，每一個動作似乎都是費盡了她小小身軀裡蘊藏的全部能量，我有點於心不忍，對站在一旁的阿米拉說，這樣能行嗎？阿米拉說，沒事，這是康復訓練，按照醫生的要求做的。這個正在做脊柱骨折後期康復訓練的小姑娘就是哈宰勒，是我專題報導敘利亞戰爭中的兒童系列節目的主人公。

阿米拉把哈宰勒抱起來，放到沙發上。這時候，從裡屋臥室走出來一個大約十六、十七歲的女孩，一頭烏黑的長髮，髮量驚人，像瀑布一樣從頭上懸垂到肩上。她穿著一件黃色的連衣裙，腿上穿一條黑色褲子，腳上是藍色的帆布鞋。她拿著兩個類似於醫院給骨折病人腿部綁石膏用的踝關節固定支具，俐落地套在哈宰勒腿上，在膝蓋處是兩個黑色的護膝，通過兩條短皮帶扣在固定支具上。這女孩就是剛才在樓上朝我們揮手的希克馬特，也就是哈宰勒的姐姐。

阿米拉坐在哈宰勒身邊，用手指了指希克馬特，說：「哈宰勒出事時我不在家，家裡只有希克馬特和她妹妹兩個人，讓她給你講一講事發時的情景吧。」我點點頭。希克馬特抱起哈宰勒，朝我笑笑，說：「延拉」(Yallah)，這句話是阿拉伯地區最常用的短語之一，就是「我們走吧」的意思。我和攝影師跟著她從客廳走到了臥室。臥室靠窗一側放著一張大床，上面鋪著粉色的被子和三個白色的枕頭，枕頭上還立著一個沙發靠墊，靠墊上的米老鼠正沖著我笑。床旁邊擺著兩張和客廳一樣的棕黃色沙發椅。兩張沙發椅之間是一臺輪椅，希克馬特把哈宰勒放到輪椅上，又從牆邊的衣櫃中拿出一張長方形的木板，放在輪椅的兩個扶手上，給妹妹當書桌用。她找來兩張白紙和一盒蠟筆，哈宰勒趴在木板上，鋪開紙，拿出蠟筆，開始畫起畫來。

採訪哈宰勒，小姑娘的樂觀堅強讓人感動

希克馬特站在輪椅旁邊，開始和我講起事發當天的情況：「戰爭開始後，我們家住的地方一開始並沒有被波及，生活基本正常。從二〇一四年下半年起，家附近的交火開始逐漸增多。二〇一五年二月初那幾天，戰鬥格外激烈，每天都有各種炮彈落下來，炮聲、槍聲從早到晚一直斷斷續續。二月五日那天，我妹妹因為害怕巨大的槍炮聲，沒有去上學，和我一起待在家裡。中午吃完飯，我在客廳休息，她在臥室裡玩電腦。就在這時，我突然聽到一聲巨響，一枚炮彈擊中了我們的房子。我一下子從沙發上被震了下來，耳朵裡嗡嗡作響，什麼也聽不見。屋裡到處都是濃煙和灰塵，什麼也看不見。我的大腦中一片混沌，全是耳朵裡傳來的嗡嗡聲。我趴在沙發下的地毯上，一動不動，不知道自己是在做夢還是醒著。等煙塵消散了一些，我的意識也一點點恢復，猛然想到妹妹還在臥室。我大聲叫道：『哈宰勒，快出來！哈宰勒，快出來！』」希克馬特用手捋捋額頭上垂下來的頭髮，繼續說：「我聽到臥室裡傳來一聲微弱的回應，聲音很小，根本聽不清。我嘗試著站起來，但兩腿發軟，不聽使喚，怎麼都站不起來，我擔心妹妹的安全，就用胳膊撐著地面，開始往臥室那邊爬，一邊爬，一邊叫哈宰勒的名字。快爬到臥室門口的時候，我終於聽清了妹妹的回應，她說的是：『我在這裡，動彈不了了』。」

說到這裡，希克馬特看了哈宰勒一眼，小姑娘還在紙上畫來畫去。希克馬特繼續說：「我一聽妹妹的話，一種可怕的預感像電流一樣流過全身，兩腿瞬間有力了，一下子就站了起來，拉開了臥室的門，眼前的景象太可怕了。」說到這裡，希克馬特從輪椅邊走到臥室門口，站在那裡，模仿她當時進屋時的場景，說：「一枚炸彈從空中落下，直接擊中了臥室，天花板被炸出一個大洞，屋裡濃煙滾滾，還沒有完全散去，地上全是鋒利的彈片。聽到妹妹在床邊呻吟，我略弓著腰往裡面走，黑煙嗆得眼睛睜不開，走了幾步，看到妹妹躺在地上。我三步併兩步衝過去，看到她臉上被劃破了，以為只是皮外傷，我就蹲下來問：『哈宰勒，你試試看能不能站起來？』我以為她是因為害怕所以才站不起來，因為我剛才在客廳時也是如此。但她試了好幾次，還是不行，疼得大聲哭。」希克馬特說到這裡，緊緊皺著眉頭：「我知道大事不好，爆炸可能炸到了妹妹的腿，我一邊哭一邊把妹妹抱起來，想把她送到醫院。街上硝煙瀰漫，炮聲夾雜著槍聲，遠處近處都是。顧不上害怕，我沿著街邊往前跑。鄰居家一位叔叔看到我抱著妹妹上街，知道出事了，就冒險開著車，把我們送到了醫院。在車上，他給我爸媽打了電話。」

「我給你看一樣東西，」希克馬特沒有接著說醫院的事，而是從她旁邊的衣櫃底層搬出一臺電腦主機，她跪在電腦前，用手比劃著：「這就是哈宰勒出事時正在玩的那臺電腦，電腦螢幕已經被炸彈炸碎了，這個主機成了現在這個樣子。」我看著她面前的這臺 Dell 桌機，主機前面板的下半部分被炸出一個大洞，只剩下插光碟的上半部分。主機殼左側的外殼也沒了，露出裡面纏繞的電纜線和密密麻麻的組件，像是一個人的肚子被撕開，露出裡面的腸子。希克馬特從電腦前站起來，走到牆邊的衣櫃前，用手指了指，說：「這衣櫃原來是有門的，那次爆炸直接把門炸掉了。」她又用手掰了掰衣櫃上下兩層之間的合板說：「你看，這合板當時被震歪了，不結實，已經不敢往上放重物了。」接著，她用手撥開衣櫃中間隔層下方掛著的幾件衣服，說：「當時這裡掛著的衣服全被彈片劃破，上面全是各種孔洞。那幾件衣服後來都扔了，你看這條毛毯就知道了。」我順著她手指的方向，看見衣櫃最右側上方小格裡放著的一條毛毯，上面印著圓形的四瓣花圖案，圖案下方的棗紅色花邊上有三個彈孔，像鵪鶉蛋那麼大。「再看這邊，」希克馬特又用手指著衣櫃左方側板說：「看這些彈孔，全是那次爆炸留下的。」她和我從下往上挨個數，一共有十二個孔。

「這些都是我後來回到家才發現的，當時光顧著哈宰勒的身體，再加上屋裡還有煙，根本沒注意到這些。」希克馬特回到哈宰勒的輪椅前。這時候，阿米拉從客廳走進臥室，她接過話說：「原來那棟房子被炸後，已經不能再繼續住了。我們就搬來了這裡，這是租的房子。我們也沒有錢，這衣櫃和毯子都破成這個樣子了，也沒捨得扔，都一起搬過來了。」她坐到哈宰勒旁邊的沙發椅上。

「事發時，您在做什麼呢？」我問阿米拉。

「那是我永遠都忘不了的一天，二〇一五年二月五日。那天一早，哈宰勒說她害怕附近的炮彈聲，不想去學校，我怕她在路上不安全，就沒讓她去。現在想起來，特別後悔，要是那天她去學校了，也許就不會出事了。」阿米拉拼命地眨眼，我知道她是努力想把眼淚壓下去。她嚥了一下口水，繼續說：「我丈夫那天去上班了，我中午吃完飯，就去學校接兒子。接上兒子，快走到家門口的時候，接到了鄰居塔里克的電話，說正載著我兩個女兒去醫院。我十分擔心，帶著兒子飛奔去了醫院。到了醫院之後，醫生告訴我，哈宰勒脊柱第九和第十椎骨骨折，我一開始不懂這些醫學名詞到底是什麼意思，醫生就解釋說，基本相當於癱瘓了，重新恢復行走的可能性不大。我一聽這話，感覺天都要塌下來了。」

一直在案板上畫畫的哈宰勒抬頭看了看她媽媽，又看看我，抬起一隻手，指了指肚子說：「他們在我肚子上做手術，醫生在我這裡取出兩顆彈片。當時流了很多血，醫生給我治好了。」說了這幾句，她就又低下頭在紙上畫了起來。

阿米拉接著說：「哈宰勒出院後，每天需要進行一小時康復訓練，這種康復訓練動作難度很大，孩子做起來很費勁，起初我自己都害怕，怕她不斷抬腰會傷到自己，又怕她艱難站起來腰部會疼。阿拉知道我們都經歷了什麼。」說到這裡，阿米拉的淚水已經在眼眶裡打轉了：「在孩子面前，我總是鼓勵她要充滿信心，作為母親，我必須堅強，要給孩子樹立信心。但無人的時候，一想到將來女兒有可能不會走路，我就非常害怕。」說到這裡，阿米拉的淚水奪眶而出，五官似乎都扭曲到一起，她語速不斷加快，不停地搖頭：「如果我往那方面想，就會受不了，對我來說這真是太難了。如果那天我不讓她待在家裡，她就不會有事。我現在每天睡覺的時候都做夢，夢見她第二天就會走，一想到她將來可能不能行走，我真是連死的心都有。」阿米拉捂著臉，背過身去，不斷啜泣，身體一抽一抽地抖動。

我呆坐在那裡，不知道該如何安慰她，每當這個時候，我都有一些愧疚和自責，我覺得作為記者，遇到這樣的場合，應該懂得如何安慰採訪對象的情緒，即使不言語，那怕是一個擁抱，或者輕輕地拍拍對方的肩膀也好。但我在這方面卻不太擅長，每次都尷尬地坐在那裡，雖然心裡十分難受，卻不知道該說些什麼，只能默默地等待對方的情緒平復下來。我看向哈宰勒和希克馬特，她們也都低著頭。樓下廣場上小孩們追逐打鬧的聲音傳了上來，讓室內更顯寂靜。陽光照在阿米拉的頭巾上，過了不知道多久，阿米拉漸漸平復了起伏的心緒。

我看她恢復了鎮定，趕緊轉移話題：「現在哈宰勒怎麼上學？」阿米拉說：「現在每天早上她爸把她背到樓下，開車送她去學校，下午放學再接回家。她在學校走動不方便，我們也不想給人添麻煩，就給她穿著尿布。老師和同學也會幫忙，課間推著輪椅讓她到操場上轉轉。」阿米拉拿出手機，給我看一段影片，那是哈宰勒老師拍的。影片有兩段，第一段是哈宰勒坐在一個鞦韆上，同學在後面推著，哈宰勒緊緊抓住兩邊的繩子，愉快地在鞦韆上盪來盪去，背景傳來孩子們嬉笑打鬧的聲音。另一段影片是在一個小院子裡，哈宰勒站在一個助行架後，兩腿上還綁著支具，一隻手拿著一個小籃球，另一隻手支撐在助行架最上部的橫梁上。她抬起手臂，使勁把小球向前拋去，那一半藍一半紅的籃球不偏不倚，在空中劃了一條不完美的弧線後，掉入前方院牆上架起的一個籃筐中。旁邊牆根下站著的一排小女孩都給她鼓掌，畫面中傳來一個大人的聲音，大喊：Bravo，一句英語的喝彩，她歪著頭，害羞地吐了吐舌頭。

影片放完，阿米拉放下手機：「這只是很少的時候，大部分時間，尤其是課間休息，別的孩子都能到操場玩，哈辛勒只能坐在教室裡。」低頭畫畫的哈辛勒聽到這裡，抬起頭來說：「我在學校蠻開心的，老師和同學也都很照顧我。但有時候也不開心，尤其是體育課，我上不了，只能在操場旁邊看著。」她瞪著兩隻大眼睛，撲閃撲閃的，無辜地說：「現在體操也沒法練了，我從四歲就開始練體操。一字

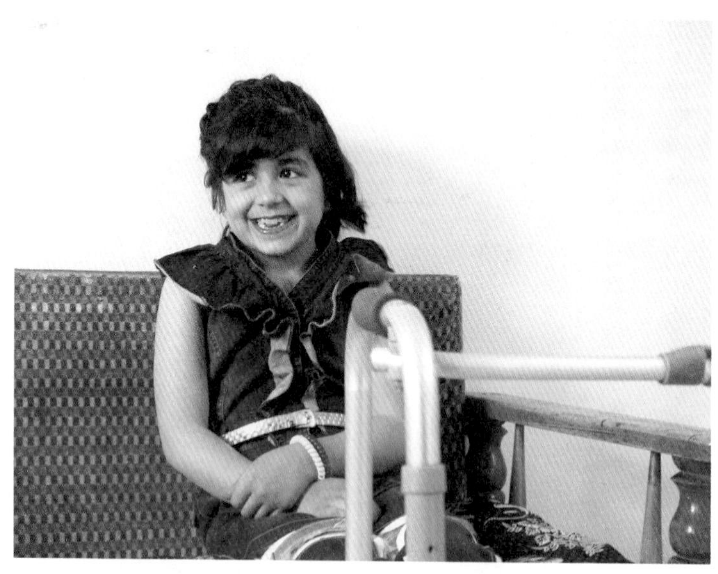

哈辛勒聽媽媽講述事發當天的事，臉上帶著笑容

練了，外面兵荒馬亂的，非常不安全。我就把課停了幾周，但後來一想，總這樣也不行，畢竟生活還要繼續，不能一直讓孩子待在家中，所以就又回去上課了。哈宰勒也不太情願，覺得很辛苦，我就逼她去。練了幾年，進步滿大的，我經常帶著她去參加各種比賽。出事前一天，我還帶她去參加了一場比賽，雖然沒拿到獎牌，我也高興，看著她在場上做各種動作，我就覺得是小時候的自己在做藝術體操，也算是圓了我自己的一個夢想吧。」阿米拉眼中無神，一副迷茫的神情，像是陷入了對過往的某種迷戀和遺憾之中，嘴角不經意地上揚，浮現出一絲不易察覺的微笑。

哈宰勒咳嗽了一聲，阿米拉回過神來，嘆了口氣：「現在還談什麼夢想啊，我自己有時候想，就算孩子沒癱，她再長大一些，這藝術體操還能練嗎？暴露胳膊和大腿，還要穿緊身的衣服，這些都是不符合我們的文化和宗教，我到時候要如何面對別人的閒言碎語？所以，這麼一想，也許我當初就不該讓孩子去學什麼藝術體操。」阿米拉眼眶又有點紅了：「看到哈宰勒不能走，我真是太難受了。前一天還活蹦亂跳的，第二天就不能走了，我那天要是不讓她待在家裡就好了。」

阿米拉這次沒有再哭出來，我能看出她在努力地平復自己的心情。她說：「哈宰勒這一代的孩子真可憐，生在了這亂世之中，我自己雖然藝術體操沒練下去，但童年過得很快樂，我們漫山遍野瘋玩，也不用擔心什麼坦克、飛機和大炮。」我震驚於阿米拉和之前採訪過的賈法爾的媽媽魯拉說出了同樣的感慨。

童年，是人生最美好的時光，對一個人來說無比珍貴。而這一代敘利亞兒童最可悲的，就是他們從出生開始就沒有經歷過和平的環境，他們以為世界就是戰爭的樣子，飛機轟鳴、炮聲不斷、槍林彈雨……當他們長大以後，回憶起童年的時候，他們能想到什麼呢？那些會讓他們印象深刻，保存終生呢？我想，不會是枝頭唱歌的小鳥、路邊搬家的螞蟻或人聲鼎沸的遊樂場。他們想起的，恐怕多半會是家門口呼嘯而過的架著機槍的皮卡、爆炸和大炮匯成的巨大的聲音洪流以及自己和家人為躲避戰亂而不得不東躲西藏的逃亡、不得不蝸居在陰冷的房間內，膽戰心驚地祈禱炮彈不會落到自己家中的恐懼，更有甚者，可能是自己失去父母、兄弟姐妹、童年玩伴和同學那一瞬間永恆的苦痛與心碎。

我們的談話到此也就差不多了，希克馬特從客廳裡拿了一隻小烏龜，放在哈宰勒兩腿中間，哈宰勒拿出一片菜葉，放在烏龜嘴邊，那隻綠色硬殼的烏龜伸出頭，大口大口地撕咬著菜葉。希克馬特告訴我，哈宰勒出事前曾養過一隻小烏龜，但那次炸彈爆炸把小烏龜也炸死了。家裡人為了安慰她，又給她買了兩個。在敘利亞文化中，家中養烏龜，寓意家裡的生活節奏舒緩安詳、幸福快樂。他們一家人希望哈宰勒能夠慢慢地站起來，在人生的道路上慢慢地行走。

我們準備離開了，哈宰勒放下菜葉，拿起身前木板上的紙，看著我說：「這幅畫要送給你。」我接過來一看，畫上畫的是一隻粉色的小熊，頭上戴著蝴蝶結，睜著兩隻大眼睛，它張開雙臂，彷彿是要送出一個大大擁抱。小熊的右上方畫著一顆黑色的心，上面還插著丘比特的箭，下方用英語寫著“I Love You”，下方還有一顆

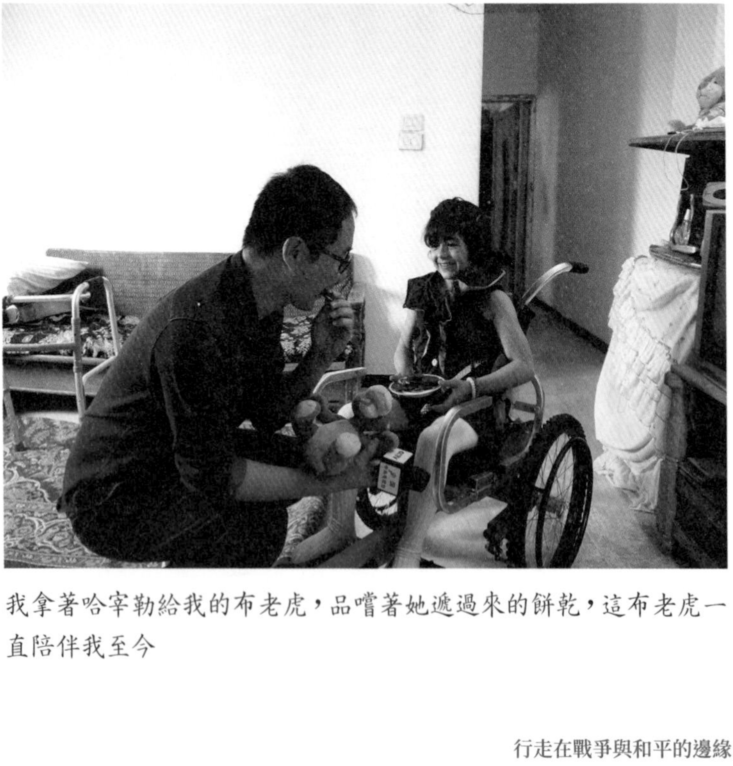

我拿著哈宰勒給我的布老虎，品嚐著她遞過來的餅乾，這布老虎一直陪伴我至今

心，是藍色的，同樣插著丘比特之箭。小熊左下方則畫有五道彩虹，塗著黑、紫、粉、天藍和深藍色。「你畫得真好，非常感謝，回家我一定好好保存。」我拿過這幅畫，小心翼翼地把它放進背包裡。走到門口的時候，希克馬特拿了一個黃色的布老虎，說：「妹妹說這個布老虎也送給你。」我不好推辭，也捧在手裡。我從口袋裡掏出一百美元，塞給了阿米拉，說：「給孩子買點東西吃吧，這是我的一點心意，請一定收下。」她推辭了一番，最後收下了錢。從她家出來已是下午，街上有兩三個小孩在踢球，他們歡快地追逐著那滾動的皮球，一個穿著藍白球衣，後面寫著阿根廷著名球員梅西名字的小男孩，一腳射門，打到了旁邊賣雞店鋪前面的一張塑膠椅子上，嘭一聲，椅子倒在了地上，旁邊鐵籠子裡的公雞受到驚嚇，揮動著翅膀，喔喔直叫，之前一直站在櫃檯外的女人衝出來，伸出一隻胳膊，手在空中揮舞，瞪大了眼睛，大聲朝那幾個踢球的小男孩喊。「梅西」做了個鬼臉，過來把球撿起來，跑開了。阿米拉站在樓下的門洞前，向我們揮手作別。

二〇一九年卸任回國的時候，行李超重，我把很多東西扔在了杜拜，但哈宰勒送我的畫和布老虎我一直帶在身邊。女兒出生後，我把那個布老虎送給了她。等她將來長大後，我還要向她講講這個布老虎的主人——敘利亞小女生哈宰勒的故事。

伊朗

IRAN

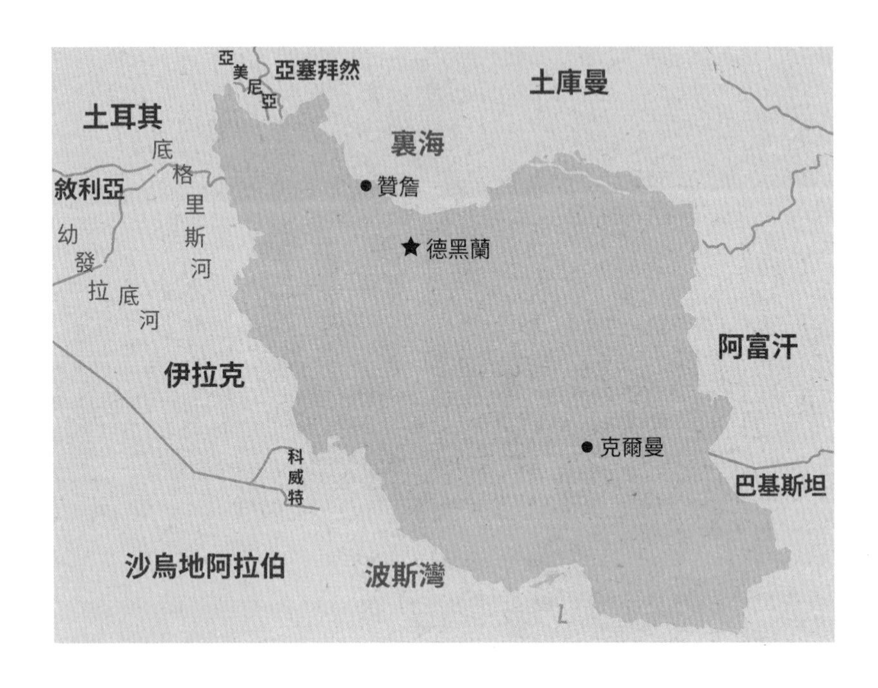
亞
美
尼
亞
亞塞拜然
土庫曼
土耳其
裏海
底
格
里
斯
河
敘利亞
贊詹
幼
發
拉
底
河
德黑蘭
阿富汗
伊拉克
克爾曼
科
威
特
巴基斯坦
沙烏地阿拉伯
波斯灣

兩條大街上的德黑蘭

初抵德黑蘭

二〇一四年十二月的一個夜晚，從伊朗首都德黑蘭伊瑪目何梅尼國際機場（Imam Khomeini International Airport）出來的時候已是華燈初上，記者站的司機李查來接我。

「你來的正是時候，明天伊朗全國放假，你可以好好休息一下。」李查接過我手中的行李箱，把它放到機場行李轉盤外的手推車中。

「那不錯，放什麼假？國慶日嗎？」我拿著剛剛被伊朗邊檢人員端詳了許久的護照，不解的問道。

「不，不是國慶日，是聖紀日，也就是我們伊斯蘭教先知穆罕默德（Muhammad，五七〇～六三二年）生日。」李查推著行李手推車，向停車場走去。

「啊？可上個周末阿拉伯聯合大公國剛慶祝了先知生日，我們在杜拜還放了一天假呢！」我走在他旁邊，疑惑地問。

「我們是什葉派嘛，跟他們不同。」李查走到他的車旁，掀起後車廂蓋，把我的行李放在車上。我跳進車裡，關上了門。

李查五十多歲，頭髮灰白，卻並不顯老。我那時分不清阿拉伯人與波斯人樣貌的區別，但李查給人的感覺與阿拉伯人非常不同，我也說不清究竟那裡不同，也許是伊朗這個古老的國度帶給波斯人與眾不同的氣質。

車子開行在德黑蘭的公路上，我懷著巨大的好奇，打量這個神秘的國度，天已大黑，看不見城市的輪廓。德黑蘭被包裹在夜色之中，只能看見遠處燈光，像星星一樣掛在空中。車子在黑暗中前行，伊朗人開車速度極快，我們的車被後面的車咻咻地超過。

李查握著方向盤，放起了音樂，是一首波斯語男高音。歌聲很動聽，我問他，能不能告訴我歌名，回頭我也下載下來聽，他點了點頭。車開進一處隧道內，隧道上方巨大的排風扇像飛機發動機，齒輪飛速轉動，卻聽不見轟鳴的雜訊。隧道內忽明忽暗的燈光照在車內，讓人昏昏欲睡。

我把頭靠在車窗上，說：「穆罕默德還有兩個生日啊？」

「不是。我們什葉派認為，穆聖的生日是伊斯蘭曆三月第十七天，遜尼派則認為是三月第十二天。」

「可是人只有一個生日啊！」

「對。但是穆聖的生日史書上沒有明確記載，所以兩派學者對於具體日期有分歧。」

「好吧，沒想到你們什葉派和遜尼派連先知的生日日期都有分歧。」我嘆了口氣。

「這不奇怪，基督徒和東正教徒慶祝耶誕節也不是同一天。這還算好的。瓦哈比們連先知的生日都是不允許慶祝的。」李查說。瓦哈比派（Wahhabism）是遜尼派中較為保守的分支，在沙烏地阿拉伯擁有巨大的影響力。

「慶祝先知生日也不允許？」

「是的，瓦哈比認為那不符合聖行，因為先知在世時並未慶祝自己的生日。」

「沒想到慶祝一個生日都這麼複雜。」

「是的。所以在伊斯蘭世界，不但遜尼派和什葉派有矛盾，他們遜尼派內部也有分歧。」

伊瑪目何梅尼國際機場距離德黑蘭市區大約三十多公里，德黑蘭面積又很大，我們的車就一直開，目的地彷彿遙無盡頭。冬天的夜晚寒風凜凜，遠處山上燈光星羅棋布，恍惚有種回到北京的感覺。我繼續和司機聊天。

「李查，你的名字和巴勒維王朝（Pahlavi Dynasty）的李查．汗（Reza Shah，一八七八～一九四四年）同名。」

「是的，你在中東看到李查這個名字，幾乎就可以確定他是伊朗人。」李查握著方向盤，目不斜視地說道。

「為什麼伊朗人特別喜歡起名叫李查，有什麼緣故嗎？」我問。

「因為什葉派十二位伊瑪目中只有第八伊瑪目李查安葬在伊朗，所以我們特別喜歡李查這個名字。」

在伊斯蘭世界，雖然人們的名字中可能都會有常見的穆罕默德、阿卜杜拉等，但非阿拉伯國家的人一般都還是有自己本民族的名字，各國父母給孩子取的名字不可避免地與本民族的歷史文化產生聯繫。比如，如果一個人叫李查，那他大概是來自伊朗；如果一個人的名字叫某某札伊或某某烏拉，那他極有可能來自阿富汗；如果一個人名字叫某某「汗」，那他多半是來自南亞國家如阿富汗、巴基斯坦和印度等。

大部分伊朗人信奉的是什葉派十二伊瑪目派。遜尼派和什葉派分歧和矛盾的起源就在於認可究竟誰有權繼承先知穆罕默德的穆斯林領袖地位。遜尼派認可公議制，承認穆罕默德死後經眾人推舉的前四大哈里發均為正統。而什葉派則認可血統繼承制，認為只有與穆罕默德有血緣關係的人才有資格做穆斯林的領袖，所以什葉派不認可與穆罕默德沒有血緣關係的前三任哈里發——阿布．巴克爾（Abu Bakr，五七三～六三四年）、歐瑪爾（Umar，五八四～六四四年）和奧斯曼（Othman，五七四～六五六年）的地位，他們只承認第四任哈里發阿里（Ali，六〇〇～六六一年），因為阿里是穆罕默德的堂弟和女婿。什葉派尊阿里為「伊瑪目」，即「阿拉選擇的絕無任何瑕疵的人類領袖與表率」。阿里的後代被什葉派認為是穆罕默德的真正繼承者，擁有宗教上至高無上的權威。前十一位伊瑪目去世後，第十二任伊瑪目隱遁在人間，將在末日審判時化身馬赫迪（救世主）重返人間，解除人世間的種種不公與苦難。

隨著歷史的演進，兩派之間的分野也越來越大。波斯薩法維王朝時期（Safavid dynasty，一五〇一～一七三六年），什葉派十二伊瑪目派被尊為國教，他們以宗教什葉派來作為波斯人與阿拉伯人的分野，在政治上則做為薩法王朝對抗鄂圖曼帝國的象徵，於是什葉派在伊朗得到迅速推廣，大批遜尼派民眾改宗。同時，隨著官方對什葉派的支持，宗教人士開始在社會生活中扮演越來越重要的角色，並逐漸形成具有強大影響力的特殊政治階層。什葉派與遜尼派的另一個重大區別是什葉派宗教神職人員內部等級森嚴，德高望重、最高等級「大阿亞圖拉」(Grand Ayatollah) 頭銜的伊瑪目被視為宗教權威、大宗師，擁有數以百萬甚至千萬計的追隨者，而遜尼派宗教人士內部則沒有這樣分明的等級。

李查在夜色中開了一個多小時才到我住的賓館，那是德黑蘭北部富人區的一處民宿，在一條小巷中街角處的花園之中，辦完入住手續，睏意難擋，找到自己的房間，倒頭就睡。

我是被樹上的喜鵲吵醒的。拉開窗簾，天剛矇矇亮，幾隻喜鵲在賓館院子裡的楊樹枝上蹦蹦跳跳，嘰嘰喳喳地叫個不停。我那時剛到中東駐站半年，此前從未去過伊朗，因此對這個外人一直覺得神秘的國家心馳神往。所以，醒來之後，趕緊穿好衣服，迫不及待地想到外面走走。

我走出門的時候，睡眼惺忪的前臺女服務生戴著頭巾，在桌子後面的一排椅子上打盹。賓館院子裡的樹上還掛著雪，那幾隻喜鵲在樹枝上跳來跳去，把樹枝上的雪都抖落了下來。樹下的淺粉色玫瑰沒來得及落花，就趕上了這場大雪，粉色的玫瑰花瓣上鋪著薄薄一層積雪，像極了冰肌玉骨的美人，在清冷的早晨瑟瑟發抖，我見猶憐。李查昨晚說我運氣很好，白天下了一天的雪，第二天肯定是個大晴天。

果不其然，我推開賓館小院的大門，天還沒全亮，藍色即將鋪滿天空，一股冷風撲面而來，空氣非常清新，這在冬季空氣污染嚴重的德黑蘭實屬難得。我裹緊衣領，推開院子的大門，走上了門前的街道。道路兩旁是高大的公寓，每棟公寓都是獨門獨院，清一色的大理石院門，門旁是燙金的門牌號碼。德黑蘭北部是富人區，這些公寓大多修建於一九七九年伊斯蘭革命（Iranian Revolution）之前的巴勒維王朝時期，當時伊朗和美國等西方國家關係極好，這些公寓看起來也和西方發達國家的沒什麼兩樣，如果不是路旁停的車牌是波斯文，說這裡是紐約或倫敦也並無不可。時間還太早，街上沒什麼行人，道路兩旁的松樹上喜鵲翹著尾巴，吵鬧個不停。

長長的小路走到盡頭，就走上了一條主幹道，天色明亮了一些。街上的人也多了起來。公路南低北高，最北部是一座高山，那就是著名的阿勒布爾茲山脈（Alborz）的一部分，上面覆蓋著皚皚白雪，在初升的太陽下泛著刺眼的光。馬路中間是兩條快速公車道，一輛綠色的公車停靠在站裡，不多的人群三三兩兩地上車。道路兩旁各種商店還沒有開門，拉著厚厚的捲簾門。街邊的下水道不是埋在地下，而是一條長長的水渠，從山上一直延伸到山腳下，遠處雪山上的融水沿著水渠快速流下，那渠水清澈透亮，捲走飄落的樹葉。如果不是後來某天夜裡我在一家飯店外的渠水溝邊發現了幾隻來回亂竄的巨大老鼠，我一定會一直以為德黑蘭的下水道是全世界最乾淨的下水道。

在這條大街上，德黑蘭立時顯出了她與周邊阿拉伯國家的巨大差異。阿拉伯半島上的國家，如沙烏地阿拉伯、阿拉伯聯合大公國等，都是熱帶沙漠氣候，即使是冬天，溫度依然較高，植被稀少，多數都是適應熱帶氣候的棗椰樹，敘利亞、黎巴嫩和約旦等阿拉伯國家離地中海不遠，空氣濕潤，有粗大樹冠的橄欖樹、棕櫚樹等較為常見。而德黑蘭，由於地處伊朗高原，雖然從杜拜飛過來不過兩個小時，但氣候已然從夏天進入冬天，植被也從熱帶換到了溫帶，道路兩旁是高大的楊樹和挺拔的松樹。再加上前一天下了雪，空氣清冷，有一種回到中國北方的感覺。

這條大街名叫瓦利－伊．阿斯爾(Valiasr Street)，得名於什葉派十二伊瑪目派尊奉的第十二任伊瑪目的頭銜，意為「時代的守護者」。瓦利－伊．阿斯爾大街南起德黑蘭南部的拉－阿罕廣場(Rah-Ahan Square)，北至塔基里什廣場(Tajrish Square)，全長十七．二公里，起點海拔一千一百一十

冬季的德黑蘭與布爾布爾茲山脈（Shutterstock 圖庫網提供）

初冬的瓦利一伊・阿斯爾大街北部，盡頭是皚皚白雪覆蓋的群山

七公尺，終點海拔一千六百一十五公尺，即一路海拔爬升了近五百公尺。原本被稱為巴勒維大街，一九七九年伊斯蘭革命後，先是改稱為穆沙迪克路，以紀念因主張將石油收歸國有而被美國人策動趕下臺的伊朗前首相穆罕默德．穆沙迪克（Mohammad Mosaddegh，一八八二～一九六七年），後來又改稱為現名。伊朗人都說那是中東最長的市內大街。

我沿著街邊的水渠往北走，只見路邊一處報刊亭已開張。那報刊亭和中國的略有不同，上面蓋著石棉瓦，瓦下是一層綠色的防雨罩，年輕的攤主戴著耳罩，穿著拖鞋，在亭外整理雜誌，花花綠綠的雜誌擺滿了報刊亭前的臺階，我走上前去，幾乎所有的雜誌都是波斯文，我看不懂，但從封面判斷，雜誌類型很多，有育兒的，封面是一個穿著連身毛絨衣服的可愛嬰兒；有美食的，封面上是一張巨大的漢堡照片；也有體育的，因為封面上有葡萄牙足球巨星C羅（Cristiano Ronaldo）正朝讀者微笑。只有一本，上面有英文，寫著SUPER SUDOKU，超級數獨，一個小型的聖誕老人頭像貼在「超級」一詞的右邊，旁邊是一棵聖誕樹。一些身穿西服的老年人來此駐足，購買一份當天的報紙。

從報刊亭往北走，我看到路邊街邊一個肉鋪，戴著白帽子的中年男人拿出一盆羊骨頭，倒在水渠旁的落葉上，幾隻烏鴉嘎嘎地從路旁高大的楊樹上飛下，大口地啄著骨頭上的肉，那店裡的夥計看到烏鴉越來越多，就又拿出一盆，倒在不遠處，引來更多的烏鴉。

我看了一眼手錶，自己已經出來快一個小時了，應該回去吃早飯了，我原路折返，回到賓館。就這樣，我開啟了自己在伊朗的生活。

漫步於德黑蘭

我喜歡散步，把它看作是瞭解駐在國民眾生活和風土人情的一種重要方式。不過，在中東地區的大街上自由自在行走，不是一

瓦利一伊・阿斯爾大街上的報刊亭

件容易的事。喀布爾和伊拉克首都巴格達，因為安全形勢嚴峻，作為外國人，減少非必要的出行是保證自身安全的必要措施，阿拉伯聯合大公國、沙烏地阿拉伯和卡達 (Qatar) 等波斯灣阿拉伯國家雖然沒有安全問題，但夏季漫長，潮濕酷熱，溫度可達五十度，也不適合在戶外走動。我記得當我結束在阿富汗長達九個月的出差，返回杜拜後，我的同事請我到杜拜國際城中餐館吃飯，我們到了所有大樓都長得一模一樣的國際城中國區時，一時忘了那家以乾煸炒麵征服無數杜拜華人的新疆餐廳究竟位於何處，我們就在某棟大樓前下了車，同事一看，說：「不對不對，那家餐廳是在前面」，說著就想鑽回車內。我一把拉住他，說：「我們就走路過去吧。」他看著我，覺得我要在四十多度的太陽下走上十五分鐘簡直是瘋了，而我卻樂在其中，因為我已經很久很久沒有在路上自由行走了。

所以，我到了德黑蘭後的第二天，就搬到了城市北部離記者站不遠的巴浩納爾街 (Bahonar Street) 的一家賓館，這樣一來，我每天都可以走路去上班。工作之餘，就可以開啟散步模式，以賓館為圓心，方圓七、八公里都是我走動的範圍。

巴浩納爾街相當繁華，賓館旁邊藥店、書店、雜貨鋪、貨幣兌換所、蔬菜水果店和飯店等應有盡有，非常方便。賓館隔壁就是一家書店，窗明几淨，巨大的玻璃窗裡擺放著著名小說《小王子》(*The Little Prance*) 中男主角小王子的經典卡通形象，他高約三十公分，站在鋪滿黃色花瓣的地上，身穿綠衣服，繫著一條紅色細腰帶，一頭黃色的頭髮，脖子上戴著一條黃圍巾，手裡拿著一枝紅玫瑰，偏著頭望著遠方，一隻潔白的小綿羊站在身旁，背景是黑色天幕中漫天的小星星。我每天下班回家，書店櫥窗裡的燈都照耀著向外凝望的小王子，他陪著心愛的小羊，像是在為我點亮回家的路。書店門口貼著一幅女人戴著頭巾的圖，上面用波斯文和英文寫道：「進店著裝應符合伊斯蘭規定」，主要意指女性必須戴頭巾，衣著不可過於暴露。我走進書店，裡面的圖書以波斯文為主，有少量英語書籍，除了平裝書，店裡還有以古法線裝，裡面有描金細密畫插圖的古代波斯大詩人哈菲茲和薩迪等人的詩集，這些書裝幀精美，價格昂貴，我原本打算買一本帶回國作為紀念品，但終因價格太高沒有入手，回國後常以此為憾。

過了書店繼續向東，有一家伊朗傳統藥材店，同中醫一樣，作為文明古國，伊朗也有自己的傳統醫學，使用各種草藥治病。我不太瞭解伊朗傳統醫學，但中、伊傳統醫藥之間一定有某些相似之處，因為這家店裡就擺放著外包裝上用中文寫的花旗參、高麗參禮盒，以及寫著朝鮮文的各

巴浩納爾街上一家書店櫥窗裡的「小王子」

種藥材盒。更讓人稱奇的是，店裡竟然還擺了兩瓶蛇泡酒，我替藥店老闆捏把冷汗，在這個全國禁酒的國家公開售賣蛇泡酒，不怕被宗教警察處罰嗎？和老闆混熟後，我向他透露我的擔心，他嗤之以鼻地說：「那些不識字的（宗教警察）根本就不知道這是什麼。」每次我進店閒逛，老闆都坐在椅子上，向我擠擠眼，暗示他這裡有能讓男人更加生猛的草藥，問我要不要試一試，我擺擺手就走出了店。

藥店再往東，有一家果汁店，每到秋冬，石榴汁就成了店裡當仁不讓的暢銷產品。伊朗出產的石榴，個大飽滿，籽小汁多，伊朗人用一個帶把手的小鍋型的簡易榨汁機，把一整顆石榴連皮放入下半個鍋中，使勁按壓比下半鍋小一圈的上半鍋，鮮紅的石榴汁就順著榨汁機的導流管流入瓶中，喝上一口，濃密的甜中透著一股石榴獨有的酸澀，讓人欲罷不能。伊朗的特產很多：波斯地毯、裏海魚子醬、藏紅花都是名鎮海內外的珍品，但它們全都價格不菲，讓普通人望而卻步。相比這些奢侈品，物美價廉的石榴可謂是伊朗最平民化的著名特產之一，據稱其種植史可追溯到波斯帝國，即阿契美尼德王朝時期。在有關阿契美尼德王朝偉大的君主大流士一世（Darius the Great，西元前五五二～前四八六年）眾多的浮雕作品中，就有他端坐在王座上，一手拿著權杖，另一隻手拿著石榴花的經典形象。伊朗人喜歡石榴，在慶祝雅爾達之夜（即冬至夜）時，石榴是餐桌上必擺的幾樣物品之一，紅彤彤的石榴象徵著告別一年中最漫長最黑暗的冬至夜後將迎來的第一個火紅的黎明和生命的絢爛。石榴也是伊朗繪畫作品和女用包上常見的圖案，各種石榴造型的工藝品在紀念品店隨處可見。德黑蘭每年還會在石榴上市時舉辦石榴節，慶祝這鮮紅飽滿的水果喜獲豐收。

巴浩納爾街東部的盡頭就是著名的尼亞瓦蘭宮（Niavaran Complex）。這座占地十一公頃的宮殿群始建於卡札爾王朝（Qajar dynasty，一七八九～一九二五年）時期。德黑蘭作為一座年輕的首

伊朗波斯波利斯遺址浮雕，端坐在王座上的波斯國王，手持石榴花

都，不像中部伊斯法罕或北方的大不里士(Tabriz)那樣有悠久的歷史和遺跡，它的歷史建築大多是伊朗最後兩個王朝——卡札爾王朝和巴勒維王朝時期留下的。尼亞瓦蘭宮殿群原本是一座花園，卡札爾王朝和巴勒維王朝的君主先後在此修建了亭和宮殿。因修建的年代較晚，且當時波斯國王修建的皇宮大多仿照歐式建築風格，該宮殿建築群內部的建築看起來普遍較新，內部陳設也基本不見波斯特色。尼亞瓦蘭宮內唯一給我留下深刻印象的，是伊朗末代皇后法拉・巴勒維(Farah Pahlavi，一九三八年～）的私人圖書館，上下兩層連同地下室共藏書二萬三千

尼亞瓦蘭宮（Shutterstock 圖庫網提供）

卷，其中包含一本一六〇九年出版於巴黎的關於猶太人歷史的書。

我們記者站在尼亞瓦蘭宮以東。德黑蘭的冬天，天黑得很早，我下班後，沿著尼亞瓦蘭宮高大的黃色城牆牆根慢慢前行，暮色籠罩著德黑蘭北部的阿勒布爾茲山脈，山頂的積雪在黑暗中幽藍深邃，山腳下萬家燈火閃亮。宮牆外小花園灌木叢中的小鳥在樹枝間蹦來蹦去，鞋子踩在牆外的落葉上，傳來窸窸窣窣的聲音，一九七九年一月十六日直升機從這座皇宮起飛時巨大聲音的迴響彷彿從地底傳來，響徹心扉。

一九六三年，穆罕默德．李查．巴勒維成為伊朗國王，這一頭銜在波斯語稱為「沙（Shah）」，他上臺後，為使國家儘快步入現代化軌道，推行了一系列被稱為「白色革命」的重大改革，包括土地改革、政教分離、男女平等、社會開放等，這些改革措施如狂風暴雨般傾瀉而下，未能顧及到伊朗的社會現實與深受什葉派影響的民眾的心理承受力，與此同時，國王的獨斷專行日盛一日，秘密警察遍布全國，高層腐敗日益嚴重，引起了影響力極其強大的宗教界、經濟上占有舉足輕重地位的巴剎商人和左派進步人士等社會各階層的不滿。一九七八年一月，反對巴勒維統治的抗議示威遊行在德黑蘭爆發，隨即席捲全國，一年之中，伊朗全國各地的遊行示威愈演愈烈，一發不可收拾，至一九七九年，局面已經完全失控。一月十六日，四面楚歌的巴勒維國王與其王后法拉．巴勒維乘坐直升機離開尼亞瓦蘭宮抵達德黑蘭梅赫拉巴德機場 (Mehrabad International Airport)，從那裡飛離伊朗。開啟了顛沛流離的流亡生涯，再也未能回到他的祖國。

食在伊朗

我回到住宿的賓館時，已是華燈初上的夜晚。德黑蘭的夜是喧鬧的，街上的車輛川流不息，喇叭聲此起彼伏；德黑蘭的夜也是沉悶的，在這個以宗教治國的國家，娛樂乏善可陳，我問禮薩：「你們晚上都怎麼打發時間？」他說：「吃飯、看電視、睡覺，僅此而已。」這當然不是實情，德黑蘭可供娛樂消遣的地方雖然不像別的地方那麼多，但絕不至於晚上只能吃飯睡覺。後來待得久了才知道，在伊朗，你和那些所謂的違禁品，比如酒精、妓女、甚至大麻的距離，不過是一個私底下的電話號碼。只要有門路，一個電話，什麼都能送貨上門。

酒精、妓女和大麻，這些都是我不能也不願意碰的。所以，一到晚上，除了在網上追劇，只能百無聊賴地坐在賓館的窗前發呆。賓館樓下的街上，太陽一落山，就會有人擺設起一個小攤。

小攤很簡單，就是張開一張桌子，上面放兩個不鏽鋼大盆，旁邊置放三三兩兩的調味瓶。桌子底下有一個煤氣罐，一位看上去只有二十幾歲的年輕小夥子，穿著紅色大學T，外面罩著羽絨背心，在小攤前忙個不停。一股股熱氣從他面前的大盆中裊裊升起，夜色濃重，雖然攤位前架了一盞燈，我依然看不清他賣的是什麼。有一天，我實在忍不住好奇，想知道他賣的到底是什麼，就下樓來到攤位前，只見兩個大盆中，一個裝著煮好的蠶豆，疊成一堆，高高的像一座小山，上面撒著各種顏色的調味料。另一盆是暗紅的甜菜，一顆顆圓圓的甜菜根一個疊一個串在木籤上，紅色的汁水將盆邊都染成了血色。那是我第一次見到甜菜，跟攤主小弟買了一個，他俐落地從籤子上取下一個，放到一個小塑膠盒裡，再拿一把小刀，把圓圓的甜菜頭切成八小塊。最後遞了個牙籤過來，我叉了一塊送入口中，溫吞吞的，有點芋頭的口感，但沒什麼味道，吃了幾口，還是沒有什麼味道，實在想不出這個菜何以出現在德黑蘭大街小巷的小吃攤上。那小夥兒跟我說了一句波斯語，我猜大概是問味道怎麼樣，我連連點頭，說滿好的。我看小攤前一時無人，就跟他閒聊，這位名叫阿里的小夥子二十二歲，來自伊朗北部贊詹省(Zanjan)農村，高中畢業後來到首都德黑蘭做了一名「德漂」，打過各種零工。現在，他白天在一家停車場給人看大門，晚上下班後就出來擺這個小

在「拉文什」(lavash，一種薄餅）店裡工作的年輕人

加茲溫 (Qazvin) 一家餐館，提供伊朗傳統羊雜湯

吃攤。我問他生意如何，他抱怨說這幾天天氣太冷，人們下班後都想趕緊回家，很少有人願意在他的攤位前停留。如果天氣稍微暖和一些，顧客就會多一些。我拿著剩下的幾塊甜菜，覺得實在難以忍受這沒有味道的食物，跟他道了別後就回賓館了。

我們同事在中東各國出差，很多人都覺得，伊朗雖是文明古國，但卻是個美食荒漠。烤雞、羊肉串、手抓飯、大餅是最常見的菜品，但那烤雞烤得柴燥無味，手抓飯除了藏紅花調色外，並不像阿富汗那樣每顆米粒都被羊油浸潤，入口留香，而是又乾又硬、生澀難嚥。千年的歷史居然沒有孕育出精妙的烹飪方式與別緻的美食佳饌，實在讓人覺得有點可惜。但巴浩納爾街幾家餐廳的廚藝，大大扭轉了我心中認定伊朗是美食荒漠的偏見。

離尼亞瓦蘭宮不遠，伊朗外交部招待所旁邊，有一家名叫邁斯圖蘭(Mestooran)的餐廳，我每天上班都會經過，因為餐廳院子的大門與周圍土黃色的建築已然融為一體，毫無辨識度，我起初並沒有留意到。某天中午，不知怎麼突然注意到這家飯店，就走進開著大門的院子裡。院中放著一個銅盆，裡面盛滿清水，幾朵粉白色和黃色的菊花漂浮在水上，散發出淡淡的香氣。兩位身穿黑色西裝背心的男服務生站在門口，將我引入飯店內部。

一進門，裡面古香古色，實木桌椅，銅罩吊燈，窗戶用的是伊朗流行的彩色玻璃，中午的陽光從窗外射進來，將屋內照射地五彩斑斕，一派卡札爾王朝風格。坐定後，戴著紫色頭巾的女服務生遞上菜單，我點了一道戰斧牛排和一份沙拉。上菜前，服務生拿來一個精緻的黃銅盆和一個銅壺，那是給顧客洗手用的。水從壺中流出，被窗戶射進來的陽光照射得流光溢彩。隨著水流出來的，還有一股清新淡雅的香氣，那香味悠然而來，帶著阿勒布爾茲山間獨有的清爽，讓人心情舒緩。我向服務生詢問水中加了什麼，她輕聲說是一種伊朗產的香水，我請她把這種香水名字寫下來，打算之後自己到市場去買。她拿過紙筆，用英語和波斯文寫下幾個字：“Bahar Naranj”，酸橙花。我把這紙片小心翼翼地塞入書包中，生怕它丟了。後來，我拿著紙片到德黑蘭巴剎中，還真找到了很多款這種香料，但聞起來都不是記憶裡那家飯店的味道。

菜上來了，牛排盛在一個長方形的鐵盤之中，配菜是烤熟的櫛瓜、口蘑、小番茄、花椰菜、玉米和甜菜，上面點綴著薄荷葉。牛排鮮嫩多汁，切一塊送入嘴中滿口留香。但真正讓我驚豔的卻是那道沙拉，配料極其豐富，有黃瓜、西芹、薄荷、小番茄以及葡萄乾、核桃仁和花生仁，點睛之筆是飯店獨有的沙拉醬，色澤明亮，橙黃的醬汁中點綴著綠色的碎菜葉，與各種蔬菜搭配同

邁斯圖蘭餐廳一角，正午的陽光透過彩色玻璃灑進房間，營造出一股浪漫的氣息

時入口，酸甜可口，清爽怡人，既保留了各色蔬菜和乾果的原味，又豐富了味蕾的層次，讓人難以忘懷。

如果說邁斯圖蘭代表了優雅、高級，那麼另一家叫做閃姆倫（Shemroon）的餐廳則是方便、實惠的代名詞。在德黑蘭，首次來到伊朗的外國人，一般都會去城市中部薩巴大道上一家叫做珊迪茲·馬沙德（Shandiz Mashad）的飯店吃一頓沙什利克（shashlik），即烤羊排。但對於我這種來出差的人來說，珊迪茲飯店價格高昂，裝飾華美，而且距離我住的地方非常遙遠，有點像高貴冷豔的貴婦人雖美，卻總是珠光寶氣，拒人於千里之外。巴浩納爾街上的閃姆倫餐廳完美地解決了這個問題，此家餐廳烹製的烤羊排，口味絕不輸珊迪茲，走的卻是親民的速食店路線，讓人覺得十分親切。巴浩納爾街上有兩家閃姆倫餐廳，一家是速食，另一家是外賣店。後者離我更近，而且它外面也擺放著幾張桌椅可供使用，所以大多數時候，我都來此解決晚飯問題，點一份烤羊排、一罐可樂，雖然是冬天，但餐桌旁都放著兩公尺高的燃氣取暖爐，烤得周圍暖烘烘的，一點也不覺得冷。我喜歡坐在這裡，看對面街道上人來人往，反正在這個陌生的城市裡，我誰都不認識，漫漫長夜也沒有什麼消遣。馬路對面有塊廣告看板，看板上是黑色背景下燭光照亮的一男一女，男的戴著老

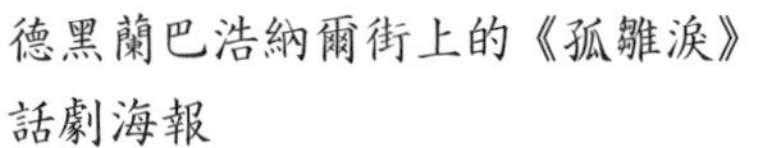
德黑蘭巴浩納爾街上的《孤雛淚》話劇海報

伊朗烤羊排

式歐洲禮帽，脖子上繫著紅圍巾，女的戴著頭巾，怒目圓睜。下面幾行波斯文中有一句英語："Oliver Twist"，奧利弗．崔斯特，我這才意識到，這是一幅話劇《孤雛淚》的海報。只不過，狄更斯（Charles Dickens，一八一二～一八七〇年）筆下十九世紀的英國人奧利弗．崔斯特變成了波斯人的面孔，女性人物南茜也戴上了白色的伊斯蘭頭巾。

在外界，尤其是西方媒體眼中，伊朗及其首都德黑蘭總是籠罩在一片神秘之中，德黑蘭的形象似乎總是與宗教、革命、神秘、保守等語詞有關，很少有人會用文藝來描述這座城市，但德黑蘭毫無疑問是一座文藝之

伊朗國家博物館（Shutterstock 圖庫網提供）

德黑蘭當代藝術博物館

城。人行道旁的牆上、公車站牌上隨處可見各種新上映的話劇、電影海報。城內遍布大大小小各式各樣的博物館：伊朗國家博物館 (National Museum of Iran) 裡濃縮著這個古老國家數千年的歷史；德黑蘭當代藝術博物館 (Tehran Museum of Contemporary Art) 中的展品和西方的也沒什麼兩樣，都抽象得讓普通人難以理解；伊朗地毯博物館 (Carpet Museum of Iran) 中展出從十六世紀薩法維王朝時期一直到當代工藝最精湛的波斯地毯；菲爾多西花園 (Ferdows Garden) 中的電影博物館 (Cinema Museum of Iran) 裡收藏著歷代伊朗電影人的代表作，記錄了伊朗電影的發展史；薩阿德阿巴德王宮建築群 (The Saadabad Palace Complex) 內的貝赫札德博物館 (Master Behzad Museum) 中陳列著這位伊朗細密畫大師精美絕倫的細密畫；瓦赫達特音樂廳 (Vahdat Hall) 常年上演音樂會和各種話劇……這些場所我都參觀過，當

人們在伊朗地毯博物館內參觀

然，這些佳品的欣賞，需要對伊朗歷史、語言和文化有一定的功底，於我這樣來此短期出差的門外漢而言，只能是浮光掠影，蜻蜓點水般一閃而過。

巴浩納爾街西部的盡頭是塔基里什，德黑蘭北部著名的商業中心和交通樞紐，八條街道從塔基里什廣場向四面八方延伸，向西北可抵達龐大的薩阿德阿巴德王宮建築群，那是始建於卡札爾王朝時期的皇宮；向北，可到達阿勒布爾茲山脈的山腳；東西向連通的是我住的巴浩納爾街和德黑蘭最主要的商業大街之一——瓦利－伊．阿斯爾大街。塔基里什也是德黑蘭地鐵一號線的起點，從這裡坐地鐵可以很輕鬆地到達市內多個地點。德黑蘭實在是太大了，我散步的範圍不可能遍及全城，因此，從塔基里什坐地鐵前往市中心，再以某個地鐵站為圓心閒逛，不失為一個合理的選擇。

地鐵、烈士和兩伊戰爭

在中東，有地鐵的城市不多，德黑蘭的公共交通系統比較健全，地鐵、快速公車、普通公車、計程車等種類齊全，但城市主幹道依然擁擠，經常塞車。德黑蘭地鐵單程票價是八千里亞爾，二

德黑蘭塔基里什地鐵站口賣藝的年輕人

一名身穿黑袍的伊朗婦女在德黑蘭的地鐵站行走

〇一六年十二月約合新臺幣六．七五元，單一票價不分區段，估計是全世界最便宜的地鐵了。我走到塔基里什地鐵站入口，沿著長長的扶梯下行，到售票處買一張單程票，那車票只是一張掌心大小四四方方的薄紙片，上面印著二維條碼，進站時在閘機上掃描二維條碼即可。地鐵站內的標牌都是波斯語和英語，但報站名時卻只用波斯語，因此每次坐地鐵，我都要拿出事先下載好的地鐵路線圖，聽著波斯語報站中的站名關鍵字，以保證自己沒有下錯站。德黑蘭地鐵分男女車廂，女性車廂是女士專屬，普通車廂則男女都可以坐。車內有很多小販，手裡拿著小筐，向乘客兜售手電筒、充電器等小東西。

德黑蘭的地鐵一大特色就是很多車站是以烈士的名字命名。在伊朗，烈士被稱為"Shahid"，（沙希德），一號線中就有沙希德薩德爾(Shahid Sadr)、沙希德哈加尼(Shahid Haghani)、沙希德赫馬特(Shahid Hemmat)、沙希德貝赫什提(Shahid Beheshti)、沙希德莫法代赫(Shahid Mofatteh)等站名。在伊朗，人們十分尊崇烈士，除了地鐵站名外，在城市和鄉村人家的門口、外牆上，到處都能看到精心裝裱起來的烈士照片，表明這是烈士之家。如果一家出了烈士，會被認為是一件非常光榮的事。

這些烈士大多犧牲在兩伊戰爭期間。一九八〇年九月二十二日，伊朗和伊拉克爆發了大規模戰爭。在那場打了八年的戰爭中，雙方都用自己的方式鼓舞士氣、凝聚人心。時任伊拉克總統的薩達姆·海珊宣稱那是一場阿拉伯人和波斯人兩大民族之間的戰爭，為此他將兩伊戰爭稱為「卡迪希亞之戰」(Battle of al-Qadisiyah)，即西元六三六年阿拉伯人戰勝波斯薩珊王朝的關鍵戰役，正是這場戰役的勝利為日後阿拉伯穆斯林征服波斯奠定了基礎，海珊企圖以這個古老的典故凝聚民心，喚起其他阿拉伯國家對伊拉克的支持。為紀念兩伊戰爭，海珊還下令鑄造「卡迪希亞之劍」(Hands of Victory or the Crossed Swords)。

如今，「卡迪希亞之劍」仍飛架在巴格達

德黑蘭一棟房子外面掛著烈士照片

綠區上空，它由兩隻巨手和手中握著的長劍組成，兩隻巨手和手臂仿照海珊的手臂和手掌，用青銅鑄造而成，所用材料部分來自於兩伊戰爭中伊拉克軍隊的坦克和槍械。兩把長劍呈一定弧度，交叉於空中，氣勢恢宏。兩隻手臂下方是花瓣的形狀，使巨大的手臂看起來就像是極有力地破土而出，把土崩地向四方「開花」。每隻手臂下方擺放著二千五百個綠色的頭盔，據稱全是當年伊拉克軍隊從伊朗陣亡士兵身上繳獲的戰利品。

作為對伊拉克的回應，上臺僅一年的伊朗神學政權將兩伊戰爭宗教化，稱其為「神聖抵抗戰爭」，伊朗最高領袖何梅尼（Ruhollah

卡迪希亞之劍（Shutterstock 圖庫網提供）

Khomeini，一九〇二～一九八九年）號召伊朗什葉派穆斯林為保衛新生的伊斯蘭政權而戰，為他們的宗教信仰而戰，戰死的人都被官方表彰為是捍衛自己的宗教信仰而犧牲，是殉教的「沙希德」。

從沙希德哈加尼地鐵站出來，就看到豎著兩座粗壯喚拜樓的胡拉姆沙赫爾清真寺（Jameh Mosque of Khorramshahr），這座清真寺以兩伊戰爭前期一場慘烈的戰役命名。一九八〇年九月二十二日，伊拉克發動對伊朗的襲擊，兩伊戰爭由此拉開序幕。伊朗邊境城市胡拉姆沙赫爾（Khorramshahr）在開戰當天就成為伊拉克軍隊進攻的重點城市之一，雙方在此爆發了激烈的攻

胡拉姆沙赫爾清真寺（Shutterstock 圖庫網提供）

守戰，到十月二十四日，伊拉克軍隊最終占領了該市。胡拉姆沙赫爾成為一片焦土，雙方損失慘重，各有七千多人死於這場持續了一個多月的戰鬥，伊朗人因此將胡拉姆沙赫爾稱為「血城」。儘管最終該城落入伊拉克手中，但伊朗的頑強抵抗拖住了伊拉克軍隊前進的速度。

走過胡拉姆沙赫爾清真寺，遠遠就看到四輛鐵片做的坦克模型和導彈模型，那裡就是為紀念伊斯蘭革命和兩伊戰爭而修建的伊朗伊斯蘭革命與神聖抵抗國家博物館(The National Museum of the Islamic Revolution and Holy Defense)。我買了一張票，經過安檢，走進了這座二〇一〇年才剛設立的博物館。最先映入眼簾的就是一樓空曠的大廳，中間是用不鏽鋼製作的形狀各異的細長三角體，像削尖的子彈，更像一把把鋥亮的尖刀，反射著逼人的寒光，直刺向天空。尖刀頭的對面是三枚同樣用光滑不鏽鋼製作的三枚導彈模型，頭尾相接擺成一字型。再往裡走，另一間展廳中間豎立許多一人高的螢幕，上面投放著身穿各色傳統服裝的伊朗各族民眾的3D立體影像，展廳牆上是一面巨大的螢幕，一面伊朗國旗飄在螢幕右邊，一雙雙穿著各種褲子和皮鞋的腿從國旗中走來，走著走著，一道金光自鞋底向褲子閃過，腳上的鞋變成軍靴，褲子變成黃色的軍服，喻意著伊朗各族民眾積極參軍報效國家。穿過幾扇拱門搭建的迴廊，遠遠地就看到下一個展廳天花板上掛著的成百上千的照片，照片上的人有老有少，有戴頭盔的軍人，也有戴帽子的平民，每張照片上都繫著一隻白紙折成的蝴蝶。3D立體影像投射出粉紅色花瓣，像雪花一樣紛紛落在這些照片之上，表達了人們對戰爭中逝去的人的哀思。幾十支武器模型橫空吊在半空中，雖然都懸在空中，卻像一支支離弦的箭，穿透空氣，射向前方。連接一樓和二樓展廳是一個長長的走廊，走廊的牆壁上是一排排圓形的地雷，另一面牆上則是一整牆德黑蘭街道的藍色路牌，那都是遭到伊拉克空軍轟炸過的地方。

二樓的展廳復原了當年的場景，在一片漆黑的環境中，地上放著幾顆「地雷」，一踩上去，砰的一聲，爆炸聲響徹整個展廳，同時傳來機槍掃射的嗒嗒聲，與我在敘利亞帕邁拉戰場（Palmyra offensive，二〇一六年）上聽到的一樣。闖過「雷區」，前方有一間「教室」，房間幽暗，燈光打在前幾排的桌椅上，那桌椅早已歪歪斜斜，天花板被炸開了一個洞，前方的黑板被炸開，裡面是一幅3D立體影像畫，畫中拿著槍的伊朗軍人攻占了一處戰壕，俘虜了裡面雙手上舉做投降狀的伊拉克軍人。二樓展廳間的連接處，空中飄懸著兩伊戰爭期間世界各國的報紙和雜誌，有《紐約時報》(*The New York Times*)《經濟學人》、(*The Economist*)、法國《世界報》(*Le Monde*)、《費加洛報》(*Le Figaro*)和中東各國的報紙，上面的內容都是伊朗在某場戰役中獲勝或這場戰爭是海珊強加給伊朗

伊朗伊斯蘭革命與神聖抵抗國家博物館

伊朗伊斯蘭革命與神聖抵抗國家博物館

的相關報導。

從兩伊戰爭博物館出來，德黑蘭冬天的霧霾散去了大半，太陽即將下山。我沿著博物館後面的一條小路走到了一處小山上，山上植被密集，松風陣陣，這裡就是德黑蘭有名的塔萊加尼公園(Taleghani Park)，公園的山頂上有一支高高的旗桿，上面飄揚著一幅巨大的伊朗國旗，國旗在吹過松林的風中獵獵作響，公園下方是連接德黑蘭南北的莫達亞斯高速公路，塔比亞特橋像一條翻滾巨龍，橫跨在高速公路之上。站在橋上，德黑蘭北部富人區盡收眼底，高樓大廈一直修到了阿勒布爾茲山的山腳下。阿勒布爾茲山像一個老人，山頂的積雪是她的白髮。千百年來，她見證了發生在這片土地上所有的故事，王朝猶如歷史長河裡的流星，興衰更替，此起彼伏：她見證了古希臘的亞歷山大大帝經此地東進，卻再也沒有返回故土；她見證了蒙古人旭烈兀率大軍西征，並在這片土地上建立了伊兒汗國；她見證了英國和俄國兩大帝國在波斯的大博弈，以及夾在其中的卡札爾王朝的興起與覆滅；她見證了伊朗末代國王穆罕默德．禮薩．巴勒維的出走與何梅尼的歸來。

天色已晚，德黑蘭北部的公寓樓已是萬家燈火。我下了橋，搭乘地鐵，走向那遙遠的阿勒布爾茲山。

與美國的愛恨情仇

公園旁的老者

我二〇一四年第一次去伊朗的時候，某天早上，在散步時經過一座公園，公園門口是一些雕塑，雕的是幾何形狀的拼接，正當我欣賞這些雕塑時，突然聽到有人用英語說了句：「你好。」

我轉過頭，看到兩位老者，一位頭戴老式毛呢鴨舌帽，脖子上繫著一條灰色的喀什米爾羊毛圍巾，穿著灰色的風衣。他大約八十歲，拄著拐杖，顫顫巍巍的。另一位看上去六十歲左右，穿著墨綠色的西服，腳上蹬著一雙擦得閃亮的黑皮鞋。開口說話的是那位八十多歲的老者。

「你好。」我趕緊回答道。

「你來自那裡？日本還是中國？」

「我來自中國。」我回答道。

「中國，一個歷史悠久的國度。」那老者慢悠悠地說道。

「是的，就和伊朗一樣。」我說。

老人掏出風衣胸前口袋裡的懷錶，低下頭，摘下眼鏡，把眼睛貼近到懷錶前，仔細看了看時間。再把懷錶放回口袋裡，接著問道：「你是做什麼的？」

「我是一名記者，常駐杜拜，此次是來伊朗出差。」

「記者，」老人點點頭，若有所思，一頓一頓地說道：「我們國家理應在國際事務中發揮更大的作用，現在的國際秩序由美國主導，但那個國家才二百多年歷史，太年輕了。」

我心中暗暗吃驚，原本以為老者只是想簡單地和我這個外國人寒暄幾句，沒想到一位八十多歲的伊朗老人，竟能用流利的英語表達這些見解。後來我才知道，在伊朗，老年人的英語說得普遍比年輕人好很多，因為老年人小時候正逢巴勒維王朝時期，那時伊朗與美國和西方關係密切，英語學習受到上自國家下自家庭的普遍重視。而革命後伊朗與西方關係惡化，英語教育不再受到高度重視，年輕人英語普遍較差。在德黑蘭搭車，一般年紀大的司機都能說一口比較流利的英語，而年輕的則不行。

「是的，你說的沒錯。」我接過老人的話。

「治理國家、處理國際事務都需要經驗，美國就像一個小孩，什麼都不懂。」老人這時把剛才摘下來拿在手上的老花眼鏡重新戴上：「你看現在的中東，敘利亞爆發內戰、葉門（Yemen）也在打仗，伊斯蘭國崛起，美國還堅持制裁伊朗，到處不得安寧，這都是美國缺乏經驗和智慧造成的。」

老人思維敏捷，氣質、談吐不俗，讓人肅然起敬。

「所以我們要加快發展，壯大自己的實力。」我說道。

老人點頭，看了看表。攙扶他的人轉頭，和他說了幾句波斯語。

「我該走了，出來了半個多小時，該回家歇一歇了。」

「嗯，我很高興與您聊天。」我說。

「歡迎你到伊朗來。」說完，老人轉過身往回走，攙扶他的人，我想也許是他兒子吧，對著我點點頭，跟著老人一起向北走去。

反美的骷髏女神

從塔基里什地鐵站出來，穿過人潮洶湧的塔基里什巴剎，向左一拐，就看到一座宏偉的建築，綠松石藍的穹頂和兩座高聳的宣禮塔莊嚴肅穆。入口處有一位中年女性，拿著一疊白布站在大門口，發給每一個進院的女性。接過白布的女人立即將這白色長袍裹在身上。在伊朗，女性著裝的要求是必須戴頭巾，上衣下擺最好蓋住臀部，其他無要求。一些中老年女性會穿黑色長袍，那長袍與沙烏地阿拉伯等波斯灣阿拉伯國家的有所不同，阿拉伯國家的長袍阿巴亞 (Abaya) 是一件寬鬆的衣服，是穿在身上的，頭上再戴一塊頭巾，而伊朗的女性長袍則是一塊大布，披在已有外套的外面，女人走路時用手從內部捏住下巴部位的布邊，防止長袍滑落。伊朗大街上女性穿的長袍基本都是黑色。因此，當我見到進入建築物大院的女性都被要求披上白色長袍時，覺得此建築一定不尋常，就邁開腳步，隨著魚貫而入的男女老少進去一探究竟。

我原本以為這是一座清真寺，因為它和伊朗別的清真寺看起來沒什麼兩樣，但門口的工作人員一看我是外國人，熱情地說了一句：「歡迎來到伊瑪目札代赫．薩利赫 (Imamzadeh Saleh) 紀念堂」，我才意識到這不是一座清真寺。所謂「伊瑪目札代赫」指的是什葉派伊瑪目的子孫後代。下了臺階，只見紀念堂長方形的正門上方是精美的伊斯蘭書法，繁複的綠松石藍波斯花紋完整對稱地分散在大門兩側，半圓形的拱頂位於正門中央，上掛一盞巨大的水晶吊燈。正門掛著藍色門簾，裹著白色長袍的女人和穿著西裝的男人在門口低聲交談，不一會兒，門簾打開，遠遠地就看到室內黑暗之中有一道道綠色的光，那是什葉派穆斯林悼念已故聖人的專用燈色。男女老少從裡面湧出，在門口處尋找自己的鞋。外面的女人用手理了理長袍，男人開始低下身體，

伊瑪目札代赫・薩利赫紀念堂

準備解開鞋帶。剛才還有說有笑的男男女女表情嚴肅起來，準備進門參觀這位什葉派第七伊瑪目穆薩．伊本．賈法爾．阿勒－卡齊姆（Musa Al-Kazim，七四五～七九九年）的兒子薩利赫的棺槨與遺物。我沒有進入大殿，在庭院中走了走，就打算離開。剛要邁出大門時，突然發現門口掛著一塊電子螢幕，上面赫然用英語寫著："Down with USA"（打倒美國），過了一會兒，螢幕上的文字又滾動成："Down with Israel"（打倒以色列）。我站在那裡，想看看還有什麼其他內容，發現顯示幕上始終是這兩句，反覆循環。

我想起了前兩天在德黑蘭某地鐵站出口處看到的幾幅宣傳畫，一幅背景是黃色，上面畫著一面美國國旗，國旗上是六個手拉手、穿著裙子的女性形象，只不過這六個女性像剪紙一樣，身體被剪下來，倒立在國旗下方，國旗上留下了鏤空的六個人形輪廓。畫下方用波斯語和英語寫著"US Women Right"（美國女性權利），顯然是在諷刺美國女性只是名義上的美國公民，實際上她們仍處在美國社會的底層。另一幅畫是黑色背景，畫面正中是一隻嘴裡銜著橄欖枝的白鴿，腿被一根鐵絲纏住，倒掛在空中，那鐵絲網上掛著一面小小的美國國旗。畫面右下角用波斯文和英文寫著"USA Human Rights"（美國人權）。這幅畫旨在揭露美國人權狀況堪憂，阻礙了世界和平。伊朗

德黑蘭街頭印有「打倒美國」字樣的磚牆

德黑蘭地鐵站內譴責美國人權與女權的宣傳畫

全國這種反美的宣傳隨處可見，最著名的當屬那幅畫在原美國駐伊朗大使館牆外的骷髏畫，將位於美國紐約的「自由女神」像的臉部畫成了一具骷髏頭，現已成為到訪德黑蘭的外國遊客必到的旅遊打卡地之一。

我第三次去伊朗的時候是二〇一七年十二月，正好趕上了美國川普政府宣布將美國駐以色列大使館由特拉維夫（Tel Aviv）遷到耶路撒冷。消息傳來，伊朗從官方到民間反應強烈。最高領袖⑲哈梅內伊（Ali Khamenei，一九三九年～）在德黑蘭發表談話，表示美國將駐以色列使館從特拉維夫遷移到穆斯林的聖地耶路撒冷，顯示美國和以色列的軟弱與無能，以及在巴勒斯坦問題上的失道寡助。哈梅內伊指責美國和以色列試圖在中東地區挑起戰爭，他坐在一把椅子上，對著身前的麥克風說道：「在巴勒斯坦問題上，敵人肯定不會得償所願，巴勒斯坦一定會被解放。」

伊朗總統魯哈尼（Hassan Rouhani，一九四八年～）在出席慶祝伊斯蘭教先知穆罕默德誕辰紀念日時也表示，伊朗從來都不同意對地區邊界的更改，穆斯林世界需要團結起來共同抵制美國和以色列的陰謀。魯哈尼說，聖城（耶路撒冷）屬於伊斯蘭、穆斯林和巴勒斯坦。人民的意願、信念和

---

⑲ 伊朗最高政治領導人與宗教權威，位在行政、司法與立法三權之上，同時也是武裝力量統帥。

美國駐伊朗大使館舊址外牆上著名的骷髏女神像壁畫

感情毋庸置疑，美國遷移使館是其在中東地區新一輪的冒險舉動，傲慢無禮。當天，魯哈尼還與土耳其總統埃爾多安通電話，兩國元首都強烈反對美國決定承認耶路撒冷為以色列首都並將美國使館遷至該地的做法。

遷館消息傳來的第三天剛好是十二月八日，週五。按照伊斯蘭教的規定，週五是穆斯林的主麻日，即聚禮日，這天中午穆斯林要到清真寺做禮拜。在伊朗，週五聚禮日的領拜人除了主持禮拜儀式外，也會宣講國家大政方針等，因此，大型清真寺的聚禮日領拜人在伊朗具有極重要的影響力。每逢重大事件，在週五中午聚禮後，伊朗民眾通常會走上街頭遊行、示威抗議。果不其然，十二月八日下午，大批參加完聚禮的伊朗民眾走上街頭，抗議美國承認耶路撒冷為以色列首都並將美國駐以色列大使館遷往耶路撒冷的決定。得知這一消息後，記者站攝影師阿里、翻譯胡笙一起坐上禮薩的車，前往現場。

趕到伊朗著名學府德黑蘭大學前的時候，遊行已經開始，現場大概有一千人，全是中老年男性。他們舉著耶路撒冷阿克薩清真寺（Al-Aqsa Mosque）的圖片、巴勒斯坦國旗和「打倒美國」「打倒以色列」等標語，人群中有一輛墨綠色皮卡車，上面載著兩個大音響，皮卡車後斗裡坐著幾個中年人，拿著麥克風，有節奏地高喊，音響將這聲若洪鐘的口號放大到人群中，他們每喊一句，人群就跟著喊一句，每個人一手舉起手中的標語，另一隻手握著拳頭，向上揮舞。胡笙跟我說，他們喊的是「聖城（耶路撒冷）屬於穆斯林」、「打倒美國」、「打倒以色列」等口號。這些一九七九年走上街頭參加伊斯蘭革命的男人走的還是當年的路，只是那時他們都是年輕氣盛的小夥子，如今鬍子已經花白、皺紋爬上了額頭、頭頂也髮量稀疏。遊行隊伍接近馬路終點的時候，人群把一面面用A4紙列印的以色列國旗投入火中。

回到辦公室的胡笙跟我說起了他們當天在現場採訪的經歷，一位名叫拉赫曼的四十五歲左右的男子主動上前，對著鏡頭說：「我們參加完周五聚禮後，來此遊行示威，譴責川普（Donald Trump，一九四六年～）的決定，他的行為只會加速以色列的潰敗。」另一位頭髮灰白的男子擠出人群，情緒激動地對著麥克風說：「川普的決定在外交上站不住腳，是對整個伊斯蘭世界的挑釁，因為耶路撒冷地位非常敏感，美國作為非中東國家根本沒有資格單方面決定耶路撒冷的歸屬。川普傲慢無禮，敵視伊朗、敵視巴勒斯坦，就是敵視整個伊斯蘭世界，他絕不會有好下場！」當天除了德黑蘭，包括第二大城市馬什哈德在內的多個伊朗城市也爆發了反對美國和以色列的示威遊行。

三天以後，德黑蘭再次爆發了群眾遊行集會，這一次規模更大，組織也更為充分。參加的既有中老年男人，也有很多年輕人，有戴著白頭巾的宗教人士，也有全身裹著寬大黑袍的女性。人們手裡拿的也不再是簡單用A4紙列印的標語和圖片，而是布料做成的正規巴勒斯坦國旗和伊朗伊斯蘭革命衛隊下屬民兵組織「巴斯基」的旗幟。焚燒的旗幟也不再是A4紙列印的以色列國旗，而是兩幅巨大的美國國旗和以色列國旗。一位戴著黑頭巾的宗教人士拿著麥克風，在一個臨時搭建的講臺上慷慨激昂地控訴美國的錯誤做法。講臺前方豎著貼著一面黑白綠紅四色巴勒斯坦國旗。那位慷慨陳詞的宗教人士身後是一個年輕人，戴著巴勒斯坦前領導人阿拉法特（Yasser Arafat，一九二九～二〇〇四年）常戴的紅白格頭巾，模仿法國畫家德拉克羅瓦（Eugène Delacroix，一七九八～一八六三年）為紀念一八三〇年法國七月革命而創作的名畫「自由領導人民」（*La Libertéguidant le peuple*）中那位年輕的女性姿勢，一隻手臂伸向前方，手裡拿著飄揚的巴勒斯坦國旗，另一隻手抱著《古蘭經》緊貼胸前，站在那裡，一動不動，當地媒體記者正對著這尊「雕像」狂拍攝。

錯綜複雜的美伊關係

伊朗與美國的關係經歷了雲霄飛車般的大起大落，有兩件大事對美伊關係影響至深，一是美英聯手推翻伊朗首相穆沙迪克，二是伊朗伊斯蘭革命期間伊朗人攻占美國大使館並扣押美國人質。兩國在巴勒維王朝時期關係密切，巴勒維王朝末代國王李查·巴勒維時期，伊朗是美國在中東的重要盟友之一，是美國在中東抵禦蘇聯共產主義影響和滲透的前沿陣地。一九五一年四月，伊朗首相穆沙迪克發起石油國有化運動，試圖將英國創辦的英伊石油公司（Anglo-Persian Oil Company）收歸國有。英伊石油公司名曰公司，實質上是英國榨取伊朗石油資源的工具，它不僅壟斷了伊朗的石油開採與生產，還有自己的機場、鐵路、港口和電訊設備，更擁有阿巴丹煉油廠和石油輸送管道以及一百多艘油船，彷彿伊朗境內的國中之國。從一九一四年到一九五〇年，英伊石油公司從伊朗獲取的利潤高達五十億美元，而伊朗只分到了微乎其微的殘羹冷炙。

伊朗石油國有化運動持續了兩年多，一九五三年，美國中央情報局（CIA）和英國秘密情報局（SIS）策畫推翻了穆沙迪克領導的政府，石油國有化運動失敗。此次政變徹底顛覆了美國在伊朗人心中的形象。在伊朗近代史中，英國和俄國的「大博弈」(The Great Game)[20]使伊朗國家主權和領土完整遭到破壞，英俄可說是伊朗人最痛恨的兩個國家。第二次世界大戰期間及戰後初期，隨著英國實力的衰弱，美國勢力進入伊朗，伊朗人對英俄之外的第三國抱有好感，寄望美國的到來能夠幫助伊朗清除英俄的長期影響。但美國參與推翻穆沙迪克的舉動，使伊朗人對美國迅速幻滅，伊朗人由愛轉恨，認清美國不是像它所宣揚的那樣高尚、正義，而是和歷史上其他列強一樣，帶有侵略性地介入伊朗事務。

就在伊朗民眾義憤填膺之時，國王李查·巴勒維卻繼續與美國保持密切關係，自一九五三年開始，美國不僅在軍事、經濟兩方面給予援助，更於一九五九年與伊朗簽署雙邊條約，約定伊朗遭到侵略時，美國將採取適當的措施，包括使用武力以支援伊朗政府。為了對抗蘇聯勢力，美國在英國撤離波斯灣地區後，扶持沙烏地阿拉伯與伊朗兩國，伊朗成為美國軍事裝備的最大買主，一九七三到一九七八年間，伊朗的軍事訂單占美國在全世界軍售的百分之二十八[21]，成為美國重

---

[20] 十九世紀中到二十世紀初期，英國與俄羅斯在中亞爭奪控制權的一連串事件。

[21] John P. Miglietta, *American Alliance Policy in the Middle East, 1945–1992: Iran, Israel and Saudi Arabia,*

要的盟友之一，雙方高層互訪極為頻繁，巴勒維國王成了華盛頓最炙手可熱的座上賓。

國王與美國打得火熱，民眾卻對美國恨之入骨，他們對國王與美國關係的親密也極其不滿。巴勒維在位期間，伊朗經濟發展迅速，民眾卻未能從中受益，而王室及高層憑藉著高漲的石油價格聚斂了巨額財富，生活腐化奢侈；加上巴勒維推行的一系列改革未能顧及到伊朗社會實際情況，急於求成，惹得天怒人怨；他依靠特務組織「薩瓦克」(SAVAK) 加強專制統治，更導致民眾的強烈反感，種種因素疊加，引發伊朗社會各階層普遍不支持國王，終於在一九七八年爆發了震驚世界的伊朗伊斯蘭革命。

伊斯蘭革命劍指伊朗國王巴勒維和王室，也引爆了伊朗民眾埋藏在心中二十多年，對巴勒維最大支持者——美國的仇恨。一九七九年開始，伊朗與美國的關係在短短幾個月之間急速惡化，先是美國駐伊朗大使館遭到襲擊、之後伊朗宣布驅逐美國各大媒體駐伊朗記者並拒絕接受美國新派任的大使，何梅尼也表示伊朗所有的麻煩都是美國製造的，伊朗必須關上對西方的大門，只要讓西方勢力有機可乘，伊朗就永遠無法獨立。伊朗社會的反美情緒終於引爆了震驚世界的「伊朗

Maryland: Lexington Books, 2002, p. 72.

人質危機」(Iran hostage crisis)。一九七九年十一月四日，伊朗激進學生衝進美國駐伊朗使館，扣押館內五十二名外交人員長達四百四十四天。一九八〇年四月七日，美國總統卡特(Jimmy Carter，一九二四年～)宣布與伊朗斷交。至此，美國與伊朗的關係徹底跌入深淵，兩國從盟友變成了敵人。

伊朗強烈的反美情緒，既是伊朗人對近現代以來列強干預伊朗事務，使伊朗飽受屈辱的強烈不滿的總發洩，也是以何梅尼為代表的伊朗什葉派宗教力量對西方文明的敵視的直接體現，在何梅尼眼中，西方對中東的殖民與掠奪導致了近代伊

伊朗的學生們包圍美國駐伊朗使館(Wikipedia 提供)

斯蘭文明的式微，西方社會的物欲橫流、腐化墮落侵蝕了伊斯蘭社會的傳統美德，破壞了伊斯蘭社會的基本結構。

一九八〇年四月二十四日，在多次要求伊朗釋放人質被拒後，美國發動了「鷹爪行動」(Operation Eagle Claw)，試圖解救人質。但是營救小組剛降落伊朗塔巴斯沙漠 (Tabas) 就遭遇機械故障，最後不得不放棄營救行動。

大使館兩次被攻占、五十二名人質被扣押長達四百四十四天、營救行動失敗且損失慘重，伊朗這位曾經的盟友就像是吞噬美國自尊心的黑洞，極大地刺激了美國民眾的神經，也挫敗了美國作為超級大國的自豪感，美國從此開啟了對伊朗的封鎖、孤立、隔絕與制裁。

何梅尼上臺後，提出了著名的「不要東方、不要西方，只要伊斯蘭」(Neither East Nor West Only Islam) 的外交政策。既反對東方的無神論，又反對西方式自由、民主，而要建立純潔的伊斯蘭社會；既反對東方的社會主義制度、也反對西方的資本主義制度，而是要建立伊斯蘭社會制度。在美蘇兩大陣營尖銳對峙的冷戰時期，作為一個面積和人口只能算作是中等的國家，伊朗敢於不倚靠東西方任何一個陣營，並且奉行激烈的反美政策，這既是何梅尼的選擇，也反映了伊朗人在其獨特歷史發展脈絡中孕育出的民族性格。

伊朗的過去

伊朗歷史悠久，波斯文化盛極一時。早在阿契美尼德王朝時期，伊朗人就建立了地跨歐亞非三大洲的大帝國。後來又先後建立了薩珊王朝、薩法維王朝，即使被阿拉伯人征服、國家伊斯蘭化後，波斯人始終是伊斯蘭國家重要的官僚階層，占據帝國中顯赫的官職，波斯宮廷的服飾與禮儀是阿拉伯人和突厥人爭先恐後模仿的對象，波斯語是伊斯蘭各王朝的文學語言，波斯的詩歌、繪畫、建築等在伊斯蘭世界備受推崇。所以，伊朗人骨子裡有一種極強的民族自豪感。當這種自豪感投射到國際關係中時，伊朗人認為自己的國家是當仁不讓的大國，渴望與包括美國、蘇聯在內的大國平起平坐。

如果說古代伊朗創立了輝煌的文化，那麼近代以來，伊朗與亞洲大陸上許多傳統國家一樣，遭遇了迅速崛起的西方基督教文明的強烈挑戰。孱弱的伊朗成了十九世紀英國與俄國「大博弈」的主戰場，英俄兩國甚至於一九〇七年簽訂了《英俄條約》(*Anglo-Russian Convention*)，將伊朗一分為三，包括波斯灣沿岸在內的南部地區劃為英國勢力範圍，北部劃為俄國勢力範圍，中部為勢力緩衝區，嚴重削弱伊朗國家主權。

二戰之後，英國勢力退場，美國人緊隨而來，在巴勒維王朝擁有巨大的影響力，策畫推翻了主張石油國有化的伊朗首相穆沙迪克。幾個世紀以來，域外大國不斷插手伊朗事務使伊朗人倍感屈辱。伊斯蘭革命時期，不同社會階層的伊朗民眾一齊反對巴勒維國王，其中一個重要的原因就是他們認為國王是美國人的傀儡，損害了國家的獨立自主。因此，伊斯蘭共和國建立後，驕傲的伊朗人格外看重國家的獨立自主和民族解放，任何涉及主權的問題，伊朗都異常強硬，寸步不讓。

追求公平的什葉派伊朗人

什葉派的歷史發展脈絡也深刻地影響了伊朗人的思維方式。六六一年，穆斯林的領袖——第四任哈里發阿里去世，手握重兵的穆阿維亞（Muawiyah，六〇二～六八〇年）成為新任哈里發，定都大馬士革，開啟了奧米亞王朝（Umayyad Caliphat，六六一～七五〇年）。認可血統繼承制的阿里一派認為穆阿維亞憑藉強權奪取統治權，不能作為穆斯林的領袖，他們希望阿里的次子胡笙（Hossein ibn Ali，六二六～六八〇年）領導他們起兵，推翻奧米亞王朝，繼承先知穆罕默德和哈里發阿里的衣缽。

庫法（Kufa，今伊拉克南部）的阿里黨人邀請胡笙到庫法領導他們起事，此事卻被統治者獲知，他派出大軍鎮壓了庫法城內的反叛分子並威脅他們。因此當胡笙一行行至離庫法不遠的卡爾巴拉(Karbala)被統治者的大軍阻截時，庫法人沒有前來救援，胡笙最後戰死疆場。

先知後裔被殺一事在伊斯蘭世界引發了極大的震動，庫法人更是無地自容，是他們邀請胡笙前來，卻在胡笙落難之時袖手旁觀，這種自責、羞愧與悲憤之情埋藏在什葉派的靈魂深處。每年伊斯蘭曆元月十日，即胡笙遇難之日，伊朗和阿富汗等地的什葉派民眾都會舉行集會，稱為亞述拉(Ashura)。信徒們赤裸上身，用刀片抽打自己的身體，直到鮮血淋漓方止，以此來表達對當初背叛胡笙的憤怒與懺悔。

十六世紀，薩法維王朝為對抗鄂圖曼帝國，大力弘揚什葉派信仰，將什葉派定為國教，什葉派在伊朗的地位逐漸鞏固。由於什葉派早期發展時受到統治者的敵視和迫害，再加上胡笙遇難時庫法人的背信棄義，這一切使得信仰什葉派的伊朗人心中彌漫著一股淒苦、悲愴與憤懣之情，他們渴望得到公平、公正、平等的對待。在面對他們認為的不公時，敢於起身激烈反抗，甚至是以身殉教、殉國。這就是在伊朗國內烈士備受推崇的原因，也是伊朗社會充斥著的諸如「抵抗經濟」、「抵抗政治」等抵抗運動的心理基礎。這種心理使得伊朗在處理國際關係時敢於對在他們看來不公正的行為說不，敢於對東方、西方同時說不。

因歷史悠久、文化輝煌燦爛而產生的強烈的民族自豪感；因近代以來屢被列強侵略劃分勢力範圍而承受的屈辱以及什葉派屢遭壓迫而產生的對公平正義的不懈追求，共同塑造了伊朗的國民性格。在處理國際關係問題上，伊朗人不可避免地受到這種複雜心態的影響，認為美國對其實施的制裁是霸權主義、強權政治的表現，是不公平、不公正的，必須堅決與其鬥爭，對其進行頑強抵抗。在巴以問題上，革命後的伊朗屢次衝在最前方，在外交上、道義上給予巴勒斯坦堅定的支持，反對以色列在巴勒斯坦的所作所為，這也就不難理解為什麼伊朗前總統內賈德會說出「把以色列從地圖上抹去」這種驚世駭俗之語。

兩伊戰爭以後

伊朗伊斯蘭革命後的第二年就爆發了兩伊戰爭，戰爭後期，伊朗和伊拉克兩國在波斯灣襲擊過往船隻的情況愈演愈烈，為確保本國油輪安全，科威特請求美國出兵護航，這代表著美國已經取代英國，成為影響波斯灣地區安全最重要的域外力量，也為後來的波斯灣戰爭（Gulf War，一九九〇～一九九一年）、伊拉克戰爭埋下了伏筆。

兩伊戰爭後，美國加大了在國際輿論上對伊朗的指責，這些指責包括：秘密獲取大規模殺傷性武器、積極支持恐怖主義、激烈反對中東和平進程、試圖推翻美國在中東以及部分非洲地區的友好政府、獲取進攻性常規武器以威脅其海灣鄰國和違反人權等。其中，兩國爭論最激烈的領域之一就是伊朗核武問題。諷刺的是，伊朗一九五〇年代開始籌建的核能利用項目便是在美國的幫助下進行的。巴勒維國王計畫到一九五〇年代中期在伊朗全境建立二十三個核電站。但一九七九年伊斯蘭革命後，伊朗核能利用項目暫停，直到一九八四年才逐漸恢復。伊朗核計畫在國際上受關注程度非常高，爭論的焦點就在於伊朗核計畫背後是不是有軍事目的。伊朗方面堅稱其核能利用是民用目的，美國則認為伊朗通過鈾濃縮活動旨在逐步獲取核武器。

各方為此爭論不休，不得不與伊朗展開談判，經過多年馬拉松式的艱苦努力，二〇一五年七月十四日，美國、中國、俄羅斯、法國、英國、德國、歐盟與伊朗在奧地利首都維也納簽署《聯合全面行動計畫》(Joint Comprehensive Plan of Action)，伊朗重申在任何情況下，都不會尋求、發展或獲取核武器。《聯合全面行動計畫》使伊朗在《核不擴散條約》相關條款下和平利用核能的權力得到保證；所有聯合國安理會、多邊和各國因伊朗核專案而對其實施的制裁將被解除，包括貿易、技術、金融和能源等領域；各簽字方將組建一個聯合委員會來監督協議的落實等。這份備受矚目的協議被伊朗人寄予厚望，很多伊朗人認為這是國際社會解除對伊制裁，伊朗重新回歸國際市場的重要一步，伊朗經濟即將迎來騰飛，伊朗人的生活將大幅改善。《聯合全面行動計畫》經各國政府簽字後，於二〇一六年一月十六日正式執行。

執行協議之後的伊朗

二〇一七年一月十六日，伊核協議執行一周年紀念日。我於此前一個月左右抵達伊朗出差。

在即將迎來伊核協議執行一周年的關鍵時間節點之際，我決定做一組採訪報導，探究伊朗人當初寄予厚望的這份協議給伊朗社會究竟帶來那些改變。我們聯繫了一家礦業企業和一家快遞公司。一月初的某一天，我們先後來到伊朗古勒古哈爾工礦公司位於德黑蘭的總部和伊朗PD快遞公司。

古勒古哈爾工礦公司是一家年產精礦粉一千八百萬噸的礦業企業，礦場在伊朗東南部的克爾曼省（**Kerman**）。我們上午來到公司總部大樓，工作人員早已等在大廳，把我們引導到電梯，上到七層，來到公司執行長辦公室。辦公室秘書將我們迎進一處會議室，給我和攝影師阿里、翻譯胡笙一人一大包開心果，足足有二．五公斤重，西裝革履的男秘書說這些開心果來自克爾曼省，那裡是伊朗開心果的主要產地。

我們接過工作人員遞過來的紅茶，剛要開始喝，一位頭髮花白，略顯發福的六十多歲男子便推門進來，秘書立即起身迎了上去，向我們介紹道：「這就是我們古勒古哈爾工礦公司執行長納賽爾．塔希札德先生。」塔希札德伸過手來，和我們一一握手後，坐到了會議室長長的圓桌後面的椅子上。趁著阿里調試攝影機之際，我們先彼此寒暄了一陣，在伊朗，寒暄是極其繁瑣，也是極為重要的禮節，一般兩人見面，要相互問好、握手，再問對方父母安好、問對方孩子安好等等。

這套繁文縟節對於西方人來說，可能會有文化衝擊，但對於東亞人來說，絲毫不覺得陌生。

攝影師調試好設備之後，我們正式開始採訪。塔希札德首先介紹了公司的詳細情況。古勒古哈爾工礦公司及其分公司年產精礦粉一千八百萬噸，有兩套一千萬噸產能的鐵砂丸生產設備，一家分公司正在準備新啟用一套五百萬噸產能的鐵砂丸設備。公司的新鋼廠計畫明年產鋼五百萬噸。今年已向國外出口了三百萬噸的精礦粉，其中大部分銷往中國……塔希札德沉浸在數據中，一刻不停地講了十分鐘，翻譯胡笙在我耳後小聲翻譯，由於涉及很多鋼鐵業專用詞，從波斯語翻譯成英語難度很大，我再在腦海中將英語翻譯為中文，聽得一頭霧水，只能回辦公室後再仔細聽、查閱詞典，才能準確理解那些鋼鐵業專用名詞。

塔希札德不像西方一些大公司穿著時尚、看上去精明強幹的職業經理人，更像是那種從礦山上最基層職位一路升上來的主管，對公司和礦上各項生產經營指標瞭若指掌。介紹完公司之後，他停下來，端起面前的茶杯，喝了一口。

我趕緊開始問最重要的問題：「《伊核協議》執行一年了，你覺得這個協議對貴公司有何影響？」他放下茶杯，繼續說：「《伊核協議》對公司影響很大，我們的煉鋼項目此前因為沒有管道融資，生產線已經停了。現在我們已經和歐洲的幾家銀行談妥了融資，馬上要開始啟動第二套和第三套設備。企業進口的諸多限制也隨著制裁的取消而終結，我們一個子公司曾打算引進一套鋼錠生產項目，工程進行了一半後發現，由於制裁，生產鋼錠的機器遲遲無法進口，項目只能中途而廢。但伊核協議通過後，二〇一六年底，公司以遠期信用證的方式，與外國銀行簽訂了融資合約，從德國進口到了所需的機器設備。除了融資管道，外國市場也向我們敞開了大門，過去，歐洲市場我們想都不敢想，如今我們計畫明年向歐洲出口一百五十萬噸鐵礦石，價值三億美元。而且，我們還計畫向歐洲出口鋼材，而不是只有簡單的原材料。」塔希札德信心滿滿地說。

我接著提問：「二〇一六年十二月，美國國會通過法案，決定將對伊朗的制裁延長十年，而且美國總統川普對伊朗態度強硬，有傳聞說川普可能會退出《伊核協議》，您擔心嗎？」

塔希札德調整了坐姿，繼續說道：「過去四十多年，我們國家一直被制裁。我們已經學會如何應對。最高領袖反覆強調，我們可以通過自力更生抵消任何制裁帶來的衝擊。我覺得美國延長制裁不會影響到人民的士氣，我們作為企業家，也不會受到影響。」

採訪完礦業企業，我們又去了快遞公司。公司年輕的執行長巴亞姆．達內什和塔希札德一樣，感受到了《伊核協議》帶來的變化。他告訴我，兩年前，看準了解除制裁後快遞業的巨大潛力，他與朋友們共同創辦了PD快遞公司，僅僅九個月的時間，公司就從只有四、五個員工的中小企業，發展成擁有二百七十名員工，在全國擁有若干據點的現代化快遞企業。《伊核協議》生效後，伊朗從歐洲進口的貨物增加了二、三倍，從中國和其他國家的進口也有所增長，很多公司和個人選擇了他們公司進行貨物運輸與投遞。

官方披露的資料似乎也驗證了企業界的感受，伊朗央行二〇一六年十二月二十二日公布的資料顯示，該國二〇一六財年上半年（伊朗的官方資料起止日期是按波斯曆計算，每年三月到九月為上半財年，十月到次年三月為下半財年）經濟同比增長百分之七．四，增速達到十四年來最高水平。與此同時，二〇一六年伊朗的通貨膨脹率二十五年來首次降到了百分之十以下。一切似乎都往好的方向發展。

但伊朗民眾卻未能感受到《伊核協議》對他們的生活有什麼影響。二〇一七年年初，塔基里什巴剎一如往日般人山人海，五十多歲的塔哈爾在這裡開商鋪已有十年之久，主要賣一些刮鬍刀、牙刷等日常護理用品。多年前，他剛開商鋪的時候，伊核問題談判才剛剛開始，而如今《伊核協議》已經執行了將近一年。我買了一把小剪刀，店裡顧客不多，塔哈爾邀請我到裡面坐坐，吩咐店員端來一杯紅茶，茶托上放著撒滿藏紅花蕊的冰糖棒，那是伊朗人喝茶時加糖用的。

「沒有什麼變化，一切都是老樣子」，談起《伊核協議》執行一周年，塔哈爾滿不在乎地說道：「我的生意還是那樣，不好也不壞，每天賣的東西也都差不多。」回憶起一年半前那個夏天的夜晚，他感慨萬千。二〇一五年七月十五日，當伊朗與伊核問題談判方達成最終協議的消息傳來時已經深夜，塔基里什巴剎附近那條號稱中東最長大街——瓦利－伊．阿斯爾大街瞬間成了狂歡的海洋，人們開頭燈、閃雙黃燈、按喇叭，塔哈爾還記得當時他讀大學的兒子興奮地衝到人群中擁抱陌生人的樣子，這是這個保守的國家為數不多的狂歡場面。

經歷了八、九年毫無變化的生意，塔哈爾當時也受到了情緒的感染，拋開了他以往的憤世嫉俗，以為國家經濟狀況將會改善，自己的生意也肯定會好起來。「現在還是和協議沒簽之前一樣，我這買賣也只能算是勉強維持。」他把糖棒放到茶杯中輕輕晃動，上下蘸了蘸，又拿了出來，放到茶托上。

塔哈爾家旁邊的地毯店店主伊斯瑪儀看見我是個記者，也主動湊過來抱怨，說他的日子比塔哈爾慘，現在打兩份工，一個是經營建材，另一個是旁邊這個地毯店，都沒什麼起色，每天很冷清。「《伊核協議》簽了以後，以為自己的生活能變好，但到頭來發現比原來更差了」，伊斯瑪儀警惕地朝四下看看，壓低了聲音說：「制裁解除後，正趕上這兩年油價下跌，官方加足馬力開採石油，但掙的錢都用來為敘利亞打仗了，我們老百姓才沒人管。」敘利亞內戰期間，伊朗一直強力支持巴賽爾政府，雖然官方一直不承認，但伊朗方面出人、出力、出錢幾乎是公開的秘密。德黑蘭的巴剎商人，一如北京的計程車司機，對國家大事和國際局勢頗有自己獨到的見解。

但塔哈爾不曾料到，那份沒給他生活帶來多少改變的《伊核協議》成了美國與伊朗新一輪爭鬥的開端。二〇一八年五月，競選時就主張對伊朗強硬的美國總統川普宣布退出《伊核協議》，並對伊朗實施了力度空前的制裁，為躲避美國制裁，外資企業紛紛撤離伊朗；此外，美國針對伊朗石油出口進行限制，蠻橫地要求任何國家都不允許進口伊朗石油，否則將面臨嚴重後果。這一系列措施對伊朗人的生活產生了巨大的影響，伊朗貨幣大幅貶值，一些常見的日用品，如藥品和嬰幼兒紙尿褲等，也都出現了嚴重短缺。

離開伊朗兩年後，二〇一九年一月，當我再次到伊朗出差，到塔基里什巴剎去尋找兩年前和我長談的塔哈爾時，發現他的店鋪已經由別人經營，沒有人知道他去了那裡。他隔壁店鋪的老闆伊斯瑪儀同樣將店盤了出去，消失在德黑蘭茫茫的人海之中。

（本書未另標示出處之珍貴照片，為作者拍攝提供。）

後記：離開中東這三年

二〇二二年早春的一個上午，北京的空氣中依然帶著些許冷冽，那是前一夜來自西伯利亞的冷空氣最後的掙扎。我和房地產仲介小趙約好，要去看一間離家不遠的二手房。剛走出社區大門，手機鈴聲響起，我拿起來一看，是一串陌生的號碼。接起電話的瞬間，對面傳來了熟悉的聲音和他那帶著濃厚口音的英語。

電話那頭是卡里姆，我們阿富汗記者站的員工。「我能和你聊聊嗎，Sir。」卡里姆語氣中透出一種捉摸不定的不安，「當然，很久沒聽到你的消息了，最近怎麼樣？」我略感吃驚，因為我們已經很久沒有聯繫了。

一年前的春天，阿富汗塔利班開始在全國多地發動攻勢，迅速占領了多個省分，到八月十五日，塔利班進入首都喀布爾，阿富汗總統阿什拉夫・加尼（Ashraf Ghani，一九四九年～）倉皇出逃。這標誌著塔利班時隔二十年後再次執掌阿富汗政權。在那個牽動人心的夜晚，我和卡里姆通了一次話，他語氣急促地告訴我，整個喀布爾城實際上處於一種無政府狀態，平靜的表面下暗流湧動，人人自危。很多人假借塔利班的名義胡作非為，也有人趁此機會大肆報復。塔利班的指揮官們各自為政，對手下的管束力度不一，人們閉門不出，唯恐惹禍上身。

我問及卡里姆家人的情況，他告訴我說一切尚好。我說實在不行，你可以把家人接到記者站先避一避，因為記者站有地下室，如果發生衝突，裡面的應急物資也可以確保他和家人撐過一段時間。卡里姆說他會見機行事。掛了電話，我不免為他感到擔心，因為我深知，作為為外媒工作的阿富汗人，他的處境是相當危險的，「為外國人工作」是之前塔利班發動襲擊最常用的藉口之一。

說起阿富汗人對外國人的態度，自然不能一概而論，熱情好客是西方人對阿富汗人常用的評價，但據我觀察，在這個號稱「帝國墳場」的國家，很多人對外人都有一種漠然、懷疑，甚至是戒備，至少我沒有看到他們像其他亞洲國家的人那樣展現出對外國人的好奇與熱情。所以，為外國人工作，在得到豐厚物質回報的同時，也面臨著道德上的壓力。我記得很清楚，二〇一五年夏天的某個傍晚，我和記者站攝影師歐貝德一起去辦公室後面的比比．馬赫魯山上去看人放風箏。我走在前面，歐貝德和我隔著大約幾公尺的距離。正當我欣賞著日落，看著年輕的阿富汗小夥子們在山上放風箏的時候，突然聽到後方歐貝德和一名持槍的員警發生爭吵，我趕緊走過去，試圖化解他們的矛盾，這時他們已經不再爭執。我問他那個員警為什麼和他吵架，歐貝德說那員警跟他說我是外國人，不應該來這個山上遊玩，歐貝德回應說根本就沒有這種規定，我們此前多次來玩根本沒有問題。那員警就惱羞成怒，說你一個為外國人工作的人有什麼了不起的……

再後來的幾天，卡里姆多次出現在電視上，報導當地局勢的發展。我看到他一切如常，當初的擔心慢慢消退，從那以後，我們就再也沒聯繫過。

「我現在是在墨西哥(Mexico)首都墨西哥城一家旅館裡給你打電話。」卡里姆這麼一說，我一時竟不知如何回答。因為我實在無法將他同墨西哥聯繫起來。這個老實謙遜、謹小慎微、對女人非禮勿視，一天五次禮拜次次不落的阿富汗男人，突然去了人口上千萬，熙熙攘攘、物欲橫流，女人們穿衣「暴露」的拉美國家，不知道會受到怎樣的心理衝擊。

「你怎麼去墨西哥了？」緩過神來，我追問道。

「這說起來話就長了。」卡里姆依舊用他那濃重口音的英語說道。我在早春微涼的風中，努力地辨別他說的話，才勉強拼湊出這半年來他的經歷，原來我擔心的事情還是發生了。塔利班進城以後，最初的一段時間，卡里姆並未受到影響，但過了一兩個星期，他開始接到威脅電話，對方說知道他曾經為外國人工作，讓他小心點。受到威脅後，卡里姆開始不安、害怕。那時，正好有非政府組織幫助阿富汗媒體工作人員外逃，他就在他們的協助下帶著一家老小去了巴基斯坦，在那裡等了一段時間後，飛到了地球的另一邊。卡里姆說自己走得很匆忙，二手轎車低價賣給了別人，在喀布爾的房子都沒來得及賣掉，只能暫時托鄰居照看。

「那你到了墨西哥後怎麼辦？」我問卡里姆。

「我要去加拿大，現在在墨西哥等著辦簽證等手續。」

「到了加拿大後呢？如何生存？」我又替他擔心起來。電話那頭，他輕輕地嘆了口氣說：「我也不知道，去了再說吧。我聽說加拿大人知道穆斯林不喝酒，所以他們都很信賴我們開車，我看看能不能去開計程車。」

掛斷電話，仲介公司的小趙已經等在那裡了。我趕緊走上前去，說自己接到一個重要的電話，遲到了幾分鐘，非常抱歉。小趙穿著黑色的西裝，打著領帶，外面套了一件薄羽絨服，帶著我走進了一棟公寓。陽光透過窗戶，灑在待售房屋的客廳中。小趙笑盈盈地給我介紹這棟房子的種種優點，我聽著他的話，腦海中卻始終是我在中東工作時的種種場景。雖然只過去了三年，但一切卻已恍如隔世。

二〇一九年四月九日深夜，我輕輕地關上了酒店裡那扇標有二一〇九的深棕色木門，如同此前五年裡無數次的那樣，推著箱子，坐上計程車，向著杜拜國際機場駛去。只是，以後那扇厚重的門，迎接的將不再是我，而是它新的主人。登機前，我在候機廳的免稅店裡買了一瓶產自黎巴嫩貝卡谷地的紅酒，我知道，相比於法國、西班牙或者澳大利亞等國的知名品牌，以後再想喝到黎巴嫩的紅酒，不知道要等到何年何月了。本想在飛機上一醉方休，沒想到一登上這凌晨四點起飛的飛機，濃濃的睏意襲來，只得沉沉睡去，辜負了這瓶來自經歷過戰爭之地的美酒。我的中東生活就在這深夜寧靜的航班上結束了。

我在這三洲兩洋五海之地[22]生活了五年，對它早已失去了新鮮感。對許多偶爾到訪過中東，

[22] 指亞洲、歐洲、非洲，印度洋、大西洋；阿拉伯海、紅海、黑海、地中海、裏海。中東處於這三大洲之間，連通兩洋與五海。

或者從沒去過中東的人來說，那裡顯得格外神秘莫測，人們對那裡的一切都感到好奇。想想也不無道理，在全球化的今天，中東，也許是世界上最獨特的一個存在了。穆斯林女性佩戴的頭巾和面紗，神秘感十足；阿拉伯男子全身的白色長袍和頭巾，異域感強烈；伊朗大小城市裡的巴剎，各種香料濃烈的氣味瀰漫在空氣中，歷史感十足；敘利亞和伊拉克的城市殘垣斷壁，戰爭感強烈；耶路撒冷哭牆邊的祈禱和利雅得一天五遍的宣禮聲，宗教感十足；巴格達和喀布爾無處不在的崗哨，緊張感強烈。這片土地上充斥著陌生的日常，並且非常強烈，彼此交織，使人入迷。

但對於在那裡生活了五年的我來說，神秘感、異域感、歷史感、宗教感、戰爭感和緊張感等等，隨著時間的推移而漸漸淡化，理所當然地成為了日常生活中的一部分。頭巾、面紗和長袍早已不再是異域的象徵，成了生活中司空見慣的裝束，在我眼中與帽子、襯衫和牛仔褲無異；哭牆邊的祈禱早已熟視無睹，清真寺每天五遍的宣禮聲早已充耳不聞；至於廢墟，敘利亞霍姆斯的看起來和伊拉克費盧傑的也沒什麼兩樣。到了後期，甚至產生了一種出於職業習慣想把什麼都批判一番的態度：伊朗德黑蘭大巴剎裡的熙來攘往成了網路商業不發達的例證；大馬士革老城古舊的建築，成了敘利亞居民居住條件差的佐證；巴格達和喀布爾的崗哨盤查再嚴，也阻擋不了恐怖襲擊的發生，卻徒增交通出行的壅堵……當你對一切都已熟視無睹、司空見慣，甚至感到厭倦、憎惡，就是準備離開的時候了。

狄更斯說，人總是在離開一個地方後開始原諒它。回國三年多，再次回望中東，當初那種厭倦之感似已漸漸淡化：杜拜似乎不再是那個酷熱難耐、滿城銅臭的文化沙漠，而是每次從周邊國家出差後，都能吃到火鍋和乾煸炒麵的容身之地；伊斯坦堡不再是那個喧鬧不止、騙子橫行的城市，而是欣賞歐亞大陸秀美風光和鄂圖曼建築藝術的歷史名城；甚至就連喀布爾也不再是天天爆炸、緊張恐怖的戰亂之城，而是四季分明、瓜果飄香的宜人之所。總之，回憶總是帶著浪漫化的色彩，正如當初的偏見總是帶著批判的眼光。

這三年，中東還是那個中東，博斯普魯斯海峽依舊船艦如織、興都庫什山依舊巍峨聳立、幼發拉底河依舊奔流不息、阿拉伯沙漠依舊黃沙滾滾。

然而，中東也已不是當初那個中東，阿富汗塔利班經過二十年的鬥爭，捲土重來，一夜之間，阿富汗政權更迭，民主共和國變成了伊斯蘭酋長國，美軍倉皇撤離，在阿富汗的二十年經營化為烏有；伊朗換了總統，革命衛隊高級將領西姆．蘇萊曼尼（Qassim Soleimani，一九五七～二〇二〇年）

被美軍炸死，作為報復，伊方用導彈襲擊了美國駐伊拉克軍事基地，卻在混亂中擊中了烏克蘭客機，《伊核協議》重新談判談談停停，各方依然無法達成一致；敘利亞的伊斯蘭國已被消滅殆盡，巴賽爾政權站穩了腳跟，但土耳其占領北方領土和離心離德的庫德人，成為未來敘利亞領土完整最大的不確定性；黎巴嫩貨幣急劇貶值、經濟崩潰，貝魯特港 (Port of Beirut) 驚天一爆，更是將黎巴嫩政治失能、體制崩塌的現狀暴露在世人面前；以色列與阿拉伯聯合大公國、巴林等多個阿拉伯國家建交，曠日持久的阿以矛盾出現些許緩和。統治阿曼半個世紀的蘇丹卡布斯（Qaboos bin Said，一九四〇～二〇二〇年）逝世、阿拉伯聯合大公國新總統穆罕默德（Mohamed bin Zayed Al Nahyan，一九六一年～）繼承其兄之位，就任總統、以色列政治強人納坦雅胡（Benjamin Netanyahu，一九四九年～）下臺……中東，千百年來的兵家必爭之地，各方勢力你來我往、此消彼長，動盪、衝突、戰爭、分化、和解、合作，局勢的變遷每時每刻都在發生。

裹挾在種種變局下的人們，人生也隨之浮浮沉沉，卡里姆遠赴墨西哥，等待著加拿大簽證，我們阿富汗記者站的攝影師歐貝德卻選擇留了下來，繼續在塔利班統治下的阿富汗生活；我在艾比爾酒店認識的服務生，逃出伊斯蘭國統治下的摩蘇爾的維薩姆已遠赴美國內華達，從他在臉書上發布的照片看，曾經的大二學生如今已經娶妻生子，身材發福；在巴格達採訪過的伊拉克國家交響樂團的小號手馬吉德因病去世，更有一些人斷了聯繫，不知他們身在何方……生老病死，婚喪嫁娶，人們都在忙碌；世事紛擾、滄海桑田，轉瞬即是一生。

至於我，卸任回國後的三年，除了遭遇突如其來的新冠疫情，生活似乎陷入一種周而復始的循環之中：上班、下班、做飯、照顧小孩、睡覺、失眠，春去秋來，夏過冬去，樹葉綠了又黃、黃了又綠，家門口的小店關了又開，開了又關，所有人都來去匆匆，所有人又似乎都一如既往。我只不過是這座二千二百萬人口的超大城市裡一個普普通通的過客。

在北京生活得越久，就越覺得那五年中東生活極不真實，有一種抽離於現實的朦朧感。只是，偶爾，我對中東會有些想念：想念春天貝卡谷地雪山下的滾滾麥浪；想念夏日傍晚靜靜流淌的底格里斯河；想念秋日午後安納托利亞高原的清風；想念冬天潘傑希爾河谷一望無際的白雪……

只是，偶爾，有那麼一瞬，我置身於北京熙熙攘攘的滾滾人流中，會突然忘記自己身在何處，覺得彷彿是在喀布爾郊外的荒山腳下，又或是伊拉克庫德斯坦秋日寂靜的公園中，抑或是在貝魯特狹窄而喧鬧的街巷裡。

周圍的一切似乎都與我無關，他們那麼遙遠，遠得和曾經的中東一樣……

楊明交

二〇二三年九月於北京

伊朗史——創造世界局勢的國家

陳立樵 著

本書嘗試站在伊朗的角度，重新思考那些我們習以為常的觀念與說法，探索伊朗的轉化與蛻變。作者以生動而不枯燥的筆法、邏輯清晰的立論，深入介紹伊朗的歷史、文化、政治發展。尤其是近年來，伊朗與美國、以色列、伊拉克等國之間的角力，深深影響世界局勢的發展。

阿富汗史——戰爭與貧困蹂躪的國家（二版）

劉雲 著

阿富汗位處東西文明的十字路口，造就多樣複雜的文化，卻也使這塊土地長期遭受外族的入侵。十九世紀，阿富汗成為英、俄博弈下的犧牲品。兩次世界大戰期間，阿富汗意圖掌握自身的命運，卻仍難以擺脫列強的操控。二十一世紀，內戰使短暫的現代化成果毀於一旦。九一一事件則讓阿富汗與恐怖主義畫上等號，戰亂與貧困成為阿富汗的代名詞。阿富汗能否迎來渴望已久的和平曙光？

國家圖書館出版品預行編目資料

行走在戰爭與和平的邊緣：戰地記者的中東紀行／楊明交著.－－初版一刷.－－臺北市：三民，2023
面； 公分.－－(歷史天空)

ISBN 978-957-14-7707-7（平裝）
1.記者 2.採訪 3.中東

895.34 112015349

歷史天空

行走在戰爭與和平的邊緣——戰地記者的中東紀行

作　　者 楊明交
編　　輯 翁子閔
美　　編 李珮慈

發 行 人 劉振強
出 版 者 三民書局股份有限公司
地　　址 臺北市復興北路 386 號 (復北門市)
臺北市重慶南路一段 61 號 (重南門市)
電　　話 (02)25006600
網　　址 三民網路書店 https://www.sanmin.com.tw

出版日期 初版一刷 2023 年 10 月
書籍編號 S730310
ISBN 978-957-14-7707-7